HEYNE BÜCHER

WESTERN CLASSICS

Vom gleichen Autor erschienen außerdem
als Heyne-Taschenbücher

Betty Zane · Band 2049
Der eiserne Weg · Band 2054
In der Prärie · Band 2072
Männer der Grenze · Band 2078
Der Texasreiter · Band 2150
Die letzte Spur · Band 2164
Zwillings-Sombreros · Band 2210
Wildfeuer · Band 2219
Schatten auf der Fährte · Band 2228
Das Greenhorn · Band 2240
Die Weidekönigin · Band 2243
Das Mädchen aus Arizona · Band 2249
Dem Regenbogen nach · Band 2258
Wüstengold · Band 2261
Wirbelnde Wasser · Band 2267
Der singende Draht · Band 2270
Der Schäfer von Guadalupe · Band 2276
Ritter der Weide · Band 2285
Nevada · Band 2288
Der letzte Wagenzug · Band 2303
Kämpfende Karawanen · Band 2309
Das Goldgräbertal · Band 2318
Vollblut · Band 2327
Das Erbe der Wildnis · Band 2336
Majestys Ranch · Band 2345
Der verlorene Fluß · Band 2354
30 000 auf dem Huf · Band 2363
Der letzte Präriejäger · Band 2372
Unter dem Tonto Rim · Band 2381

ZANE GREY

DER GEHEIMNISVOLLE REITER

Ein klassischer Western-Roman

WILHELM HEYNE VERLAG
MÜNCHEN

HEYNE-BUCH Nr. 2393
im Wilhelm Heyne Verlag, München

Titel der amerikanischen Originalausgabe:
THE MYSTERIOUS RIDER
Deutsche Übersetzung von Dr. Hansheinz Werner

Genehmigte Taschenbuchausgabe
Printed in Germany 1974
Gesamtherstellung: Zettler, Schwabmünchen

ISBN: 3-453-20221-X

1

Die Septembersonne, die schon etwas an Wärme, nicht aber an Glanz verloren hatte, stand tief im Westen über der schwarzen Coloradokette.

Ein Mädchen ritt auf dem Hang und schaute auf die farbige Gebirgsweite, die ihre Heimat war. Sie folgte einem alten Pfad zu einem Felsen, der das Tal überschaute. Früher war es für sie ein beliebter Ausflugsplatz gewesen, aber jetzt hatte sie ihn lange nicht mehr besucht. Der Ort war für sie mit Erinnerungen an ernste Stunden ihres Lebens verknüpft. Vor sieben Jahren — als sie zwölf war — hatte sie hier eine harte Entscheidung getroffen, um ihren Vormund zu erfreuen, den alten Rancher, den sie liebte und Vater nannte und der ihr auch tatsächlich ein Vater gewesen war. Sie war nach Denver in die Schule gegangen und hatte vier Jahre fern von den geliebten grauen Hügeln und schwarzen Bergen gelebt. Erst einmal seit ihrer Rückkehr war sie — und wieder in einer unglücklichen Stunde — auf diese Höhe geklettert. Das lag auch schon drei Jahre zurück. Heute schien der mädchenhafte Kummer weit in der Vergangenheit zu liegen — sie war eine Frau von neunzehn Jahren und stand vor der ersten großen Entscheidung ihres Lebens.

Der Pfad führte durch eine Gruppe von Espen mit weißen Stämmen und gelbem, zitterndem Laub. Er lief weiter über eine Grasterrasse mit Wildblumen zu dem Rande des Felsens. Sie stieg ab und ließ die Zügel fallen. Ihr Mustang rieb den dunklen Kopf an ihrer Schulter und erwartete offenbar eine ähnliche Liebkosung. Als sie ausblieb, senkte er den Kopf und begann zu grasen. Das Mädchen schaute auf die sich wiegenden, weißblauen Blumen draußen in dem üppigen Gras.

»Columbinen«, sagte sie sehnsüchtig, als sie einige der Blüten pflückte und sie sinnend betrachtete — als ob sie ihr das Geheimnis um ihre Geburt und ihren Namen enthüllen könnten.

»Columbine, so haben sie auch mich genannt — jene Erzsucher, die mich als Baby im Wald unter Columbinen schlafend fanden.« Sie sprach laut, als ob der Klang ihrer Stimme sie überzeugen könnte.

»Kein Name außer Columbine«, flüsterte sie traurig — und plötzlich begriff sie jetzt das seltsame Verlangen in ihrem Herzen.

Vor kaum einer Stunde war sie auf der Veranda des Hauses der White Slides Ranch dem Mann begegnet, der ihr ganzes Leben lang für sie gesorgt hatte. Wie immer hatte er sie gütig und väterlich angesehen — und doch anders als sonst. Sie schien ihn als den alten Bill Bellounds zu sehen, den riesigen Pionier und Rancher mit dem breiten, harten, narbigen Gesicht und den Augen wie blaues Feuer.

»Collie«, hatte der alte Mann gesagt. »Neuigkeiten! Ein Brief von Jack. Er kommt heim!«

Bellounds hatte den Brief geschwenkt, und seine Hand hatte gezittert, als er sie ihr auf die Schulter legte. Seine Härte schien seltsam gemildert zu sein. Jack war sein Sohn, Buster Jack hatte man ihn auf der Weide genannt und manchmal mit weit weniger freundlichen Bezeichnungen belegt, die allerdings nie seinem Vater zu Ohren gekommen waren. Jack war vor drei Jahren, kurz ehe sie aus der Schule zurückkam, fortgeschickt worden. Sie hatte ihn also sieben Jahre nicht gesehen. Aber sie erinnerte sich noch gut an ihn — einen großen, hübschen, wilden Jungen, der ihr die Kindheit fast unerträglich gemacht hatte.

»Ja, mein Sohn Jack kommt heim.« Bellounds Stimme hatte gebebt. »Und, Collie, jetzt muß ich dir — etwas sagen!«

»Ja, Dad!« Seine Hand hatte schwer auf ihrer Schulter gelegen.

»Das ist es ja eben — ich bin nicht dein Dad! Ich habe versucht, dir ein Vater zu sein, und ich habe dich geliebt wie mein eigenes Kind, aber du bist nicht mein Fleisch und Blut. Und jetzt — muß ich es dir sagen.«

Dann hatte er berichtet. Vor siebzehn Jahren hatten Erzsucher, die Bellounds Claim in den Bergen über Middle Park bearbeiteten, unter den Columbinen am Weg ein schlafendes Kind gefunden. In der Nähe der Stelle hatten Indianer — wahrscheinlich Arapahoes, die über die Berge gekommen waren, um die Utes anzugreifen — die Insassen eines Prärieschoners gefangen oder getötet. Einen anderen Hinweis gab es nicht. Die Erzgräber hatten das Kind mit sich in ihr Camp genommen, es gefüttert und gepflegt und es Columbine genannt. Schließlich hatten sie es zu Bellounds gebracht.

»Collie«, sagte der alte Rancher. »Abgesehen von einem einzigen Grund hätte ich es dir nicht zu sagen brauchen. Ich werde alt, und ich will meinen Besitz nicht zwischen dir und Jack aufteilen. Ich möchte, daß du ihn heiratest. Du hast ihm immer einen Halt gegeben. Mit einer Frau wie dir — vielleicht —«

»Dad!« war sie losgebrochen. »Jack heiraten? Ach, ich — ich erinnere mich gar nicht mehr an ihn!«

»Haha!« lachte Bellounds. »Nun, du wirst ihn bald wieder kennen. Er ist in Kremmling und wird heute abend oder morgen hier sein!«

»Aber — ich — ich liebe ihn — doch nicht!«

Der alte Mann hatte seine Heiterkeit verloren; sein kräftiges Gesicht war wieder hart geworden, und in seinen Augen glimmte es. Ihr flehender Widerspruch hatte ihn verwundet. Sie erinnerte sich, wie empfindlich der Alte immer gegen Einwände in bezug auf seinen Sohn gewesen war.

»Das ist ein Unglück«, hatte er schroff geantwortet. »Ich schätze, ein Mädchen kann einem Jungen nicht viel helfen, wenn sie nichts für ihn empfindet. Aber jedenfalls werdet ihr heiraten!«

Er war schweren Schrittes weggegangen, und sie war auf den Berghang geritten, um allein zu sein. Und als sie nun am Rand des Steilabfalls stand, bemerkte sie plötzlich, daß die stille Einsamkeit ihres Zufluchtsortes gestört worden war. Unter ihr und auf den Hängen des Berges Old White Slides brüllten Rinder. Sie hatte vergessen, daß das Vieh zum Herbst-Roundup ins Tiefland getrieben wurde. Eine große, rot und weiß gefleckte Herde kreiste in der Parklandschaft gerade unter ihr. Kälber und Jährlinge wirbelten den Staub auf dem Berghang auf; wilde alte Stiere weigerten sich, hinabgetrieben zu werden; Kühe liefen hin und her und klagten um ihre Kälber. Melodisch und klar ertönten die Fanfarenrufe der Cowboys. Das Vieh kannte diese Rufe, und nur die wilden Stiere liefen weiter hangauf.

»Ich möchte wissen, wo Wils ist«, murmelte Columbine, und während sie lauschte und schaute, war sie sich bewußt, daß sie etwas anders an diesen Cowboy dachte. Sie fühlte den Unterschied und begriff ihn doch nicht.

Einen nach dem andern erkannte sie die Reiter, aber Wilson Moore war nicht unter ihnen. Er mußte also über ihr sein. Und als sie nun den Blick zu dem roten Felsen emporwandte, der über ihr aufragte, erscholl weit links von ihr ein Ruf, der sie erschauern ließ.

»Vorwärts — halloooo!« Rote Rinder sausten in wildem Durcheinander den Hang hinunter; sie brachen durch die Büsche und ließen den Staub aufsteigen.

»Hohee!«

Der Schrei tönte klarer und heller.

Columbine sah, wie ein weißer Mustang auf der Höhe auftauchte — scharf zeichnete sich seine Silhouette gegen das reine Blau des Himmels ab; Mähne und Schwanz des Pferdes flogen im Wind. Das

Tempo des Hengstes an diesem steilen Rand bewies, daß der Reiter ein verwegener Cowboy war, für den die tiefen Abgründe keine Schrecken hatten. Columbine hätte ihn schon an der Art des Reitens erkannt, selbst wenn sie die schlanke, aufrechte Gestalt nicht gesehen hätte. Der Cowboy sah sie im Augenblick. Sofort ließ er den Mustang steigen, dann winkte ihm Columbine. Der Cowboy verschwand hinter den Espen, tauchte rechts von ihnen wieder auf und kam im Schritt über die Grasterrasse herabgeritten.

Das Mädchen sah ihn herankommen — und war sich einer seltsamen Unsicherheit bei dieser Begegnung bewußt. In all den Jahren war er ihr ein Spielgefährte, ein Freund — beinahe ein Bruder gewesen. Er ritt schon jahrelang für Bellounds. Er war ein Cowboy, weil er Rinder gern hatte und Pferde noch lieber — und über alles liebte er das Leben im Freien. Anders als die meisten Cowboys hatte er die Schule besucht. Seine Familie in Denver widersetzte sich seinem wilden Leben und hatte ihn oft zur Heimkehr aufgefordert. Manchmal sonderte er sich ab; seine Art war nicht völlig zu verstehen.

Columbine beobachtete ihn, wie er heranritt und spürte plötzlich eine Zurückhaltung. Wie würde Wilson die Nachricht von der erzwungenen Veränderung in ihrem Leben aufnehmen? Der Gedanke bereitete ihr einen seltsam erregenden Schmerz. Aber sie waren schließlich nur gute Freunde und in letzter Zeit waren sie nicht einmal die Freunde und Kameraden wie früher gewesen. In der aufreizenden Unsicherheit dieser Begegnung hatte sie seine zurückhaltende Art und das Fehlen kleiner Aufmerksamkeiten vergessen.

Inzwischen war der Cowboy auf der ebenen Wiesenterrasse angekommen und glitt mit lässiger Anmut aus dem Sattel. Er war groß und schlank — er hatte die schmalen Hüften eines Reiters und eckige, wenn auch nicht breite Schultern. Er stand gerade wie ein Indianer da. Seine Augen waren haselbraun, seine Gesichtszüge regelmäßig und bronzen getönt. Wie alle Männer der freien Natur hatte er ein hageres, stilles Gesicht, aber dazu fühlte sie eine Stetigkeit des Ausdrucks in diesen Zügen, eine Zurückhaltung, die eine leise Traurigkeit zu verbergen schien.

»Hallo, Columbine!« rief er. »Was machst du hier? Du könntest womöglich niedergerannt werden!«

»Hallo, Wils! Ich kann schon aufpassen!«

»Einige böse Stiere sind in dem Rudel. Wenn einer hierhergelaufen kommt, wird dir Pronto davonlaufen und dich zu Fuß nach

Hause gehen lassen. Der Mustang haßt die Rinder. Und du weißt, er ist nur halb zugeritten.«

»Ich habe vergessen, daß ihr heute treibt.« Sie sah von ihm weg.

»Weshalb bist du gekommen?« fragte er neugierig.

»Ich wollte Columbinen pflücken. Nimm eine! Hast du sie gern?«

»Ja, Columbinen gefallen mir«, erwiderte er und nahm eine. Seine scharfen haselbraunen Augen wurden sanft und dunkel. »Colorados Blume!«

»Columbine – das ist mein Name!«

»Könntest du einen besseren haben? Er paßt zu dir!«

»Warum?« Sie sah ihn wieder an.

»Du bist schlank und anmutig, du trägst den Kopf stolz und gerade. Deine Haut ist weiß und deine Augen blau. Nicht blauglockenblau – sondern columbinenblau! Und sie werden purpurviolett, wenn du zornig wirst!«

»Komplimente, Wilson? So kenne ich dich gar nicht.«

»Du bist heute anders.«

»Ja.« Sie schaute über das Tal zu der sinkenden Sonne; die leichte Röte wich aus ihren Wangen. »Ich habe gar kein Recht, stolz zu sein; niemand weiß, wer ich bin und woher ich komme!«

»Als ob das einen Unterschied ausmachen würde!« rief er.

»Bellounds ist nicht mein Vater! Ich habe keinen. Ich bin eine Waise. Man hat mich als Kind im Wald gefunden – verloren unter den Blumen. Ich bin immer Columbine Bellounds gewesen. Aber niemand weiß, wie ich wirklich heiße.«

»Ich kenne deine Geschichte schon seit Jahren«, sagte er ernst. »Old Bill hätte es dir schon längst sagen sollen. Aber er liebt dich – wie jedermann. Du darfst durch dieses Wissen nicht traurig werden. Es tut mir leid, daß du nie Mutter und Schwester gekannt hast. Ach, ich könnte dir von vielen Waisen erzählen, deren Geschichte ganz anders verlaufen ist.«

»Du verstehst nicht. Ich bin glücklich gewesen. Außer nach einer Mutter – habe ich mich nach nichts gesehnt. Es ist nur –«

»Was verstehe ich nicht?«

»Ich habe dir noch nicht alles gesagt!«

»Nein? Nun – dann erzähl doch!« sagte er langsam.

Mit einem Male erkannte sie den Grund für ihre Zurückhaltung und ihr Zögern. Es ging ihr darum, was Wilson Moore über die geplante Verheiratung mit Jack Bellounds denken würde. Trotzdem wußte sie nicht, warum sie unsicher war – warum sie um ihre Beherrschung kämpfen mußte. Zu ihrem Ärger stellte sie außerdem fest, daß sie der Antwort auf seine Frage auswich.

»Jack Bellounds kommt heute abend oder morgen heim«, sagte sie.

Während sie auf eine Erwiderung von ihm wartete, schaute sie, ohne etwas zu sehen, auf die spärlichen Fichten, die Old White Slides säumten. Aber Moore schien keine Antwort geben zu wollen. Sein Schweigen zwang sie, sich ihm wieder zuzuwenden. Sein Gesicht hatte sich verändert; unter dem Bronzeton schien es leicht gerötet zu sein; er hatte die Unterlippe ein wenig von den Zähnen gezogen. Dabei blickte er gespannt auf das Lasso, das er aufrollte. Plötzlich schaute er auf — und das dunkle Feuer seines Blicks flammte durch ihr Herz.

»Ich erwarte dieses Kurzhorn schon seit Monaten«, sagte er unverblümt.

»Du hast Jack nie leiden können, nicht wahr?« fragte sie langsam. Sie hatte es nicht sagen wollen, aber die Worte kamen wie von selbst.

»Sicher nicht.«

»Und zwar, seit ihr vor langer Zeit gekämpft habt — wegen —«

Bei seiner scharfen Geste entrollte sich das Lasso.

»Seit ich ihn ordentlich verprügelt habe — vergiß das nicht!« unterbrach er sie.

Die Röte verschwand unter seiner bronzenen Gesichtshaut.

»Ja, du hast ihn verprügelt. Und seitdem haßt er dich!«

»Zwischen uns ist keine Liebe verloren.«

»Aber du hast nie so offen gegen Jack gesprochen!« protestierte sie.

»Es ist nicht meine Art, hinter dem Rücken eines anderen über ihn zu reden. Aber ich bin auch nicht sanft und zimperlich — und — und —«

Er beendete den Satz nicht, und die Bedeutung des Ausspruches blieb rätselhaft. Moore schien nicht er selbst zu sein. Und das verwirrte Columbine. Immer hatte sie ihm vertraut. Es war eine wirklich komplizierte Situation; sie brannte darauf, es ihm zu sagen, und fürchtete sich doch davor — sie fühlte bei seinen bitteren Worten über Jack eine unerklärliche Befriedigung — sie schien zu erkennen, daß sie Wilsons Freundschaft höher schätzte, als sie gewußt hatte — und daß ihr diese Freundschaft jetzt aus irgendeinem seltsamen Grunde entglitt.

»Wir — wir waren doch — so gute Freunde. Kameraden«, sagte sie hastig.

»Wer?« Er starrte sie an.

»Nun — du und ich!«

»O!« Sein Ton wurde sanfter, aber sein Blick war immer noch mißbilligend. »Und was weiter?«

»Etwas ist geschehen, was mich erkennen ließ, wie ich dich in der letzten Zeit — vermißt habe. Das ist alles.«

»Ahm.« In seinem Ton lag eine Endgültigkeit und Bitterkeit, aber er wollte sich nicht verraten. Columbine fühlte einen Stolz in ihm, der wohl der Grund seiner Verschlossenheit war.

»Wilson, warum warst du in letzter Zeit anders?«

»Was hat es für Sinn, es dir jetzt zu sagen?« fragte er zurück.

»Es könnte für mich schlecht sein, aber sag es mir trotzdem«, sagte sie schließlich; sie antwortete wie eine reifere Frau — etwas Weibliches war in ihr aufgetaucht.

»Nein!« erklärte Moore heftig, und dunkelrote Flecken erschienen in seinem Gesicht. Er schlug das Lasso klatschend gegen den Sattel und band es mit ungeschickten Händen fest. Er sah sie nicht an. Sein Ton verriet Zorn und Erstaunen.

»Dad sagt, ich müsse Jack heiraten«, sagte sie und war plötzlich ganz zu ihrer natürlichen Einfachheit zurückgekehrt.

»Ich habe ihn das schon vor Monaten sagen hören.«

»Wirklich? War das der Grund?« flüsterte sie.

»Ja.«

»Aber das war doch kein Grund für dich, mir fernzubleiben.«

Er lachte kurz auf.

»Wils, hattest du mich nicht mehr gern, nachdem mein Vater das sagte?«

»Columbine, ein neunzehnjähriges Mädchen, das bald heiraten wird, sollte keine Närrin sein«, erwiderte er.

»Ich bin keine Närrin!« rief sie hitzig.

»Du stellst närrische Fragen.«

»Nun, du hattest mich wirklich nachher nicht mehr gern — sonst hättest du mich nicht so schlecht behandelt.«

»Schlecht behandelt — das ist nicht wahr!« brauste er auf.

»Du meinst, ich lüge?« fragte sie.

»Ja, das meine ich — wenn —«

Ehe er den Satz beenden konnte, schlug sie ihm ins Gesicht. Er wurde bleich — und sie begann zu zittern.

»O, das habe ich nicht gewollt! Verzeih mir!« bat sie.

»O, mach dir keine Mühe!« brach er los. »Du hast mich schon einmal geschlagen — vor Jahren, weil ich dich geküßt hatte. Ich entschuldige mich, daß ich sagte, du hättest gelogen. Du bist ganz außer dir. Und ich auch.«

Das war Öl auf die unruhigen Wasser. Der Cowboy schien zu zögern, ob er schnell fortreiten oder noch etwas bleiben sollte.

»Vielleicht!« Columbine lachte halb, und doch waren ihr die Tränen nahe.

»Schließen wir Frieden. Laß uns wieder — Freunde sein.«

Moore straffte sich angriffslustig. Er schien sich gegen etwas in ihr zu wehren. Sie fühlte das. Aber sein Gesicht wurde härter und älter, als sie es je gesehen hatte.

»Columbine, weißt du, wo Jack Bellounds in diesen drei Jahren gewesen ist?« fragte er langsam; er beachtete ihr Freundschaftsangebot überhaupt nicht.

»Nein. Jemand sagte, in Denver — und jemand anderer sagte, in Kansas City. Ich habe Dad nie gefragt, weil ich wußte, daß Jack fortgeschickt worden war. Ich habe gedacht, daß er gearbeitet hat, damit ein Mann aus ihm wird.«

»Ich hoffe zum Himmel, um deinetwillen, daß es wahr wird, was du vermutest«, erwiderte Moore bitter.

»Weißt du denn, wo er war?« Ein seltsames Gefühl trieb Columbine zu der Frage. Hier war ein Geheimnis. Wilsons Erregung schien seltsam und tief zu sein.

»Ja.« Der Cowboy sagte es mit zusammengebissenen Zähnen, als ob er den Mund gegen eine übermächtige Versuchung verschließen wollte.

Columbine verlor ihre Neugier. Sie war Frau genug, um zu erkennen, daß es sehr wohl Tatsachen geben mochte, die ihre Lage nur noch schlimmer machen würden.

»Wilson«, begann sie hastig, »ich verdanke Dad alles, was ich bin. Er hat für mich gesorgt, mich zur Schule geschickt. Er war gut zu mir. Ich habe ihn immer geliebt. Es wäre ein armseliger Dank für all seine Liebe, seinen Schutz, wenn ich mich weigerte —«

»Old Bill ist der beste Mann auf der Welt«, unterbrach Moore sie, als ob er auch den leisesten Verdacht einer Untreue gegen seinen Boß von sich weisen wollte. »Jedermann in Middle Park und weit darüber hinaus schuldet Bill etwas. Er ist wirklich gut, und alles an ihm ist in Ordnung, außer der verrückten Blindheit gegen seinen Sohn. Buster Jack — der — der —«

Columbine legte ihm eine Hand auf die Lippen.

»Der Mann, den ich heiraten muß«, sagte sie ernst.

»Du mußt es — du wirst es tun?« fragte er.

»Natürlich. Was könnte ich sonst tun?«

»Columbine!« Sein Ruf war so schneidend scharf, seine Geste so heftig und sein Blick so durchbohrend, daß Columbine vor Schreck stumm blieb. »Wie kannst du Jack Bellounds lieben? Du warst erst zwölf Jahre alt, als du ihn zum letztenmal sahst! Wie kannst du ihn lieben?«

»Ich liebe ihn nicht!«

»Wie kannst du ihn dann heiraten?«

»Ich bin Dad Gehorsam schuldig. Er hofft, daß ich Jack zur Vernunft bringen kann.«

»Jack zur Vernunft bringen?« rief er leidenschaftlich. »Du mit deiner Unschuld und deiner Lieblichkeit willst diesen verdammten Bastard festigen! Mein Gott! Er war ein Spieler und Trunkenbold, er war —«

»Still!« flehte Columbine.

»Er hat beim Kartenspiel betrogen«, erklärte der Cowboy mit grenzenloser Verachtung.

»Aber er war nur ein wilder Junge.« Columbine versuchte tapfer, den Sohn des Mannes zu verteidigen, den sie als ihren Vater liebte. »Er ist fortgeschickt worden, damit er arbeitet; er wird als Mann zurückkommen und die Wildheit überwunden haben.«

»Pah!« rief Moore rauh.

Columbine hatte das Gefühl, daß etwas in ihr zerbrach. Wo war ihre Kraft? Sie kämpfte, um die Schwäche vor ihm zu verbergen.

»Es sieht dir nicht ähnlich, so zu sprechen. Du warst sonst so großzügig. Habe ich denn schuld? Habe ich mir mein Leben ausgewählt?«

»Vergiß meinen Jähzorn«, bat Moore und sah auf sie herab. »Ich nehme alles zurück, es tut mir leid. Mach dir keine Gedanken — ich war nur eifersüchtig.«

»Eifersüchtig?« fragte sie verwundert.

Der Cowboy hatte sich jetzt in der Hand und betrachtete sie mit grimmiger Belustigung.

»Ja, Columbine, es ist wie ein Roman. Ich bin der Enterbte, ein Taugenichts ohne Aussichten. — Und dein Freund Jack ist hübsch und reich. Er hat einen liebevollen, alten Dad, Rinder, Pferde und Ranches! Er gewinnt das Mädchen — verstehst du?«

Er gab seinem Mustang die Sporen und ritt davon. Am Rand des Hanges wandte er sich im Sattel um.

»Ich muß die Rinder treiben. Es ist schon spät. Geh schnell heim!«

Dann war er fort. Steine rollten hinter ihm den Hang hinab. Columbine verharrte an ihrem Platz. Sie zweifelte, und doch flammte das Blut noch heiß in ihren Wangen.

»Eifersüchtig? Er gewinnt das Mädchen?« murmelte sie. »Was kann er nur gemeint haben? Er hat doch nicht gemeint —«

Die einfache logische Ausdeutung von Wilsons Worten eröffnete in ihren Gedanken eine verwirrende Möglichkeit, an die sie nicht einmal im Traum gedacht hätte. Daß er sie lieben könnte! Aber wenn — warum hatte er ihr das nicht gesagt? Nein, vielleicht war er eifersüchtig — aber er liebte sie nicht! Der nächste Pulsschlag ihrer Gedanken war wie ein Pochen an einer Tür ihres Herzens, einer Tür, die noch nie geöffnet wurde. Die Frau, die eben in ihr geboren worden war, schloß die Tür wieder, noch ehe sie mehr als einen flüchtigen Blick ins Innere getan hatte. Aber dann fühlte sie, wie ihr Herz mit einer namenlosen Lust anschwoll.

Pronto graste ganz in der Nähe. Sie fing ihn ein, stieg auf und ritt heim.

2

Die Dunkelheit senkte sich wie ein schwarzer Mantel über das Tal. Columbine hatte fast gehofft, daß Wilson auf sie warten und ihr Pferd versorgen würde, wie es seine Gewohnheit war, aber sie wurde enttäuscht. In der Hütte der Cowboys brannte noch kein Licht; sie waren noch nicht zurück. So sattelte sie Pronto ab und ließ ihn auf die Weide laufen.

Columbine betrat einen großen Raum, der durch eine Lampe am oberen Tisch und die brennenden Scheite in dem riesigen Steinkamin erhellt war. Das in den Ecken ziemlich düstere und kahle Wohnzimmer war für schlichte Bedürfnisse recht behaglich. Die Balken waren neu — das Haus war noch nicht lange erbaut.

Der Rancher saß in einem Lehnstuhl vor dem Fenster und streckte die großen, schwieligen Hände gegen die Wärme aus. Er war ein grauhaariger Mann von über sechzig Jahren, aber noch muskulös und kräftig. Als sie eintrat, hob er den Kopf.

»Nun, da bist du ja. Jake hat gerufen, das Essen wäre fertig. Wir können also jetzt essen!«

»Dad, ist — ist dein Sohn gekommen?«

»Nein. Ich erhielt gerade bei Sonnenuntergang Nachricht. Einer von Bakers Cowboys kam das Tal herauf. Er kam von Kremmling und sagte, daß Jack seine Rückkehr bei zuviel rotem Whisky feierte. Er wird heute abend wohl nicht mehr kommen. Vielleicht morgen. Ist wohl natürlich, daß er seine Heimkehr feiert«, sagte Bellounds. »Ich mache ihm deshalb keinen Vorwurf. Diese drei Jahre müssen bitter für ihn gewesen sein.«

Als sie sich zu Tisch gesetzt hatten, trug der Koch die dampfenden Schüsseln auf. Das Abendessen war, zu Ehren des Sohnes, der nicht gekommen war, ziemlich üppig. Columbine legte ihrem Dad seine Lieblingsgerichte vor und sah verstohlen auf sein gefurchtes Gesicht. Sie spürte seit heute nachmittag eine geheime Veränderung in ihm, aber sie konnte keine Anzeichen davon in seinem Blick und seinem Verhalten entdecken. Sein Appetit war herzhaft wie immer.

»Bist du Wilson begegnet — läuft er dir immer noch nach?«

»Ich habe ihn getroffen, aber ich habe nicht bemerkt, daß er das jemals getan hat, Dad!«

»Du bist dem Verstande nach noch ein Kind, so gereift du auch körperlich bist. Der Cowboy ist wegen dir schon liebeskrank gewesen, als du noch ein kleines Mädchen warst. Deshalb ist er auch bei mir geblieben!«

»Dad, das glaube ich nicht.« Columbine fühlte das Blut in ihren Schläfen brennen. »Du hast dir solche Dinge immer eingebildet.«

»Aha! Ich bin, was Frauen angeht, ein alter Narr, was? Vielleicht war ich es — vor Jahren, aber jetzt weiß ich Bescheid. Sind Wilsons Augen nicht immer ganz finster geworden, wenn dir einer der anderen Jungens nachlief?«

»Ich kann mich nicht erinnern.« Columbine hatte das Verlangen, zu lachen, obwohl die Situation alles andere als belustigend war.

»Ja, du warst immer so unschuldig. Gott sei Dank hast du die Tricks der meisten Mädchen nicht erlernt, die allen Männern Augen machen. Jedenfalls habe ich Wils vor drei Monaten gesagt, er solle dir aus dem Weg gehen, weil du nichts für einen armen Kuhhirten seist!«

»Du hast ihn nie leiden können. Ist das eigentlich fair?«

»Nun, ich denke — nein.« Als er aufschaute, wurde sein breites, hartes Gesicht dunkelrot. »Der Junge ist der beste Reiter und Lassowerfer, den ich seit Jahren hatte. Er ist kein Pferdeschinder. Er trinkt nicht, ist ehrlich und dienstwillig, spart sein Geld und geht gut mit dem Vieh um. Er wird eines Tages ein reicher Rancher werden.«

»Seltsam, daß du ihn dann nie leiden konntest«, murmelte sie.

Sie schämte sich darüber, daß ihr das Lob so wohltat.

»Nicht seltsam. Ich habe meine guten Gründe dafür«, brummte Bellounds und aß weiter.

Columbine glaubte den Grund der unvernünftigen Abneigung zu erraten. Wahrscheinlich lag die Ursache darin, daß Wils dem eigenen Sohne Jack immer und in jeder Beziehung überlegen gewesen war. Die Jungens waren in allen Weidedingen natürliche Rivalen gewesen. Was Bill Bellounds an Männern liebte und schätzte, war bei Wilson Moore reichlich vorhanden, während es bei seinem Sohn fehlte.

»Wirst du Jack jetzt die Leitung deiner Ranches übertragen?« fragte Columbine.

»Nein. Ich werde ihn hier auf der White Slides Ranch als Vormann ausprobieren. Und dann werden wir sehen.«

»Dad, er wird diese Mannschaft nie leiten können.«

»Well, ich gebe zu, die Mannschaft ist ein hartes Rudel. Aber ich denke, die Jungens werden bleiben — außer Wils vielleicht. Und es ist ganz gut, wenn er geht.«

»Wäre es nicht ungeschickt, gerade deinen besten Mann wegzuschicken? Du hast doch eben gesagt, daß du an Leuten knapp bist.«

»Sicher«, erwiderte er ernst. »Wir haben mehr Rinder, als wir bewältigen können. Ich habe Meeker Nachricht geschickt und hoffe, daß ich dort einige Leute bekommen kann. Was ich aber am meisten brauche, ist ein Mann, der sich auf Hunde versteht und die Bären, Wölfe und Pumas in den Canyon jagt.«

»Dad, für die Hunde brauchst du eine eigene Mannschaft. Es müssen ja jetzt schon hundert Hunde sein. Erst gestern brachte ein Mann ein ganzes Rudel von struppigen, langohrigen Kötern! Du wirst noch zum Gespött der ganzen Weide werden.«

»Ja — und die ganze Weide wird mir danken, wenn ich das Raubgezücht erledigt haben werde. Ich habe geschworen, daß ich jeden Hund kaufe, den man mir bringt, bis ich genug habe, um die Raubtiere zu erledigen. Aber jetzt brauche ich einen Jäger.«

»Warum übergibst du die Hunde nicht Wilson Moore? Er ist doch ein Jäger.«

»Das ist keine schlechte Idee!« Der Rancher nickte mit seinem grauen Kopf. »Du willst anscheinend, daß ich Wils behalte, was?«

»Ja, Dad.«

»Warum? Hast du ihn so gern?«

»Ich habe ihn natürlich gern. Er war mir fast ein Bruder.«

»Hm. Aber du hast ihn nicht lieber, als du ihn haben solltest — wenn du bedenkst, was bevorsteht?«

»Sicher nicht«, erklärte Columbine mit brennenden Wangen.

»Freut mich. Ist auch nicht wichtig, ob er bleibt oder geht. Wenn er will, werde ich ihm die Arbeit mit den Hunden geben.«

Bill Bellounds hatte sich im Jahre 1860 in Middle Park angesiedelt. Es war ein wildes Land, die Heimat der Ute-Indianer und ein natürliches Paradies für Elche, Bären, Antilopen und Büffel. Die Bergketten beherbergten Bären. Diese Ketten beschirmten das Land im Tal, das in früheren Jahren ein Entdecker Middle Park genannt hatte. Ein großer Teil dieses eingeschlossenen Tafellandes war Grasprärie. Bellounds war ein Rinderzüchter und hatte sofort die Möglichkeit erkannt, die dieses Tal bot. Er suchte die Freundschaft des Ute-Häuptlings Piah, der den weißen Siedlern gut gesinnt war. Sein Stamm blieb friedlich.

1868 war Bellounds wesentlich daran beteiligt, als man die Utes überredete, Middle Park aufzugeben. Die Hänge waren dicht bewaldet, und in den Bergen hatte man Silber und Gold gefunden. Es war ein Land, das Goldsucher, Rinderleute und Holzfäller anlockte. Der Sommer war für den Anbau von Getreide nicht lang genug, und für Mais waren die Nächte zu kalt — sonst wäre die Bevölkerung von Middle Park schnell angewachsen.

In den Jahren nach dem Abzug der Utes hatte Bellounds mehrere Rinderranches entwickelt und weitere gekauft. Die White Slides Ranch lag etwa zwanzig Meilen von Middle Park entfernt, in einem Seitenarm des Haupttales. Ihre Entwicklung dauerte Jahre, aber Bellounds lebte dort, weil die Landschaft wilder war. Der Rancher wollte anscheinend im fortgeschrittenen Alter die Einsamkeit seiner früheren Jahre bewahren.

Als sein Sohn zur White Slides Ranch zurückkehrte, war Bellounds reich an Rindern und Land, aber er gestand offen, daß er kein Geld gespart hatte und auch nie sparen würde. Seine Hand war immer für jeden offen. Er traute jedem. Er prahlte gern damit, daß weder ein weißer noch ein roter Mann jemals sein Vertrauen enttäuscht hätte. Seine Cowboys und Nachbarn nutzten ihn aus, aber es gab keinen, der seinen Verpflichtungen ihm gegenüber nicht nachgekommen wäre. Er war einer der großen Pioniere der Grenzertage, denen der Westen seine Besiedlung verdankte. Und er war besser als die meisten, denn er hatte bewiesen, daß die Indianer, wenn sie nicht beraubt oder gejagt wurden, sich ebenfalls freundschaftlich verhielten.

An dem Tag, an dem Bellounds den Sohn erwartete, sah man ihn nicht bei seinen üblichen Arbeiten. Er ging zu den Corrals, schritt oft auf der Veranda auf und ab und spähte talabwärts nach dem Horizont, wo die Straße von Kremmling in das Tal einbog. Dann wieder blieb er im Haus.

Früh am Nachmittag kam er gerade heraus, als ein Wagen mit staubigen und schaumbedeckten Pferden in den Hof fuhr. Und dann sah er seinen Sohn. Cowboys liefen heran und begrüßten den Fahrer, den sie gut kannten.

Jack Bellounds sah sie nicht an. Er warf sein Gepäck auf den Boden, stieg langsam aus und ging auf die Veranda zu.

»Ja, mein Sohn, ich bin froh, daß du zurück bist!« Der alte Rancher trat ihm entgegen. Seine Stimme klang tief und bewegt, aber das war das einzige Anzeichen für seine innere Erregung.

»Hallo, Dad!« sagte der Sohn, nicht sehr herzlich, als er dem Vater die Hand bot.

Jack Bellounds war von großer Gestalt, er versprach so riesig zu werden wie sein Vater. Aber er ging nicht aufrecht, sondern ließ die Schultern etwas hängen. Sein Gesicht war bleich; er war also in letzter Zeit nicht viel in Sonne und Wind gewesen. Jeder Fremde hätte die Ähnlichkeit zwischen den beiden erkannt, aber wenn die hübschen Züge auch ähnlich waren — dem Jüngeren fehlte die Kraft des Alten.

Die verlegene Gezwungenheit, die in dieser Begegnung lag, offenbarte sich hauptsächlich in dem Verhalten des Sohnes. Er sah beschämt und fast trotzig aus. Aber wenn er in Kremmling schwer getrunken hatte, wie berichtet wurde, so hatte er sich davon völlig erholt.

»Komm!« sagte der Rancher.

Als sie im Wohnzimmer waren, ließ der Sohn sein Gepäck fallen und sah den Vater angriffslustig an.

»Wissen sie alle, wo ich gewesen bin?« fragte er verbittert. Zerbrochener Stolz und Scham flammten in seinem Gesicht.

»Niemand weiß etwas. Ich habe das Geheimnis gehütet.«

Der junge Mann zeigte Erstaunen und Erleichterung.

»O, da bin ich froh« sagte er. Er setzte sich und bedeckte sein Gesicht mit bebenden Händen.

»Wir fangen neu an, Jack — gleich hier«, sagte Bellounds ernst.

»Wir werden nie mehr von den drei Jahren sprechen — nie mehr!«

Als Jack aufsah, waren Trotz und Verdüsterung aus seiner Miene verschwunden.

»Vater, du hattest nicht recht, daß es mir nützen würde. Es hat mir geschadet. Aber wenn es niemand weiß — nun, ich will versuchen, es zu vergessen.«

»Vielleicht habe ich einen Fehler gemacht«, sagte der Vater. »Aber, Gott weiß, ich habe es gut gemeint. Du warst wahrhaftig — aber genug davon!

Du wirst als Vormann der White Slides Ranch arbeiten, und wenn du Erfolg hast, werde ich dich nur zu gern zum Boß der Ranch machen. Ich werde alt, Sohn, und die letzten Jahre haben mich ärmer gemacht. Die Weide ist gut, aber ich habe weniger Vieh als letztes Jahr. Es gibt Viehdiebe, und das Raubzeug hat uns schwere Verluste verursacht. Was sagst du, Sohn?«

»Ich will White Slides leiten, ich habe nicht auf eine so große Chance gehofft. Aber sie steht mir zu. Wen kenne ich von der Mannschaft noch?«

»Ich denke, niemand außer Wilson Moore.«

»Dieser Cowboy ist immer noch da? Ich will ihn nicht haben.«

»Well, ich werde ihn mit den Hunden das Raubzeug jagen lassen. Und noch eins, Jack: die Mannschaft ist schlimm. Du verstehst — schlimm. Du kannst dieses Rudel nicht einfach leiten. Du kannst dich nur durch harte Arbeit und wenig Worte durchsetzen.«

»Ich werde ihnen schon zeigen, wer der Boß ist. Ich brenne darauf, in die Stiefel zu kommen und herumzureiten!«

Bellounds strich sich den grauen Bart und betrachtete den Sohn mit einer Mischung aus Stolz und Zweifel. In diesem Augenblick konnte er aber nur die eine, wunderbare Tatsache sehen: daß sein Sohn heimgekommen war.

»Gut, aber hör zu. Du warst der Weide drei Jahre fern. Du wirst Rat brauchen. Sei sanft zu den Pferden — du warst früher gemein zu ihnen. Einige Cowboys lassen ihre Pferde steigen und beißen, aber das ist unvernünftig. Ein Pferd hat Verstand. Ich habe gute Tiere und will sie nicht verdorben wissen. Und sei mit den Jungens ruhig und anständig; es ist in diesen Tagen schwer, Hilfe zu bekommen. Am besten hältst du dich daran, wie ich Pferd und Menschen behandelt habe.«

»Ich habe aber gesehen, wie du Pferde getreten und auf Menschen geschossen hast.«

»Richtig. Aber das waren ausnehmend schwere Fälle. Ich rate es dir. Es ist sehr wichtig, und ich hoffe —«

Seine Stimme begann zu beben und versagte. Nur ein völlig verhärteter Sohn hätte übersehen können, wie bewegt der Alte war. Jack legte ihm den Arm um die Schulter.

»Dad, du wirst auf mich stolz sein. Gib mir eine Chance, und sei nicht böse, wenn ich nicht gleich Wunder vollbringe!«

»Sohn, du sollst jede Chance haben. Übrigens, erinnerst du dich an Columbine?«

»Aber sicher. Man hat in Kremmling von ihr gesprochen. Wo ist sie?«

»Irgendwo in der Nähe. Ihr beide werdet heiraten.«

»Heiraten? Columbine und ich?«

»Ja. Du bist mein Sohn, und sie ist meine Adoptivtochter. Ich will meinen Besitz nicht aufteilen. Und sie hat ein Anrecht auf einen Anteil. Ein schönes, gutes Mädchen. Sie wird eine gute Frau werden.«

»Aber Columbine hat mich immer gehaßt.«

»Ach, sie war ein Kind — und du hast sie geneckt. Jetzt ist sie eine Frau und will mir Freude machen. Du sträubst dich doch nicht dagegen?«

»Das kommt darauf an. Ich würde fast jedes Mädchen heiraten, wenn du es willst. Aber bei ihr würde ich bocken, wenn sie —

Weiß sie bestimmt nicht, wohin du mich gesandt hast?«

»Ich schwöre es.«

»Willst du, daß wir bald heiraten?«

»So bald, als Collie es für vernünftig hält. Sie ist sehr scheu. Wenn du je ihr Herz gewinnen kannst, wirst du reicher sein als mit allem Gold der Rocky Mountains. Geh langsam vor. Andererseits könnte es dir Halt geben, wenn du sie gleich heiraten würdest.«

»Gleich heiraten?« lachte Jack. »Das ist wie ein Roman. Aber warte ab, bis ich sie gesehen habe.«

In diesem Augenblick saß Columbine auf der obersten Stange eines hohen Corralzaunes und betrachtete tief interessiert das Bild vor ihr.

Zwei Cowboys waren mit einem Mustang im Corral; einer trug einen Sack mit Hufeisen. Bei den klirrenden Eisen schüttelte das Pferd die Mähne und rollte mit den Augen.

»Miß Collie, wollen Sie da oben sitzen bleiben?« fragte der größere Cowboy, ein geschmeidiger, schlanker Bursche mit rotem Gesicht und hellen, ruhigen Augen.

»Sicher, Jim.«

»Aber wir müssen ihn knebeln«, protestierte der Cowboy.

»Ja. Und ihr werdet sanft mit ihm umgehen!«

Jim kratzte sich den Kopf und sah seinen Kameraden an, einen kleinen, knorrigen Burschen, der ganz aus Beinen zu bestehen schien.

»Hörst du, du Wyoming-Halunke?« sagte er zu Jim. »Whang bekommt die Eisen ganz sanft!«

Jim grinste und wandte sich dem Mustang zu.

»Whang, jetzt will ich sehen, wieviel Pferdeverstand du hast.«

Der zottige Mustang blieb aber ziemlich mißtrauisch.

»Jim, da Miß Collie zum letzten Male bei dieser Arbeit Boß ist, werden wir Whang kein Haar krümmen!«

»Lem, warum ist es das letzte Mal?« fragte Columbine schnell.

Jim sah sie kritisch an, und Lems Gesicht zeigte die ausdruckloseste Miene, die sie immer mit einer Cowboyteufelei in Verbindung brachte.

»Tja, Miß Collie — der neue Boß ist heute gekommen.«

»Ihr meint, Jack Bellounds ist gekommen; aber deswegen bin ich genauso euer Boß wie früher.«

»Das wäre schön, aber ich fürchte, das steht nicht in der Schicksalsgeschichte der White Slides Ranch geschrieben.«

»Buster Jack wird den alten Mann über den Haufen rennen — und Sie heiraten.«

»O, das meint ihr also! Nun, wenn es wirklich so käme, dann würde ich noch mehr euer Boß sein als je zuvor.«

»Ich glaube nicht, Miß Collie, denn dann werden wir nicht mehr für die White Slides Ranch reiten«, sagte Jim schlicht.

Columbine hatte diese Möglichkeit schon geahnt, als das Gerücht von Jacks Rückkehr aufgetaucht war. Sie kannte die Cowboys. Eher konnte man versuchen, Felsen zu verändern als sie.

»Jungens, der Tag, an dem ihr geht, wird für mich traurig sein«, seufzte sie.

»Miß Collie, der Tag ist noch nicht da«, sagte Lem mit verlegener Sanftheit. »Jim hat schon lange Sehnsucht nach Wyoming und redet nur so.«

Dann machten sich die Cowboys geschickt an die Arbeit. Whang hatte gelernt, daß er stehen bleiben mußte, wenn der Zügel herabhing. Jim bückte sich, wie um den Mustang anzuhobbeln, dann aber zog er das Lasso plötzlich um die Knie zusammen. Der Mustang schnaubte, aber Jim zog das Lasso fest. Bald lag das Pferd auf dem Boden und schlug mit den Hufen in die Luft. Lem setzte sich auf den Kopf des Pferdes. Rasch wurden dem Mustang jetzt die Schlingen auch um die Hinterbeine festgezogen, und das Beschlagen konnte beginnen.

Columbine war es verhaßt, dabei zuzusehen, aber sie hielt wie immer auf ihrem Posten aus, da sie wußte, daß die Cowboys dann weniger hart waren.

»Morgen wird er wieder prächtig steigen«, sagte Lem, als er aufstand.

»Ja, und er wird darauf warten, mir einen Tritt zu versetzen«, meinte Jim.

Für Columbine kam der interessanteste Augenblick, als der Mustang den Kopf hob und sah, was mit seinen Beinen geschehen war. In seinem Blick lag fast etwas Menschliches.

Die Cowboys ließen ihn frei. Whang stampfte mit den Hufen.

»Wir können ihn reiten; wollen Sie es versuchen?« fragte Jim.

»Nicht in diesen Kleidern«, lachte Columbine.

»Ach, Miß Collie, heute sind Sie aus diesem oder jenem Grund aber fein angezogen.« Lem hob kopfschüttelnd seine Werkzeuge auf.

»Aha. Und da kommt der Grund«, flüsterte Jim.

Columbine hörte Schritte auf dem Kies. Sie drehte sich rasch um und hätte fast das Gleichgewicht verloren. Sie erkannte Jack Bellounds. Der junge Buster Jack war zu einem Mann geworden, größer, schwerer und älter, mit bleicherem Gesicht und dreisterem Blick.

Columbine hatte diese Begegnung gefürchtet und sich darauf vorbereitet. Was sie jetzt ärgerte, war nur die Tatsache, daß er sie auf der Corralstange überraschte. Es fiel ihr gar nicht ein, herabzuspringen. Sie setzte sich nur gerade, glättete den Rock und wartete.

Jim führte den Mustang aus dem Corral, und Lem folgte ihm. Es schien, als ob sie dem jungen Mann ausweichen wollten, aber Jack wußte das zu verhindern.

»Hallo, Jungens! Ich bin Jack Bellounds!« sagte er ziemlich von oben herab. Er benahm sich lässig, aber er bot ihnen nicht die Hand.

Jim murmelte etwas, und Lem sagte: »Hallo!«

»Ein gemein aussehendes Biest«, fuhr Bellounds fort und griff sorglos nach dem Mustang. Whang zerrte so heftig am Zügel, daß er Jim fast umgerissen hätte.

»Nun, er ist wohl kein Biest, aber alles andere!«

Beide Cowboys schienen sorglos zu sein. Columbine sah, wie sie Jack vorsichtig aber scharf beobachteten. Nun betrachtete sie ihn selbst genauer. Er trug verzierte Stiefel mit hohen Absätzen, dicht anliegende Hosen aus schwerem Tuch, einen Gürtel mit schwerer Silberschnalle und ein weiches, weißes Hemd mit offenem Kragen. Er war barhäuptig.

»Ich werde White Slides leiten«, sagte er zu den Cowboys. »Wie heißt ihr?«

Columbine wollte kichern, aber sie erstickte den Impuls. Jim nach seinem Namen zu fragen! Sie hatte ihn nie herausfinden können.

»Ich heiße Lemuel Archibald Billings«, erwiderte Lem ausdruckslos. Der Mittelname war eine Ergänzung, die noch niemand gehört hatte.

Bellounds ging nun auf das Mädchen zu.

»Es gibt nur ein Mädchen auf der Ranch — also mußt du Columbine sein!«

»Ja — und du bist Jack. Ich freue mich, dich daheim willkommen zu heißen.«

Sie glitt vom Zaun und bot ihm die Hand. Er hielt sie fest, bis sie sich frei machte. Seine Miene verriet ehrliche Überraschung und Freude.

»Ich hätte dich bestimmt nicht erkannt. Als ich dich das letzte Mal sah, warst du ganz dünn — mit einem weißen Gesicht und großen Augen.«

»Das ist lange her, fast sieben Jahre. Aber ich erkenne dich, du bist größer und älter, aber der selbe Bursche Jack!«

»Ich hoffe nicht!« Freimütig verurteilte er sein früheres Ich. »Dad braucht mich; er will, daß ich hier die Leitung übernehme. Ich bin zurück, und es tut gut, wieder daheim zu sein. Ich habe nie viel getaugt, aber ich hoffe, daß ich ihn nicht wieder enttäuschen werde.«

»Ich hoffe es auch.« Seine offenen Worte wirkten dem ungünstigen Eindruck entgegen, den sie gleich anfänglich erhalten hatte. Er schien sie ernst zu meinen. Er sah auf den Boden und schob mit der Stiefelspitze Kieselsteine hin und her. Columbine hatte also eine gute Gelegenheit, sein Gesicht zu betrachten. Er ähnelte seinem Vater — nur erschien der kühne Blick seines Vaters bei ihm dreist. Die blauen Augen traten bei Jack Bellounds etwas vor. Sein Gesicht war bleich und von Sorge und Unzufriedenheit überschattet.

Mund und Kinn waren undiszipliniert. Columbine hätte nicht sagen können, daß sie etwas an dem Aussehen des jungen Mannes verabscheute. Aber etwas war an ihm, was sie zur Zurückhaltung zwang. Sie hatte sich entschlossen, ihre Rolle selbstlos durchzuführen; sie wollte nach liebenswerten Zügen in ihm suchen und ihn wegen dieser Züge gern haben; sie wollte stark sein im Ertragen und Helfen. Warum aber konnte sie in ihm jenes Etwas nicht spüren, das sie bei Jim Montana, Lem oder Wilson Moore so gern hatte?

»Das war das zweite Mal, daß ich lange von daheim fort war. Das erste Mal war es die Schule in Kansas City. Das hat mir gefallen. Es hat mir leid getan, als sie mich hinauswarfen — nach Hause schickten. Aber die letzten drei Jahre waren eine Hölle.«

In seinem Gesicht arbeitete es, und ein dunkler Schatten zog darüber.

»Hast du gearbeitet?«

»Gearbeitet? Sicher war es Arbeit — und schlimmer als das!«

Columbines scharfer Blick suchte seine Hände. Sie waren weiß und ohne Narben wie ihre eigenen. Was für Arbeit hatte er geleistet, wenn er die Wahrheit sprach?

»Jack, wenn du für Dad arbeitest, mit den Cowboys auskommst und die schlechten alten Gewohnheiten läßt —«

»Du meinst das Trinken und die Karten. Ich schwöre, daß ich beides drei Jahre lang vergessen habe — bis gestern.«

»Dann wirst du Dad und mich glücklich machen — und selbst glücklich sein!«

»Dad will, daß wir heiraten«, sagte er plötzlich mit einem scheuen Lächeln. »Ist das nicht seltsam? Du und ich, die wir immer wie Hund und Katze gekämpft haben! Erinnerst du dich noch, wie ich dich in das alte Schlammloch gestoßen habe? Und du hast hinter dem Schuppen auf mich gelauert und mich mit dem faulen Krautkopf getroffen.«

»Ja, ich erinnere mich«, sagte Columbine träumerisch. »Es scheint so lange her zu sein.«

»Und als du meine Apfelkuchen gegessen hast und ich dir dafür das Kleid zerriß, so daß du im Hemd heimlaufen mußtest?«

»Ich habe es vergessen; ich muß noch sehr klein gewesen sein.«

»Du warst ein kleiner Teufel! Erinnerst du dich an meinen Kampf mit Moore — deinetwegen?«

Sie antwortete nicht. Der Ausdruck gefiel ihr nicht, der flüchtig über sein Gesicht huschte, er erinnerte sich zu deutlich.

»Ich werde die Rechnung mit Moore bereinigen. Außerdem will ich ihn nicht auf der Ranch haben.«

»Dad braucht gute Leute«, sagte sie und sah auf die fernen Sage-Hänge. Die Erwähnung Wilsons hatte ihre Zurückhaltung verstärkt.

»Ehe wir weiterkommen, würde ich gern etwas wissen. Hat dir Moore je den Hof gemacht?«

Columbine fühlte, wie sich das Prickeln in ihren Adern zu einer heißen Flut steigerte. Warum zögerte sie bei der ganz natürlichen Frage Jacks?

»Nein. Nie«, erwiderte sie schließlich.

»Das ist verdammt merkwürdig. Du hattest ihn lieber als alle andern — und mich hast du gehaßt. Bist du darüber hinausgewachsen?«

»Natürlich. Aber ich habe dich sicher nicht gehaßt!«

»Dad sagte, du wärst bereit, mich zu heiraten. Ist das so?«

Columbine senkte den Kopf. Er hatte die Frage freundlich gestellt, und sie hatte sie auch erwartet. Aber seine Nähe, die Bedeutung seiner Worte riefen in ihr einen unerklärlichen Geist des Widerstrebens wach. Sie hatte sich bereits entschlossen, dem Willen des alten Mannes zu gehorchen — aber sie erkannte jetzt, daß sie sich nicht so leicht zu einer Einwilligung zwingen konnte, die ihr Wesen nicht wünschte.

»Ja«, antwortete sie tapfer.

»Bald?« fuhr er eifrig auf.

»Wenn es nach mir ginge — dann wäre es nicht so bald«, stammelte sie. Obwohl sie die Augen niederschlug, sah sie, daß er auf sie zukam, und sie spürte das Verlangen, zu flüchten.

»Warum? Dad meint, es wäre gut für mich. Es gäbe mir eine Verantwortung, die ich brauche. Warum nicht bald?«

»Wäre es nicht besser, ein wenig zu warten? Wir kennen uns kaum, geschweige denn, daß wir für einander etwas empfinden.«

»Columbine, ich habe mich in dich verliebt«, erklärte er hitzig.

»Wie könntest du das?« fragte sie ungläubig.

»Nun, ich war schon als Junge hinter dir her. Und da du jetzt so hübsch und gesund und blühend geworden bist — und nachdem Dad gesagt hat, daß du meine Frau werden wirst — habe ich einfach den Kopf verloren.«

Columbine sah ihn an und erinnerte sich, wie er schon als Junge immer plötzlich ein Verlangen nach Dingen gehabt hatte, die er unbedingt haben mußte. Sein Vater hatte ihm diese Dinge nie verweigert. Es war tatsächlich möglich, daß er sich in sie verliebt hatte.

»Würdest du mich haben wollen, ohne daß ich dich — liebe? Denn ich liebe dich nicht. Aber ich könnte es vielleicht eines Tages, wenn du gut wärst, wenn du Dad glücklich machen würdest, wenn du deine —«

»Ich würde dich nehmen — selbst wenn du mich hassen würdest«, erwiderte er leidenschaftlich.

»Ich werde Dad sagen, wie mir zumute ist«, erwiderte sie schwach. »Und ich werde dich heiraten, wann er es bestimmt.«

Er küßte sie und hätte sie umarmt, aber sie wich zurück.

»Nicht — jemand könnte es sehen!«

»Columbine, wir sind verlobt!« Er lachte mit wildem Besitzerstolz. »Du brauchst nicht so erschrocken dreinzuschauen, ich fresse dich schon nicht! Du bist ein süßes Mädchen! Ich bin so ungern heimgekommen — und nun dieses Glück!«

Plötzlich trat bei ihm der Wandel ein, der für ihn so charakteristisch war. Seine Dreistigkeit schwand, er ließ sie die sanftere Seite seines Wesens sehen.

»Collie, ich habe nie etwas getaugt, aber ich will mich bessern. Ich werde es beweisen. Ich will dich heiraten, ohne daß ein Geheimnis zwischen uns besteht. Weißt du, wo ich die letzten drei Jahre war?«

»Nein.«

»Ich will es dir jetzt sagen, aber du mußt versprechen, daß du es niemals erwähnen — und es mir nie vorhalten wirst!«

Er sprach heiser und war plötzlich ganz weiß geworden. Sie mußte an Wilson Moore denken. Er hatte es gewußt. Aber er hatte der Versuchung widerstanden, es ihr zu sagen.

»Jack, das ist großartig von dir, aber du brauchst es nicht zu sagen — ich nehme den Willen für die Tat.«

Bellounds erlebte offenbar einen Gefühlssturm von Erleichterung, Erstaunen und Dankbarkeit. Er war wie verwandelt.

»Collie, wenn ich dich nicht schon geliebt hätte — jetzt würde ich dich lieben! Dir das zu sagen, wäre die schwerste Aufgabe meines Lebens gewesen. Und jetzt brauche ich mich nicht vor dir zu schämen — und muß mir auch nicht als Betrüger und Lügner vorkommen! Aber das eine sage ich dir — wenn du mich liebst, wirst du einen Mann aus mir machen!«

3

Der Rancher hielt es für das Beste, bis nach dem Round-up zu warten, ehe er seinen Sohn als Vormann einsetzte. Das war weise, aber Jack war nicht dieser Ansicht. Wieder zeigte er den alten rebellischen, widerspenstigen Geist, der in seiner Abwesenheit nur noch gewachsen war. Der Rancher war geduldig und erklärte ihm, was jeder junge Mann, der in Colorado aufwuchs, von selbst begriffen hätte. Der Herbst-Round-up war die wichtigste Jahresarbeit, bei der ein Vormann die Mannschaft unbedingt in der Hand haben mußte. Jack gab schließlich widerwillig nach.

Unglücklicherweise ging er direkt von seinem Vater zu den Corrals, wo eben die Cowboys schmutzig und schweißverklebt von der Arbeit zurückgekommen waren.

»Diese Mannschaft hier wird meine Spuren nicht mehr sehen«, sagte einer. »Ich habe mich nie danach gesehnt, die Arbeit von zwei Männern zu tun, und wenn es dann noch Tag und Nacht so geht —«

»Schlaft Jungens, bis wir mit dem Brennwagen kommen. Wir werden mit dem Rudel heute fertig«, sagte Wilson Moore.

»Bist du nicht müde, Wils?« fragte Bludsoe, ein krummbeiniger, stämmiger Mann, der etwas lahmte.

»Ich? Nein, du mahagonifarbener Bipede von Kuhtreiber! Ich habe in vier Nächten drei Stunden geschlafen — wie sollte ich da müde sein?«

»Was ist eine Bipede?« fragte Bludsoe zweifelnd.

Niemand gab ihm Aufklärung.

»Wils, du bist der einzige gebildete Cowboy, den ich je gern gehabt habe, aber ich will ein Hundesohn sein, wenn ich dir nicht eines Tages den Schädel einschlage!«

»Er kann wahrhaftig reden!« sagte Lem Billings gedehnt. »Er hat sicher einmal ein Wörterbuch verschluckt!«

»Und mit dem Lasso kann er auch umgehen — und das gleicht die Sache wieder aus«, meinte Jim Montana.

Gerade in diesem Moment erschien Jack auf dem Schauplatz. Die Cowboys beachteten ihn nicht. Jim bandagierte ein Bein seines Pferdes. Bludsoe nahm müde seinen Sattel auf, Lem gab seinem Mustang einen liebevollen Klaps, und Moore wartete offenbar auf ein frisches Pferd, das ein Mexikanerjunge eben brachte.

Bellounds sprang interessiert vor, als Wils pfiff und der Mustang seine Freude zeigte.

»Spottie, heute heißt es für dich: Jährlinge herumzerren«, sagte der Cowboy, als er den Mustang fing. Spottie war schön, aber nicht zu graziös und schlank und auffallend.

Jack ging bewundernd um Spottie herum.

»Moore, der ist ganz prächtig«, sagte er mit der Miene eines Kenners. »Wie heißt er?«

»Spottie«, sagte Moore kurz und wollte aufsteigen.

»Halt mal!« befahl Jack gebieterisch. »Das Pferd gefällt mir. Ich will es mir näher ansehen.«

Als er die Zügel ergriff, sprang Spottie sofort an und versuchte sich schnaubend loszureißen. Nun zeigte Jack den Jähzorn, für den er berüchtigt war.

»Verdammt, herunter mit dir!« schrie er wütend und riß mit aller Macht am Zügel. Spottie kam zitternd herunter; seine Augen zeigten Furcht und Schrecken. Sein Maul blutete dort, wo das Gebiß eingeschnitten hatte.

»Ich will ihn ausprobieren«, sagte Bellounds düster. »Moore, leih mir deine Sporen.«

»Ich verleihe weder meine Sporen noch mein Pferd«, erwiderte Moore ruhig und war mit einem Schritt neben Spottie.

Die anderen Cowboys sahen stumm und gespannt zu.

»Ist das dein Pferd?« fragte Jack errötend.

»Ich denke, ja. Niemand sonst hat ihn je geritten.«

»Gehört er meinem Vater oder dir?«

»Nun, wenn du es so siehst, er gehört der White Slides Ranch. Ich habe ihn nur aufgezogen und zugeritten.«

»Das dachte ich mir. Moore, dann gehört er mir. Jemand soll mir die Sporen leihen.«

Niemand regte sich.

»Dann reite ich ihn ohne Sporen«, sagte Jack und wandte sich wieder dem Mustang zu.

»Bellounds, ich würde es an deiner Stelle lieber nicht tun«, sagte Moore kühl.

»Warum nicht? Das möchte ich wissen!« rief Jack mit dem Ton eines Mannes, der keinen Widerspruch duldet.

»Es ist das einzige Pferd, das ich heute reiten kann. Wir brennen heute. Hudson, der Vormann, hat sich gestern verletzt und hat mich bestimmt, seine Arbeit zu machen. Ich muß Jährlinge fangen. Wenn du jetzt Spottie besteigst, wird er erregt und nervös.«

Der verständige Einwand beeindruckte Jack nicht.

»Moore, vielleicht interessiert es dich, zu erfahren, daß ich der Vormann der White Slides Ranch bin?« sagte er hochmütig.

»O ja, das interessiert mich sehr«, erwiderte Moore, und mit einem Griff löste er den Sattelgurt, so daß Sattel und Decke zu Boden rutschten.

Bellounds war überrascht — er verstand nicht gleich. Dann flammte sein Jähzorn auf.

»Was soll das heißen?« fragte er scharf. »Sofort sattelst du wieder!«

»Nein. Das ist mein Sattel. Er hat voriges Jahr in Kremmling gute sauerverdiente sechzig Dollar gekostet. Du kannst ihn nicht benutzen. Verstanden?«

»Ja verstanden! Und jetzt wirst du verstehen, was ich sage!« schrie Jack. »Ich werde dafür sorgen, daß du entlassen wirst!«

»Zu spät!« sagte Moore mit kalter Verachtung. »Ich habe schon vor einer Minute gekündigt — als du so brutal mit dem Pferd umgingst.«

»Großartig! Ich wollte dich ohnehin nicht in der Mannschaft haben!«

»Du hättest mich nicht halten können, Buster Jack!« Der Beiname schien für Jack eine Beschimpfung zu sein.

»Wage es nicht, mich so zu nennen«, brach er los.

»Warum nicht? Wir haben alle unsere Beinamen — Montana Blud, und mich zum Beispiel nennen sie ‚Professor'. Warum sollte es nicht bei deinem Spitznamen bleiben, Buster Jack — Zerbrecher-Jack?«

»Ich dulde es nicht — von niemand — und besonders von dir nicht!«

»Soso! Aber ich fürchte, der Name wird bleiben! Zerbrichst du nicht alles, womit du herumspielst? Dein Dad wird sich freuen, wenn du heute den Roundup und morgen die Mannschaft zerbrichst!«

»Du unverschämter Kuhhirt!« schrie Jack außer sich vor Wut. »Wenn du nicht den Mund hältst, zerschlage ich dir das Gesicht!«

»Mund halten — ich? Nein, das geht nicht. Wir sind in einem freien Land, Buster Jack!«

Die Wiederholung des Spitznamens trieb Jack zur Raserei.

»Ich habe dich immer gehaßt!« schrie er heiser.

Er schlug hart zu. Der erste Schlag ging vorbei, aber ein zweiter streifte Wilsons Gesicht.

Moore taumelte; dann gewann er sein Gleichgewicht zurück und erwiderte den Schlag. Jack flog gegen den Corralzaun.

»Buster Jack, du bist verrückt!« rief der Cowboy mit funkelnden Augen. »Glaubst du denn, du kannst mich verprügeln — nach dem, wo du die drei Jahre gewesen bist?«

Wie ein Wahnsinniger sprang Jack Bellounds vor und schwang wild die Arme. Wilson wich den Fäusten aus und pflanzte dann einen einzigen Schlag auf Jacks wild verzerrten Mund. Bellounds stürzte schwer — er stand eilig auf, aber er griff nicht wieder an. In seinen vorquellenden Augen glimmte ein düsterer, häßlicher Blick. Er rang keuchend nach Atem und Worten.

»Moore, ich — bringe dich — um!« zischte er und schaute sich nach einer Waffe um. Als einziger trug Bludsoe einen Colt. Bellounds sprang blitzschnell zu und packte den Revolver, ehe es Bludsoe verhüten konnte.

»Laß los! Den Revolver her!« schrie Jack, als Bludsoe mit ihm rang.

Sie kämpften; Bludsoe riß sich los und versuchte, den Colt wegzuwerfen, aber Jack verhinderte das; die Waffe fiel den beiden Kämpfern vor die Füße.

»Rasch — hebt ihn auf! Der verdammte Narr wird Wils töten!« schrie Bludsoe.

Lem lief hinzu und schleuderte den Colt mit einem Tritt weg, gerade als Jack griff. Als der Revolver am Zaun landete, hob Jim ihn auf.

»Jack, haben Sie nicht gesehen, daß Wils nicht bewaffnet ist? Schluß jetzt — oder wir behandeln Sie etwas rauher!«

»Der Alte kommt!« warnte ein Cowboy.

Der Rancher kam schnell und gewichtig herbei. Sein graues Haar flatterte im Wind. Sein Blick war streng.

»Was geht hier vor?« brüllte er.

Die Cowboys ließen Jack los. Mürrisch und niedergeschlagen ging er aufs Haus zu.

»Jack, bleib hier!« rief der Alte.

Aber sein Sohn beachtete ihn nicht. Er warf nur einen düsteren Blick zurück, den aber nur Moore bemerkte.

»Boß, es hat eine kleine Auseinandersetzung gegeben«, erklärte Jim, während er schnell Bludsoes Waffe verbarg. »Nichts Wichtiges.«

»Jim du lügst!« sagte der alte Rancher. »Was versteckst du da? Gib den Revolver her!«

Wortlos holte Jim den Colt hinter dem Rücken hervor.

»Er gehört mir, Boß!« sagte Bludsoe.

»So? Und weshalb hat ihn Jim versteckt?«

»Well, ich habe ihn Jim zugeworfen. Wir haben gerungen, und ich wollte keinen Revolver.«

Es war für die Cowboys charakteristisch, daß sie logen, um Jack Bellounds zu decken. Aber sie konnten den alten Rancher nicht täuschen. Er war ein Mann, der vierzig Jahre an der Grenze gelebt hatte.

»Bludsoe, du kannst mich nicht zum Narren halten«, sagte er ruhig. Er gab den Revolver dem Eigentümer zurück und fuhr fort: »Ihr wollt meine Gefühle schonen und lügt wegen irgendeinem Trick von Jack. Ist er losgebrochen?«

»Nun — so ziemlich«, sagte Bludsoe trocken.

»Dann sprecht — und keine Lügen!«

Bellounds' Blick ruhte auf Wilson, dessen Gesicht noch die Spuren des Kampfes trug und vor Erregung weiß war.

»Ich werde nicht lügen, darauf können Sie wetten!« rief er.

»Aha! Ich dachte mir, daß ihr zusammenprallen würdet. Was ist geschehen?«

»Er hat mein Pferd verletzt — sonst hätte es keinen Kummer gegeben.«

Ein Funkeln blitzte in den Augen des Alten auf. Er war ein Pferdeliebhaber. Er hatte mit den Cowboys schon oft gewettert, wenn sie brutal mit den Pferden umgingen.

»Was hat er getan?«

»Sehen Sie sich Spotties Maul an!«

Der Rancher näherte sich dem Tier ganz anders als sein Sohn. Die Untersuchung dauerte nur einen Augenblick.

»Die Zunge ist übel aufgerissen. Das ist eine verdammte Schande! Wenn es noch ein schlimmes, störrisches Tier wäre! Moore, wie ist es geschehen?«

Wilson berichtete hastig.

»Schließlich sagte er, das Pferd gehört ihm —«

»Ihm?« unterbrach Bellounds.

»Ja, er hat es für sich beansprucht. Nun, Spottie gehört mir schließlich nicht, und ich gab nach. Ich nahm ihm den Sattel ab, der wirklich mir gehört. Jetzt begann Jack zu brüllen, er wäre hier Vormann und würde mich rauswerfen lassen. Ich sagte ihm, ich hätte schon vorher gekündigt. Ich wurde nun auch wild und nannte ihn Buster Jack. Er schlug zuerst zu, und wir kämpften. Als ich die

Oberhand behielt, machte er einen Sprung nach Bludsoes Colt. Das ist alles.«

»Boß, so wahr ich ein geborener Rindermann bin — er hätte Wils durchlöchert!« warf Bludsoe ein.

Der Alte strich sich ruhig den grauen Bart; er schien über die Geschichte nicht allzu besorgt zu sein.

»Montana, was sagst du?« fragte er. Offenbar gab er auf die Meinung dieses ruhigen Cowboys besonders viel.

»Nun, Boß«, erwiderte Jim zögernd. »Buster Jacks Jähzorn war schon früher schlimm — aber jetzt ist er noch verdammt viel schlimmer geworden.«

Bellounds wandte sich Wilson zu.

»Wils, es ist ein Unglück, daß du gleich mit Jack aneinandergeraten bist. Aber es mußte wohl geschehen. Ich sage, Jack war im Unrecht. Vielleicht gehört Spottie dem Buchstaben nach der Ranch — oder mir. Aber jetzt gehört er dir, weil ich ihn dir schenke.«

»Besten Dank, Bellounds, ich weiß das zu schätzen«, erwiderte Moore warm. »Das ist so, wie man es von Bill Bellounds erwartet.«

»Und ich würde es als besonderen Gefallen ansehen, wenn du heute noch dableiben und das Brennen erledigen würdest.«

»All right, für Sie tue ich das. Lem, los! Heute kommst du nicht zum Schlafen.«

Lem seufzte und nahm den Zügel auf.

Spät an diesem Nachmittag saß Columbine auf der Veranda und beobachtete den Sonnenuntergang.

Jetzt sah sie auf der Gasse zwischen den Weiden einen Cowboy auftauchen. Er kam sehr langsam geritten und führte ein zweites Pferd. Columbine erkannte Lem, ehe sie sah, daß er Pronto führte. Das kam ihr seltsam vor, und bei einem zweiten Blick bemerkte sie, daß Pronto hinkte. Sofort lief sie zum Corraltor. Zuerst hatte sie nur Augen für ihren geliebten Mustang.

»Lem — Pronto ist verletzt!« rief sie.

»Ja, das kann man wohl sagen.« Lem war sehr ernst. Der Cowboy war staubbedeckt und so müde, daß er taumelte.

»Lem, er ist ja ganz blutig!« Columbine lief auf den Mustang zu.

»Halt!« sagte Lem scharf. »Pronto ist ganz zerschunden. Holen Sie schnell Leinen und Salbe!«

Columbine rannte davon, und als sie zu dem Corral zurückkam, war sie ganz außer Atem. Pronto wieherte, als sie neben ihm auf die Knie sank. Lem prüfte eben die blutigen Risse an den Beinen des Pferdes.

»Kein großer Schaden«, sagte er erleichtert. »Aber es war eine knappe Sache. Helfen Sie mir!«

»Ja, ich habe so etwas schon oft gemacht, aber nie bei Pronto. Ich fürchtete, ein Stier hätte ihn aufgespießt!«

»Beinahe! Und wenn er nicht geritten worden wäre, wie Sie es nie gesehen haben, dann wäre er nicht mehr hier.«

»Wer hat ihn geritten? Sie Lem? Das kann ich Ihnen nie vergelten!«

»Mein Pech, daß ich es nicht war!«

»Nein? Wer denn?«

»Wils! Aber er hat mich schwören lassen, daß ich es nicht sage.«

»Wils! Er hat Pronto gerettet — und Sie sollten es nicht sagen? Lem, da ist doch etwas geschehen!«

»Miß Collie, ich bin völlig erledigt. Wenn ich mit dem Verbinden fertig bin, falle ich vom Pferd!«

»Aber Sie sind doch schon am Boden!« Columbine lachte nervös. »Was ist geschehen?«

»Haben Sie von dem Streit heute morgen gehört?«

»Nein. Was — wer —«

»Darüber können Sie Old Bill fragen! Aber Pronto wurde auf folgende Weise verletzt. Buster Jack kam beim Brennen über einen Zaun auf die Weide geritten. Er hatte ein Lasso und wollte eines der Pferde jagen. Plötzlich sah er Pronto und ritt hinter ihm her. Pronto riß sich los und sprang über den Zaun. Das war nicht so schlimm, aber einer der bösen Stiere rannte hinter ihm her. Pronto stolperte über Jacks Lasso und stürzte — und der Stier war schon fast auf ihm. Pronto kam wieder hoch, und der Stier trieb ihn in die Büsche. Wils schrie nach einem Gewehr, aber niemand hatte eins — auch keinen Sechsschüsser. Ich werde wieder einen tragen. Nun, Wils ist mächtig geritten, um rechtzeitig zu Pronto zu kommen.«

»Lem, das ist doch nicht alles«, sagte Columbine ernst, als Lem geendet hatte. Er schien der Wahrheit auszuweichen. Aber ihr weiblicher Instinkt ahnte eine Katastrophe.

»Nichts weiter. Wilsons Pferd ist auf ihn gestürzt.«

»Ist er verletzt? Lem!« rief sie.

»Hören Sie, Miß Collie«, erwiderte Lem, »wir verarzten hier Ihr Pferd. Sie sollten nicht gleich alles fallen lassen und mich so packen! Und totenbleich sind Sie auch. Schließlich ist es nichts besonderes für einen Cowboy, wenn ein Pferd auf ihn fällt.«

»Billings, ich werde Sie noch hassen, wenn Sie nicht schnell sprechen!«

»Aha! So ist also die Lage!« sagte Lem schlau. »Well, es tut mir leid, aber Wils wurde schlimm verletzt. Nun — nicht wirklich schwer! Das Pferd ist auf sein Bein gefallen und hat es gebrochen. Ich habe seinen Stiefel aufgeschnitten. Der Fuß war ganz zerschmettert. Aber sonst war er nicht weiter verletzt. Man bringt ihn nach Kremmling.«

»Ah!« Columbines leiser Schrei klang ihr selbst seltsam in den Ohren.

»Buster Jack hat heute zweimal etwas zerbrochen. Ich weiß nicht, wie Sie über dieses Individuum denken, aber ich sage Ihnen, er ist schlechte Medizin. Er ist durch und durch verdorben — wie ein Pferd, das Loco-Kraut gefressen hat. Die Idee, Pronto dort direkt beim Roundup fangen zu wollen! Man könnte denken, er wäre eben erst nach dem Westen gekommen. Old Bill ist kein Narr. Aber bei allem, was seinen Sohn angeht, trägt er Scheuklappen. Ich kann für die White-Slides-Ranch nur schlimme Tage prophezeien!«

4

Nur ein Mann in Meeker schien sich für eine freie Stelle bei Rancher Bill Bellounds zu interessieren. Es war ein kleiner, blasser Mann, der weder jung noch alt aussah und sagte, sein Name wäre Bent Wade. Mit zwei armseligen Pferden war er nach Meeker gekommen.

»Woher kommen Sie?« fragte der Wirt.

»Vom Cripple Creek. Ich habe dort für einige Miners gekocht und selbst Gold gewaschen.«

»Das sollte sich doch besser lohnen als die Arbeit hier.«

»Ja, der Lohn war gut«, seufzte Wade.

»Weshalb sind Sie fort?«

»Wir hatten einen Kampf wegen der Fundstellen — und ich bin als einziger übriggeblieben.«

Wade setzte sich und begann zu erzählen. Bald gesellten sich einige Leute dazu. Auch der alte Kemp, der Patriarch des Ortes, kam dazu. Der Fremde übte einen seltsamen Zauber aus.

Er war klein, aber drahtig und muskulös. Als er den breiten

Sombrero abnahm, sah man ein wirklich bemerkenswertes Gesicht. Es war glatt und bleich, mit hoher Stirn und hohlen Wangen. Über dem Schnurrbart hing eine riesige Nase; die Augen lagen unter zottigen Brauen tief in ihren Höhlen. Fast unsichtbare Linien des Schmerzes, der Schatten eines Geheimnisses in den Augen — das alles fügte sich zu einer rätselhaft traurigen Harmonie zusammen.

Wade erzählte eine schreckliche Geschichte von Gold, Blut und Tod. Es schien ihn irgendwie zu erleichtern. Seine Miene verlor jetzt etwas von dem tragischen Ausdruck. Seine Zuhörer schüttelten ehrfürchtig den Kopf. Zwei gingen weg.

Kemp starrte den Fremden mit zusammengekniffenen Augen an.

»Fremder«, sagte der Wirt. »Was doch nicht alles geschehen kann! Wollen Sie hierbleiben?«

»Ich suche Arbeit.«

Eben da erwähnte jemand, daß Bellounds Stellen frei hätte.

»Old Bill Bellounds, der sich mit den Utes anfreundete und Middle Park besiedelt hat«, sagte Wade, als ob er dieser Tatsachen sicher wäre.

»Richtig! Kennen Sie ihn?«

»Ich habe ihn einmal vor zwanzig Jahren gesehen.«

»Waren Sie je in Middle Park?« fragte der Wirt.

»Bill lebt nicht mehr im Park«, sagte Kemp. »Sondern auf der White Slides Ranch — drüben auf der Gore-Weide.«

»Ich habe im ganzen Land Gold gesucht«, erwiderte Wade.

»Ja, es ist ein schöner Teil von Colorado. Heu- und Rinderland — zu hoch für Getreide. Meinten Sie, daß Sie im Park gewesen sind?«

»Einmal, vor langer Zeit!« Wade starrte ins Leere. Eine Erinnerung an den Middle Park schien ihn zu verfolgen.

»Nun, dann steure ich Sie nicht falsch«, sagte der Wirt. »Ich liebe das Land — manche Leute lieben es allerdings nicht. Und wenn Sie kochen, packen oder Rinder treiben können, werden Sie bei Old Bill sicher Arbeit finden. Am meisten sucht er einen Jäger, der sich auf Hunde versteht. Können Sie jagen?«

»He?« fragte Wade abwesend und drehte den Kopf. »Ich bin auf einem Ohr taub.«

»Verstehen Sie sich auf Hunde und Gewehre?«

»Ziemlich.«

»Dann ist Ihnen die Stellung sicher.«

»Ich werde hingehen. Vielen Dank.«

»Keine Ursache. Ich tue Bellounds gern einen Gefallen. Bleiben Sie über Nacht hier?«

»Ich schlafe immer im Freien. Aber ich will Vorräte einkaufen.«

Old Kemp trottete seines Weges; er schüttelte den grauen Kopf, als ob ihn sein Gedächtnis traurig im Stich ließ. Eine Stunde später ritt Wade an ihm vorbei. Der Old-Timer schlug sich plötzlich an die Stirn.

»Ah! Ich wußte doch, daß ich ihn kenne!«

Später kam er aufgeregt zu seinem Freund, dem Wirt.

»Der Mann war Bent Wade!«

»So hat er gesagt.«

»Aber hast du denn nie von ihm gehört? Von Bent Wade?«

»Jetzt kommt mir der Name auch bekannt vor. Hoffentlich habe ich dem alten Bill keinen Banditen oder Revolvermann geschickt. Wer ist er denn?«

»Man nennt ihn den Höllen-Wade. Ich habe ihn in Wyoming gesehen, wo er Postfahrer war. Viel später traf ich ihn in Boulder wieder. Er war völlig zerschossen und wurde von Sam Coles gepflegt. Sam ist jetzt tot. Nach Sams Worten muß er ein wunderbarer Kerl sein. Was es nur unter der Sonne gibt — er konnte alles besser machen als jeder andere. Und mit den Revolvern war er schlimm! Er hat nie Streit gesucht, aber Streit schien ihm überallhin zu folgen. Coles hat geschworen, Wade wäre der anständigste Mann, den es je gegeben hat. Er hätte ein Herz von lauterem Gold. Immer hätte er jemand gerettet, jemanden geholfen — nie hätte er an sich gedacht. Als er vom Cripple Creek sprach, fing mein alter Kopf an zu schmerzen, aber es ist mir erst später eingefallen!«

Bei Sonnenuntergang war Bent Wade weit oben im Tal des White River im Schatten der Flat Top Mountains.

Es war ein schönes Land mit Grashügeln und Espenhainen, über denen die kahlen, graurooten Wände der Bergkette in den letzten Strahlen der untergehenden Sonne erglühten.

Allmählich öffnete sich das enge Tal in eine Parklandschaft, an deren oberem Ende eine Blockhütte stand. Einige Rinder weideten dort. Als Wade näherkam, trat ein Mann mit buschigem Haar aus der Tür; er hielt ein Gewehr in der Hand.

»Hallo, Fremder!« sagte er.

»Guten Abend! Sie sind wohl Blair, und ich bin nahe an der Quelle des Flusses?«

»Ja, noch drei Meilen bis zum Trapper-See.«

»Ich heiße Wade und suche bei Bill Bellounds Arbeit.«

»Steigen Sie ab und treten Sie ein. Bill war erst kürzlich hier.«

»Besten Dank. Aber ich muß weiter. Haben Sie nicht zufällig etwas Wildbret?«

Blair ging zu einem offenen Schuppen und brachte Wade ein gehöriges Stück Rehfleisch.

»Meine Frau ist krank. Haben Sie vielleicht etwas Tabak?«

»Sicher! Kau- und Rauchtabak. Ich kann schon etwas entbehren. Sind Sie mit Bellounds bekannt?«

»Ja, den kennt jeder. Einen anständigeren Boß kann man in den Hügeln nicht finden.«

»Hat er Familie?«

»Kann ich nicht sagen. Ich hörte einmal, seine Frau wäre gestorben. Vielleicht hat er wieder geheiratet.«

»Guten Tag, Blair«, sagte Wade und ritt weiter.

Bald erreichte er einen Tannenwald mit einem seichten, schnellen Fluß. Als er einen Lagerplatz gefunden hatte, sattelte er ab und ließ die beiden Pferde frei. Bald hatte er sich mechanisch Brennholz gesucht und den kleinen Ofen in Gang gebracht. Er mischte sich Biscuit-Teig, briet sich seine Fleischscheiben und legte sie auf saubere Fichtenspäne, während er darauf wartete, daß seine Biscuits durchgebacken waren und sein Kaffeewasser kochte. Dann aß er mit dem Hunger eines Mannes, der schon schlechtere Kost gekannt hatte.

Schließlich wusch er seine Kochgeräte und verstaute sie wieder. All das tat er schnell und geschickt. Dann war die Stunde der Ruhe gekommen, aber er schaute sich um, was es noch zu tun gab — und dabei fiel sein Blick auf seine Waffen. Sein Gewehr war ein Henry, der vom langen Gebrauch glänzte. Als Handwaffe trug er einen 45er Colt in seinem Sattelhalfter. Zuerst säuberte er das Gewehr, da er am Tag einmal durch einen kurzen Regen geritten war. Als er den Colt vornahm, wurden seine Bewegungen mit einem Male langsam. Die kleine Waffe war nicht nur eine Angelegenheit von Stahl, Pulver und Blei für ihn. Er reinigte sie sorgfältig, aber nicht liebevoll, und verstaute sie wieder.

Dann breitete er seine Lagerstatt unter den Tannen aus und setzte sich mit einer Pfeife an das Lagerfeuer. Das Schweigen der Wildnis umhüllte See und Ufer — eine tiefe Stille, die nur durch das Summen der Insekten, das Rauschen des Wassers und dann und wann von einem fernen Tierschrei unterbrochen wurde.

»Bill Bellounds! Und er braucht einen Jäger«, sagte er. »Das könnte die Arbeit für mich sein — abseits von den Menschen. Aber wenn die White Slides Ranch zu nahe an dem alten Weg ist, werde ich nicht bleiben können!«

Er seufzte, und ein düsterer Schatten, der nicht von dem flackernden Lagerfeuer kam, legte sich über sein Gesicht. Vor achtzehn Jahren hatte er die Frau, die er geliebt hatte, zusammen mit ihrem kleinen Kind von sich weg und in die Welt hinausgetrieben. Nie hatte er seither an einem Lagerfeuer geruht, ohne die alte Qual von neuem zu erleben. Welch eifersüchtiger Narr war er gewesen! Zu spät hatte er den fatalen Irrtum erkannt — und dann hatte er ganz Colorado nach Frau und Kind abgesucht, bis er schließlich — hundert Meilen von hier — auf die Spuren eines Indianergemetzels gestoßen war.

Das war Bent Wades Geheimnis.

Keine irdischen Leiden konnten grausamer sein als die Qual und die Reue, die er in den Jahren seither erlebt hatte. In diesen Wanderjahren hatte er immer versucht, Gutes zu tun, und immer wieder hatte diese gute Absicht Böses gezeugt. Selbst die Weisheit, die er aus seinen Wanderungen gewann, schien ihm Fallen zu stellen. Wilde Männer und leidenschaftliche Frauen schienen nur auf die Stunde zu warten, da er in ihr Leben trat. Er hatte gearbeitet, er hatte verschenkt — gekämpft, geopfert und getötet, er hatte für die menschliche Natur gelitten, die er in seiner wilden Jugend verraten hatte. Aber aus all seinem Suchen nach Gott hatte er nur endlose Qualen geerntet. Und immer wieder wanderten seine Gedanken zu dem Bild einer blonden, süßen Frau mit Augen von einem namenlosen Blau und einem Gesicht, das weiß war wie eine Blume.

»Das Kind wäre jetzt fast neunzehn, wenn es am Leben geblieben wäre, wohl ein großes Mädchen, wie ihre Mutter. Seltsam, jetzt, da ich älter werde, erinnere ich mich besser!«

Der Nachtwind stöhnte in den Tannen. Erst als das Feuer niederbrannte, erhob sich Wade und machte sich für die Nachtruhe fertig. Aus seinem Rock formte er ein Kissen, steckte den Colt darunter, zog die Stiefel aus, schlüpfte unter die Decken — und schlief sofort ein.

Bei Sonnenaufgang war Wade schon lange unterwegs und kletterte hoch über dem See auf den Paß zu.

Bald hatte er den Paß überquert. Der Abstieg war zuerst felsig, aber dann folgten wieder Grasflächen. Der Wald tat sich wieder vor ihm auf, und jetzt erreichte er ein Tal, in dem ein breiter Bach in der Sonne glänzte.

Die Natur machte Wade nie müde. Wenn er je Frieden fühlte, dann den, der von der Natur der wilden Einsamkeit ausstrahlte. Er liebte die Blumen, und sein Herz schlug vor Freude höher, als er hier im Tal die vielen Columbinen sah — die Prachtblume Colorados — und die vielfarbigen Purpurastern.

Er ritt weiter. Das Tal wurde breiter. Am Nachmittag erreichte er den kleinen Weiler Elgeria, der als Haltepunkt der Postlinie und als Versorgungsplatz der Erzgräber und Rinderleute Bedeutung erhalten hatte.

Wade ritt zu dem Gasthaus, wo die Postkutschen hielten. Die Besitzerin war eine liebenswürdige, stämmige Frau, die sich freute, einen Fremden zu sehen, und dabei nicht nur an den möglichen Nutzen dachte. Obwohl Wade Elgeria nie gesehen hatte, wußte er schnell über alles Bescheid.

»Ein gedeihlicher Ort — ich habe es gleich gesehen! Und er wird noch wachsen«, sagte er.

»Nicht so sehr wie früher. Nachdem mein Mann gestorben war, kam ein Rivale, der ein Hotel führt, in dem die Erzgräber trinken und spielen. Ich dulde das nicht. Aber ich will nicht klagen — ich lebe.«

»Wer führt das andere Hotel?«

»Ein gewisser Smith. Das ist aber wohl nicht sein wirklicher Name. Ich hatte Gäste hier, die ... aber das ist nicht wichtig.«

»Männer ändern ihre Namen.«

»Fremder, wollen Sie hier bleiben, oder reiten Sie weiter?«

»Ich will für Bill Bellounds arbeiten. Kennen Sie ihn?«

»Und ob ich ihn kenne! Er war in Kremmling unser bester Freund. Mein Mann hatte dort Rinder. Bill hat uns zum Rindergeschäft verholfen. Aber dann kamen wir hierher. Bob starb, und ich bin hier hängen geblieben.«

»Jedermann spricht gut von Bellounds.«

»Sie werden nie ein schlechtes Wort über ihn hören«, erwiderte die Frau warm. »Bellounds hatte nur einen Fehler, und gerade deswegen hatten ihn die Leute um so lieber.«

»Was war das für ein Fehler?«

»Er hat einen wilden Jungen, in dem seiner Meinung nach die Sonne auf- und untergeht. Buster Jack nennt man ihn. Er kam oft hierher, aber dann hat ihn Bill weggeschickt. Der Junge war verdorben. Ich habe seine Mutter gesehen; sie ist schon lange tot. Sie war nicht die rechte Frau für Bill Bellounds. Jack ist ihr nachgeraten. Bill war der Sklave der Frau. Als sie starb, hat er sein ganzes großes Herz für den Jungen aufgetan, und das war entscheidend. Jack wird nie etwas taugen!«

Wade nickte nachdenklich.

»Ist er das einzige Kind?«

»Noch ein Mädchen ist da, aber sie ist nicht mit Bill verwandt. Bill hat sie adoptiert. Seine Frau hat das Kind immer gehaßt, weil sie fürchtete, es würde einst etwas von dem Geld bekommen, das Jack zusteht.«

»Wie heißt das Mädchen?«

»Columbine. Sie war vorigen Sommer mit Bill hier bei mir. Bill hat angedeutet, daß er sie mit seinem Sohn Jack verheiraten wollte. Ich habe ihm gleich gesagt, daß diese Heirat für das Mädchen hart sein würde, wenn Jack nicht eine ganz neue Seite aufschlägt. Puh! Da ist Bill aber wild geworden! Er kann einfach kein Wort gegen Buster Jack vertragen.«

»Columbine Bellounds — ein seltsamer Name!«

»Ich kenne drei Mädel mit diesem Namen.«

»Haben Sie in Kremmling gewohnt, als Bellounds das Mädchen adoptierte?«

»Nein, das war lange, ehe ich nach Middle Park kam. Aber ich habe die Geschichte gehört. Goldgräber haben das Kind in den Columbinen gefunden, als die Indianer einen Wagenzug überfallen haben. Der alte Bill hat das Kind angenommen und es wie sein eigenes aufgezogen.«

»Wie alt ist das Mädchen jetzt?« Wades Ton hatte sich seltsam verändert.

»Columbine ist etwa neunzehn.«

Bent Wade senkte den Kopf und verbarg das Gesicht unter der breiten Krempe seines Sombreros. Die Wirtin sah das Zittern nicht, das ihn überfiel. Sie sprach weiter, bis sie abgerufen wurde.

Wade ging ins Freie und über den Fluß auf das grüne Weideland hinaus. Er rang mit einer erstaunlichen Möglichkeit. Columbine Bellounds könnte seine eigene Tochter sein! Sein Herz schlug vor Freude schneller, aber diese Freude war nur von kurzer Dauer. Für Bent Wade gab es auf dieser Welt keine Hoffnung solcher Art.

Aber er spürte das Vorgefühl einer Tragödie, die der White Slides Ranch drohte. Wade hatte die Gabe der Ahnung, den hellseherischen Blick, der oft den Schleier der Zukunft durchdringen konnte.

Er konnte jedoch die seltsame Gabe nicht willkürlich anwenden. Sie kam unvermittelt, wie ein Bote des Unheils aus dunkler Nacht.

Überdies hatte er sich nie dem Zauber dieses Wissens entziehen können. Es hatte ihn immer geheimnisvoll angelockt. Immer war er dann weiter gegangen — immer in der Hoffnung, einem andern die Last von den Schultern nehmen zu können. Und er ahnte auch jetzt wieder den Wirrwarr von menschlichen Schicksalen, in deren Mitte er treten sollte.

Der alte, großherzige Bill Bellounds und sein mißratener Sohn — Buster Jack, der Zerstörer, der wilde Junge in einer wilden Zeit — Columbine, das seltsame Mädchen unbekannter Herkunft, das durch eine unheilvolle Verbindung bedroht war! Wade dachte an hundert Möglichkeiten, wie dieser Konflikt enden mochte, aber keine war die, welche im Buch des Schicksals geschrieben stand. Sie allein blieb dunkel. Noch nie hatte er einen so starken Ruf aus dem Unbekannten erhalten, und noch nie hatte er eine so intensive Neugier gefühlt. Er erschauerte bei dem Gedanken an die Begegnung mit Columbine Bellounds. Hier war etwas, das über sein Begreifen hinausging.

»Es könnte — wahr sein!« flüsterte er. »Ich werde es wissen, wenn ich sie sehe!«

Dann ging er zu dem Gasthaus zurück. Unterwegs schaute er in die Bar des von Smith geleiteten Hotels. Sie sah ziemlich rauh aus. Bent Wade las in den Gesichtern der Müßiggänger an der Bar wie in den Seiten eines aufgeschlagenen Buches. Er blieb an der Tür stehen und wartete, bis Smith auftauchte. Wade hatte irgendwo auf seinen langen Wanderungen die meisten Veteranen des westlichen Colorado gesehen.

Schließlich erschien Smith. Er war ein stämmiger Mann mit einer häßlichen Narbe im Gesicht, die ein Auge verzerrte. Wade erkannte den Mann — und auch die Narbe. Denn er hatte dem Mann die Wunde selbst beigebracht — dem Mann, der nicht Smith hieß und der so böse war, wie er aussah.

Wade ging weiter, ohne gesehen worden zu sein. Die Begegnung bedeutete ihm jetzt weniger, als sie es noch vor zehn Jahren getan hätte. Er war nicht der Mann, der alte Feinde der Rache wegen aufsuchte. Es gab Männer in Colorado, die auf ihn schießen würden, sobald sie ihn nur sahen. Und mehr als einer hatte geschossen — auf seine Kosten.

Ziemlich spät am nächsten Morgen ritt er zur Ranch. Sie machte ihm den Eindruck eines reichen Besitzers. Der Rancher war wohl ein Mann, der an den alten, erprobten Methoden festhielt. Die Corrals waren neu, aber altmodisch eingerichtet. Ein Cowboy führte eben Pferde über den Platz zwischen dem Haupthaus und einer Anzahl kleinerer Hütten. Er sah den Besucher und wartete.

»Morgen!« sagte Wade.

»Hallo!« erwiderte der Cowboy.

Dann sahen sie einander an, nicht neugierig, aber ganz nach der Art des Westens mit jenem ruhig abschätzenden Blick.

»Ich heiße Wade; ich komme aus Meeker und suche bei Bellounds Arbeit.«

»Ich bin Lem Billings und reite schon seit Jahren für Bellounds. Ich glaube, der Boß wird sich freuen.«

»Ist er da?«

»Habe ihn eben gesehen.« Lem hielt an und band die Pferde an einen Pfosten. »Ich denke, ich sollte Ihnen wohl einen Tip geben.«

»Das wäre sehr freundlich.«

»Nun, wir sind knapp an Leuten. Der Round-up ist eben vorbei. Hudson wurde verletzt — und Wilson verkrüppelt. Dann hat der Boß seinen Sohn zum Vormann gemacht, und darauf sind drei der Männer gegangen; sie konnten ihn nicht vertragen. Der junge Bellounds ist ein richtiger Hundesohn. Ich und meine Kameraden Montana und Bludsoe bleiben aus gewissen Gründen — nun, nicht gerade aus Liebe zu dem neuen Boß. Aber der alte Bill ist der anständigste Kerl. Und nun der Tip: wenn Sie bleiben, müssen Sie für drei arbeiten!«

»Davor scheue ich nicht zurück. Vielen Dank!«

»Well, steigen Sie ab und kommen Sie herein«, sagte Lem herzlich.

Er führte Wade um die Ecke des Ranchhauses und auf die lange Veranda. Die Anordnung der Stühle und der Decken verriet die liebevoll ordnende Hand einer Frau. Eine Tür stand offen. Wade hörte zuerst die schrille, klagende Stimme eines Jungen und dann die tiefe, geduldige Antwort eines Mannes.

Lem klopfte.

»Nun, was ist los?« rief Bellounds von innen.

»Boß, ein Mann will Sie sprechen.«

Schwere Schritte erklangen, und dann erschien die wuchtige

Gestalt des Ranchers in der Tür. Wade erinnerte sich sofort an den Mann, wenn er auch stark gealtert war.

»Guten Morgen, Lem — und guten Morgen, Fremder!« grüßte der Rancher, und er betrachtete Wade mit einem prüfenden Blick seiner scharfen, blauen Augen.

Lem ging diskret zum Ende der Veranda, als ein jüngerer Mann, der dem Vater ähnelte, in der Tür erschien und den Fremden ebenfalls, aber weit weniger freundlich, anschaute.

»Ich heiße Wade; ich komme von Meeker und hoffe, bei Ihnen Arbeit zu finden.«

»Freut mich.« Der Rancher streckte die Hand aus. »Welche Art von Arbeit ziehen Sie vor?«

»Ich denke — jede Art von Arbeit.«

»Setzen Sie sich, Fremder!« Bellounds zog einen Stuhl heran und setzte sich selbst auf die Bank. »Wenn ein Junge des Weges kommt und sagt, er könne jede Arbeit verrichten, lache ich ihn aus. Aber Sie sind ein Mann und machen den Eindruck, als ob Sie etwas erlebt haben. Ich bin wirklich knapp an Leuten. Da niemand für Sie sprechen kann, tun Sie das wohl am besten selbst.«

»Ich kenne jede Arbeit vom Rindertreiben bis zum Verarzten von Pferden«, erwiderte Wade ruhig. »Ich bin ein ganz anständiger Maurer und Zimmermann. Ich verstehe mich auf das Packen und kenne die Farmarbeit. Ich kann Kühe melken und Butter machen. Ich war in vielen Mannschaften Koch. Ich kann lesen, schreiben und rechnen. Ich kann Sattel und Zaumzeug flicken und —«

»Halt!« schrie Bellounds und lachte herzhaft. »So viel habe ich ja gar nicht verlangt. Aber Sie sind ja wirklich ein Hans Dampf in allen Gassen. Und ich wünschte, Sie wären auch ein Jäger!«

»Darauf wollte ich noch kommen. Sie haben mir nicht Zeit genug gelassen.«

»Verstehen Sie sich auf Hunde?«

»Ja. Ich bin dort aufgewachsen, wo jedermann Rudel hatte. Ich bin nämlich aus Kentucky. Und ich habe Hunde jahrelang trainiert und geführt. Ich sage Ihnen —«

Bellounds unterbrach ihn.

»Das ist wahrhaftig ein Glück! Und verstehen Sie sich auch auf Waffen? Wir hatten, weiß Gott wie lange, keinen guten Schützen mehr auf dieser Weide. Ich habe mit dem Gewehr immer ins Schwarze getroffen, aber meine Augen sind nicht mehr so gut. Mein Sohn kann nicht einmal eine Reihe von Hasen treffen. Und die meisten Cowboys sind nicht besser. Manchmal fehlt uns hier

Frischfleisch — hier, wo man die Elche mit Keulen erschlagen könnte!«

»Ja, ich kann mit Waffen umgehen«, erwiderte Wade mit einem stillen Lächeln und senkte den Kopf. »Sie haben wohl meinen Namen nicht richtig verstanden?«

»Nein«, sagte Bellounds langsam; er machte eine Pause und sah Wade schärfer an.

»Wade — Bent Wade!« sagte Wade ruhig und deutlich.

»Doch nicht Höllen-Wade?« rief der Rancher.

»Derselbe. Ich bin nicht stolz auf den Namen, aber ich segle nie unter falscher Flagge.«

»Well, ich will verdammt sein, Wade! Ich habe schon seit Jahren von Ihnen gehört. Einiges war schlecht, aber das meiste gut — und ich denke, ich freue mich genauso über Sie, als wenn Sie irgend jemand anderer wären.«

»Sie werden mir die Arbeit geben?«

»Aber sicher!«

»Ich danke Ihnen! Ich habe mir schon Sorgen gemacht. Ich kann Arbeit nur schwer bekommen und noch schwerer behalten!«

»Das ist nicht unnatürlich, wenn man in Betracht zieht, daß Ihnen die Hölle auf der Fährte folgen soll!« erwiderte Bellounds trocken. »Ich gebe nicht viel auf solches Gerede. Ich lebe fünfzig Jahre westlich vom Missouri, und ich kenne den Westen und die Männer. Das Geschwätz fliegt von Camp zu Camp. Aber ich verlasse mich auf mein eigenes Urteil, und ich bin noch nie enttäuscht worden.«

»Ich bin auch so«, erwiderte Wade. »Es hat sich nicht gelohnt, aber ich bin trotzdem so geblieben. Bellounds, mein Name ist im ganzen westlichen Colorado schlecht und gut. Aber von Mann zu Mann kann ich Ihnen sagen, daß ich nie in meinem Leben gemein gehandelt habe — außer ein einziges Mal.«

»Und das war?« fragte der Rancher mürrisch.

»Ich habe einen Unschuldigen getötet«, erwiderte Wade mit bebenden Lippen. »Und — und ich habe die Frau, die ich liebte, in den Tod getrieben.«

»Wir machen alle irgendwann im Leben Fehler«, sagte Bellounds hastig. »Ich habe selbst einen begangen, als ich jung war.«

»Ich will Ihnen sagen —«

»Sie brauchen mir nichts zu sagen«, unterbrach Bellounds. »Aber ich möchte später mal etwas über die Lascelles-Mannschaft drüben am Gunnison erfahren. Ich kannte Lascelles. Einer meiner Partner kam mit einer ganz verrückten Geschichte vom Gunnison zurück — das war im Sommer vor fünf Jahren. Natürlich habe ich Ihren Namen schon vorher gekannt. Sie sind bis zum Hals in die Sache hineingeraten. Ich möchte nur eines wissen: Ist etwas an dem Gerede, daß dort, wo Sie sind, immer die Hölle los ist?«

»Bellounds, es ist eine Menge Wahres daran!«

»Gut! Höllen-Wade, ich will es mit Ihnen riskieren!« sagte der Rancher herzlich. »Ich habe mein ganzes Leben lang etwas riskiert. Und meine besten Freunde waren die Männer, denen ich geholfen habe. Wieviel Lohn verlangen Sie?«

»Ich nehme, was Sie bieten.«

»Ich zahle den Jungen vierzig im Monat, aber das ist nicht genug für Sie.«

»Doch — das genügt.«

»Schön, dann ist es abgemacht!« Bellounds stand auf und sah seinen Sohn in der Tür stehen. »Jack, gib Wade die Hand — unserem neuen Jäger und Allesmacher. Wade, das ist mein Junge. Ich habe ihn zum Vormann dieser Ranch gemacht, aber ich will Ihnen gleich sagen, daß Sie Ihre Befehle von mir und nicht von ihm erhalten.«

Wade schaute Jack ins Gesicht und schüttelte ihm die schlaffe Hand. Bei der Berührung spürte er einen seltsamen kalten Schauder. Jacks Gesicht zeigte die Spuren einer Schlägerei, und ein düsterer Schatten war in seinen Augen.

»Billings soll Sie in die neue Hütte führen, wo Sie sich einrichten können. Oh, ich weiß — Männer wie Sie schlafen lieber im Freien. Aber im Winter können Sie das am Old White Slides nicht machen! Machen Sie es sich bequem, und wenn Sie fertig sind, sehen wir uns die Hunde an.«

Wade sagte seinen Dank, setzte den Sombrero auf und wandte sich ab. In diesem Moment hörte er auf der Veranda leichte, schnelle Schritte.

»Hallo, ihr alle!« rief eine melodische Stimme, deren Klang in Wades empfindsamen Ohren bebend vibrierte.

»Morgen, Columbine«, erwiderte der Rancher.

Wades Herz begann wie rasend zu hämmern. Er hatte nicht die Kraft, aufzuschauen. Er würde die Enttäuschung nicht ertragen können, die sein erster Blick auf Bellounds Adoptivtochter ihm bringen mußte. Langsam schlurfte er über den Platz auf den Cowboy zu, der auf ihn wartete.

»Wade, ich will nicht wetten, aber der Alte hat Sie bestimmt aufgenommen!« sagte Lem interessiert.

»Ja, ich freue mich. Ich soll in der neuen Hütte schlafen.«

»Kommen Sie mit. Werden Sie Rinder treiben oder Coyoten jagen?«

»Meine Arbeit ist die Jagd.«

»Das reicht vom Morgen bis zum Abend, aber dazwischen gibt es wohl noch mehr zu tun. Haben Sie den Sohn des Boß gesehen?«

»Ja. Und Bellounds sagte, daß er selbst mir die Befehle geben wird.«

»Dann ist Ihre Arbeit millionenfach leichter«, sagte Lem hastig, als ob er seinen vorherigen Pessimismus ausgleichen wollte.

Er führte Wade an Hütten mit Lehmdächern vorbei über einen Bach, an dem die Weiden bereits gelb wurden.

Die neue Hütte war klein, sie hatte eine Tür, ein Fenster und eine Veranda an der Vorderseite. Sie stand auf einer kleinen Anhöhe und schaute auf das Ranchhaus herab, das eine Viertelmeile tiefer lag. Dicht am Bach war aus Stangen ein Corral errichtet; das Gebell sagte Wade sofort, daß dies der Hundezwinger war.

Lem half ihm beim Auspacken.

»Gesägte Bodenbretter!« rief Lem, wie um dem Neuling zu imponieren.

»Viel zu gut für mich«, erwiderte Wade.

»Ich werde nach Ihren Pferden sehen. Sie werden sich einrichten wollen. Nehmen Sie meinen Rat an und bitten Sie Miß Collie um Möbel. Collie ist die Tochter des Alten und gleicht vieles aus, was — was wir aushalten müssen.«

»Rauchen Sie?« fragte Wade.

»Ich schenke Ihnen für eine Zigarre ein Pferd!« rief Lem begeistert. »Ich habe seit einem Jahr keine mehr geraucht.«

»Da ist eine Kiste, die ich schon lange mit mir herumtrage. Es sind spanische — und für mich zu schwer.«

Ein Kistchen Gold hätte Lem nicht glücklicher machen können.

»Mann, Sie sind ja wie die Fee im Märchen! Ich werde mit Bludsoe und Jim teilen, den einzigen, die von der alten Mannschaft geblieben sind. Wade, Sie sind der richtige — und was mir gehört, gehört auch Ihnen!« Pfeifend eilte er aus der Hütte.

Wade blieb lange mit gefalteten Händen und gesenktem Kopf auf dem Bett sitzen.

Dann erklangen von draußen Schritte, und Bellounds rief: »Wade, na, wie gefällt Ihnen das Bett?«

»Viel zu gut für einen Old-Timer wie mich!«

»Old-Timer? Sie sind ja noch jung. Sehen Sie mich an: achtundsechzig an meinem letzten Geburtstag. Was brauchen Sie, um sich behaglich einzurichten?«

»Bestimmt nicht viel.«

»Nun, Bett und Kochzeug haben Sie. Holen Sie sich Tisch und Stühle aus der ersten Hütte; die Jungens dort sind fort. Am besten einen Schaukelstuhl. Wenn Sie sich einen Schrank machen wollen — Werkzeuge sind im Schuppen.«

»Wie wäre es mit einem Spiegel? Ich hatte einen, aber der ist zerbrochen.«

»Den werden wir auch noch beschaffen; bei so etwas hilft immer mein Mädchen. Das ist so Frauenart — wissen Sie. Und sie wird auch noch etwas bringen, was sie sich für Sie ausdenkt. Aber sehen wir uns die Hunde an.«

Bellounds ging zu dem rohgezimmerten Hundezwinger voran. Als er die Tür öffnete, erklang das Patschen vieler Pfoten — und dann ein Winseln und Heulen. Überrascht schaute Wade auf vierzig oder fünfzig Hunde aller Rassen und Farben.

»Ich habe geschworen, daß ich jeden Jagdhund kaufe, den man mir bringt, bis ich das Gezücht um den White Slides erledigt habe«, erklärte der Rancher.

»Einige sehen gut aus! Und es sind auch kaum zu viele. Ich werde zwei Rudel trainieren — dann kann eins ausruhen, während das andere jagt.«

»Ich bin erschlagen!« rief Bellounds erleichtert. »Ich habe schon gedacht, Sie werden schreien und toben! Für alle diese Tiere zu sorgen!«

»Nicht schlimm, wenn wir einmal bekannt sind. Haben die Hunde schon gejagt?«

»Einige der Jungens haben manchmal ein Rudel mitgenommen, aber sie haben sich dann gleich auf Elch- und Rehfährten verlaufen. Sie haben nie einen Puma erwischt. Einmal nahm Billings ein Rudel mit — und sie wurden doch tatsächlich von einem Haufen Coyoten verprügelt! Aber es kam noch schlimmer. Mein Sohn Jack hat sich eingebildet, ein Jäger zu sein. Er nahm ein ganz großes Rudel mit auf die Pumajagd — und er hat sie alle verloren. Noch Tage nachher kamen sie zurück, aber zwanzig sind weggeblieben!«

»Wahrscheinlich sind sie dorthin gegangen, woher sie kamen. Haben Sie auch besonders gute Hunde gekauft?«

»Ja. Für zwei habe ich einem Freund in Middle Park fünfzig Dollar bezahlt. Sie sind aus einem Rudel, mit dem er bei sich die Pumas erledigt hat; sie sind auf Pumas, Wölfe und Bären trainiert.«

»Suchen Sie sie heraus«, bat Wade.

Bei der großen Menge kläffender, schnappender und balgender Hunde war das nicht leicht. Schließlich war es aber geschafft, und Wade trieb die andern zurück.

»Der große Kerl ist Sampson — und der andere Jim!« erklärte der Rancher.

Sampson war ein riesiger graugelber Hund mit schwarzen Flecken, langen Ohren und großen, feierlich ernsten Augen. Jim war — wenn auch nicht so riesig — doch ein guter Hund. Am ganzen Kopf mit Ausnahme des Gesichtes war er schwarz. Er hatte viele Narben. Er war alt, wenn auch immer noch in der Vollkraft. Er schien ein kluger, würdevoller Hund zu sein, der nicht in dieses Rudel von Kötern gehörte.

»Wenn sie so gut sind, wie sie aussehen, dann haben wir Glück«, sagte Wade. »Kennen Sie noch welche, die gut sind?« Er knotete den Hunden Lassoschlingen um den Hals.

»Denver!« rief Bellounds.

Ein weißer, gelbgefleckter Hund kam schweifwedelnd angelaufen. »Ich schwöre auf Denver. Und da ist noch einer — Kane — ein halber Bluthund, der sich gern abgesondert hält. Kane! Komm her!«

Schließlich fand der Rancher den Hund in einem Loch. Kane war der einzig schöne Hund des ganzen Rudels — eine Mischung aus Bluthund und Schäferhund. Sein feines, schwarzbraunes Haar kräuselte sich leicht; er hatte den schönen Vollbluthaupt eines Schäferhundes. Seine langen herabhängenden Ohren verrieten den Jagdhund. Er machte keine Miene, sich anzufreunden. Seine dunklen Augen, die immer traurig blickten, brannten im Feuer des Zweifels.

Wade halfterte Kane, Jim und Sampson an — was beinahe zu einem Kampf geführt hätte. Der freundliche Denver folgte dem Rancher freiwillig.

»Die werde ich behalten und zu Leithunden machen«, erklärte Wade. »Bellounds, das Rudel hat aber nicht genug zu fressen bekommen; sie sind halb verhungert.«

»Das hat mir schon mehr Sorgen bereitet, als Sie denken«, sagte Bellounds gereizt. »Was verstehen diese Kuhhirten im allgemeinen schon von Hunden! Bludsoe hätten sie beinahe aufgefressen — er wollte sie nicht mehr füttern. Und Wilson, der sich auf Hunde verstand, wurde neulich schwer verletzt fortgebracht. Lem hat versucht, sie zu füttern. Jetzt werden wir die Hunde zurückgeben, die Sie nicht haben wollen; dadurch wird das Rudel kleiner werden.«

»Ja, wir werden nicht alle brauchen. Aber jedenfalls nehme ich Ihnen die Sorge ab!«

»Das ist Ihre Arbeit. Und mein Befehl lautet, das Raubgezücht zu erlegen: Pumas, Wölfe und Coyoten. Verlangen Sie, was Sie an Vorräten brauchen. Wir schicken regelmäßig nach Kremmling. Wenn nicht ein ungewöhnlich früher Winter kommt, können Sie noch zwei Monate jagen. Eine Bitte: Seien Sie geduldig, falls Ihnen mein Sohn auf die Zehen treten sollte! Es wäre ein Gefallen, den Sie mir tun! Er ist noch ein Junge und ziemlich störrisch.«

»Bellounds, ich komme mit jedem aus, und vielleicht kann ich Ihrem Sohn helfen. Ich habe schon gehört, daß er wild ist und bin darauf vorbereitet.«

»Jungens sind Jungens. Ich habe meine eigene Jugend nicht vergessen.«

»Schön. Ich gehe jetzt. Wahrscheinlich wird Sie Columbine bald besuchen. Sie ist stark an den Hunden interessiert und wird Ihnen beim Einrichten helfen wollen!«

Als der Rancher gegangen war, setzte sich Wade auf die Stufen vor seiner Hütte und dachte über die Bemerkung des Ranchers über seinen Sohn nach. Als er sich an die Physiognomie des jungen Mannes erinnerte, fiel ihm ein, daß er Jack Bellounds schon irgendwo gesehen haben mußte. Er irrte sich nie in Gesichtern. Zunächst ging er seine letzten Wanderungen durch und kam schließlich zu seiner Reise nach Denver.

»Es muß dort gewesen sein«, sagte er nachdenklich und versuchte sich an die Gesichter zu erinnern, die ihm in Denver aufgefallen waren. Er erinnerte sich an die einzelnen Plätze in Denver, die ihm aus dem oder jenem Grund in der Erinnerung geblieben waren — und dann sah er plötzlich das bleiche Gesicht von Jack Bellounds vor sich.

»Dort war es«, rief er ungläubig. »Seltsam, seltsam! Irren kann ich mich nicht, ich habe ihn gesehen — und Bellounds muß es auch wissen. Vielleicht hat er ihn selbst dorthin geschickt — er ist der Mann, der so etwas tun könnte.«

So eigenartig es war — Wade dachte nicht länger darüber nach. Schließlich war es nur ein weiterer seltsamer Umstand, der zu den Geschehnissen auf der White Slides Ranch gehörte. Was Wade erregte, war die Möglichkeit, daß er Columbine Bellounds bald sehen würde. Es war besser, wenn das bald geschah. Sein Leben war eine

Kette von Überraschungen und Schlägen gewesen; er war überzeugt, daß ihn nichts mehr verblüffen konnte.

Drei der Hunde hatten sich vor ihrem neuen Herrn niedergelegt. Kane, der Bluthund, stand vor ihm — ganz in der Haltung eines Hundes, der sich auf Menschen versteht. Als er Wade beschnüffelt hatte, verlor er etwas von seinem mürrischen Wesen.

Wade sah jedoch nicht auf die Hunde. Ein Mädchen mit blondem Haar war auf die Veranda des Ranchhauses getreten. Sie trug etwas in den Armen und verschwand bald hinter den Weiden. Wade sah es und schloß daraus, daß sie zu der Hütte heraufkommen wollte.

Als das Mädchen wieder auftauchte, was es noch etwa hundert Schritt entfernt. Wade blickte scharf hinunter — und dann begannen seine Pulse zu hämmern. Er sah ein schlankes Mädchen im Reitkostüm; sie war geschmeidig und stark und ging mit dem Schritt einer Frau, die an das Leben im Freien gewöhnt ist. Die Gestalt fiel ihm sofort auf.

»Mein Gott, wie sie Lucy gleicht!« flüsterte er und versuchte, schon aus der Entfernung ihr Gesicht zu erkennen. Ihr Haar flatterte im Wind. Wie langsam sie kam. Wade fühlte, wie sich alles in ihm verkrampfte — und dann konnte er ihr Gesicht sehen. Wade erlebte einen furchtbaren Schock. Wie in einem Traum, wie ein Mann, der in einen Nebel starrt, sah er das Gesicht seiner Liebsten — seiner Lucy, der Frau seiner frühen Mannesjahre. Näher — näher! War er verrückt geworden? Das Mädchen kam heran, hob den Kopf — und sah ihn. Wade war entsetzt.

»Lucys Gesicht!« stöhnte er. »Deshalb mußte ich wandern und wandern bis hierher! Sie ist mein Fleisch und Blut, das Kind meiner Lucy — mein eigenes!«

Die Erkenntnis kam so plötzlich, daß sie ihn beinahe lähmte.

Die drei Hunde hießen den Besucher schweifwedelnd und bellend willkommen, und selbst Kane verlor viel von seiner Abgeschlossenheit.

Wades Blick war verschleiert. Nur das Gesicht trieb immer klarrer näher.

»Ich bin Columbine Bellounds«, sagte die Stimme.

Sie besänftigte den Sturm in Wade. Es war die Stimme, die er vor zwanzig Jahren gehört hatte. Die alte Selbstbeherrschung kehrte zu ihm zurück.

»Morgen, Miß! Es freut mich, Sie kennenzulernen!« erwiderte er — und kein unnatürlicher Ton klang in seiner Stimme mit.

Sie sahen einander an, Columbine instinktiv, mit all den Gaben einer Frau, die in der Einsamkeit gelebt hat und für die die Ankunft eines Fremden ein Ereignis ist — und Wade mit aller Schärfe seiner Beobachtungsgabe. Er sah die außerordentliche Ähnlichkeit ihrer Züge mit denen Lucys.

»Fühlen Sie sich krank?« fragte sie schnell. »Sie sehen so bleich aus!«

»Nein — nur müde bin ich.« Wade wischte sich den Schweiß von der Stirn. »Der Ritt hierher war lang.«

»Ich bin die Frau des Hauses«, sagte Columbine lächelnd. »Ich heiße Sie herzlich willkommen und hoffe, daß Sie sich immer hier wohlfühlen werden!«

»Well, Miß Columbine, ich denke schon. Und wenn ich jünger wäre — noch mehr!«

Sie lachte.

»Männer sind doch alle gleich — ob jung oder alt.«

»Denken Sie das nicht«, erwiderte er ernst.

»Nein? Sie haben wohl recht. Ich habe Ihnen einiges für Ihre Hütte mitgebracht. Darf ich hineinschauen?«

»Kommen Sie!« Wade stand auf. »Sie müssen meine schlechten Manieren entschuldigen. Es ist wirklich lange her, seit mich eine Dame besucht hat.«

Sie trat ein. Wade blieb an der Schwelle stehen.

»Ich habe Dad doch gesagt, er sollte —«

»Miß, Ihr Dad hat mir gesagt, ich sollte alles holen, aber ich habe es noch nicht getan.«

»Schön; ich lasse das jetzt hier und komme später wieder. Sie haben doch nichts dagegen, wenn ich versuche, es Ihnen behaglich zu machen? Es ist schrecklich, wie Männer, die viel im Freien sind, zu Hause leben!«

»Ich werde Ihnen nicht zeigen, was ich für ein guter Haushälter bin — dann sehe ich Sie nämlich öfter.«

»Waren Sie zu Ihrer Zeit nicht ein großer Schmeichler?« fragte sie.

Ihr Ton, die Art, wie sie den Kopf hielt, schmerzten Wade so sehr, daß er nicht antworten konnte. Um seine Bewegung zu verbergen, ging er zu den Hunden zurück. Sie folgte ihm bald.

»Ich liebe Hunde«, sagte sie und streichelte Sampson — was Denver und Jim sofort eifersüchtig machte. »Ich komme mit denen hier gut zurecht — aber Kane? Ist er übrigens nicht schön? Aber er fürchtet — nein, er fürchtet mich nicht, aber er kann mich nicht leiden.«

»Das ist Mißtrauen. Man hat ihm wehgetan. Ich hoffe, ich kann das nach einiger Zeit überwinden.«

»Sie schlagen die Hunde nicht?« fragte sie eifrig.

»Nein, Miß, das ist kein Weg, um mit Hunden oder Pferden umzugehen.«

Ihr Blick wurde hell.

»Wie froh mich das macht! Ich habe sie nicht mehr füttern können, weil ich immer sah, wie sie jemand geschlagen hat.«

Wade gab ihr das Halfter.

»Halten Sie sie, damit sie mich nicht umwerfen, wenn ich mit dem Fleisch herauskomme.«

Er holte den Rest des Rehviertels, das er mitgebracht hatte. Die Hunde sahen das Fleisch und jaulten und zerrten am Seil.

»Benehmt euch!« befahl Wade und begann das Fleisch zu schneiden. »Jim, du bist der älteste und klügste — da! Du, Sampson —« Der große Hund schnappte nach dem Fleisch, und Wade gab ihm einen leichten Klaps. »Bist du ein Hundejunge oder ein Wolf, daß du schnappst?« Der große Hund schnappte wieder, und Wade gab ihm einen zweiten Klaps.

Denver brauchte mehrere Klapse, bis er den neuen Herrn anerkannte — dann war er gehorsam. Nur der Bluthund Kane weigerte sich, Wade aus der Hand zu fressen. Er knurrte, zeigte die Zähne und schnüffelte hungrig.

»Kane muß vorsichtig behandelt werden — er wird schnell beißen!«

»Aber er ist so schön! Ich möchte nicht glauben, daß er bösartig ist. Seien Sie gut zu ihm.«

»Ich will mein Bestes tun«, versprach Wade.

»Dad ist so froh, daß er einen echten Jäger hat — und ich auch. Doch bin ich etwas traurig. Natürlich bin ich froh, daß die Bären und Pumas die kleinen Kälber nicht zerreißen werden. Aber — die Coyoten und Wölfe habe ich eigentlich gern. Ich höre sie so gern heulen. Ich kann nur hoffen, daß Sie sie nicht alle erlegen werden.«

»Das ist unwahrscheinlich, Miß. Ich bin ziemlich sicher, daß ich die Pumas und Bären erlegen und vertreiben kann. Aber das Wolfsgeschlecht ist nicht auszurotten. Kein Raubtier ist so listig.« Er erzählte ihr, wie er einmal einem grauen Mörderwolf auf der Spur gewesen war, der seinem Boß in einer einzigen Nacht elf Jährlinge zerrissen hatte. Er hatte diesen grauen Schlächter mit den Schneeschuhen verfolgt und schließlich erlegt.

»Wunderbar!« rief das Mädchen in atemlosem Interesse. »Jammerschade, daß so schöne Tiere so grausam sein können und getötet werden müssen. Ich wünschte, es wäre anders.«

»Das Leben ist grausam — aber ich teile Ihren Wunsch, Miß.«

»Dad hat mir schon gesagt, daß ein Mann wie Sie viel erzählen kann.«

»Haben Sie Geschichten gern?« fragte Wade.

»Ich liebe sie — Geschichten aller Art, aber am meisten Abenteuergeschichten. Ist das nicht seltsam, da ich doch nicht zusehen kann, wie ein Bär gejagt oder ein Stier geschlachtet wird? Aber Sie können mir keine Geschichte erzählen, die mir zu schrecklich oder zu blutig wäre. Nur Indianergeschichten hasse ich! Der bloße Gedanke an Indianer läßt mich schaudern. Eines Tages werde ich Ihnen eine Geschichte erzählen!«

Wade fand keine Antwort.

Columbine wandte sich zum Gehen, aber sie zögerte.

»Ich glaube, daß wir gute Freunde werden.«

»Miß Columbine, an mir soll das nicht scheitern.«

Sie lächelte und sah ihn fest an. Wade fühlte, wie sie zueinander hingezogen wurden — obwohl sie keine Ahnung davon hatte.

»Zu einem Handel gehören zwei«, sagte sie. »Goodbye.«

Wade sah ihr nach. Ihm war, als ob plötzlich alle Fesseln seines Gefühls zersprangen. Er zog die Hunde in die Hütte und schloß die Tür. Dann lehnte er — wie ein gebrochener und erschöpfter Mann — das Gesicht an die Wand und flüsterte: »Gott, ich danke dir!«

6

Langsam schwand die rotgoldene Pracht des Septembers. Es regnete viel, und die Bergwinde bliesen das frosterstarrte Laub von den Bäumen. Als dann schließlich die Sonne wieder durchbrach, waren viele Espen kahl, und die Weiden hoben sich nackt gegen die grauen Sage-Hügel ab. Der wilde Wein hatte sein farbiges Feuer verloren. Ruhiger und nüchterner war das Bild der Hügel und Täler geworden — aber deshalb doch nicht weniger schön.

Eine Meile talabwärts standen die zwei Hütten des Ranchers Andrews, der früher für Bellounds gearbeitet und kürzlich selbst eine Rinderzucht begonnen hatte. Er hatte eine ziemlich junge Frau, mehrere Kinder und einen Bruder, der für ihn ritt. Die Familie

Andrews waren die einzigen Nachbarn von Bellounds auf zehn Meilen in der Richtung nach Kremmling.

Columbine war mit Mrs. Andrews befreundet und ritt oft zu ihr, um mit ihr zu plaudern und mit den Kindern zu spielen.

Ende September spürte Columbine ein starkes Verlangen, Mrs. Andrews aufzusuchen, um womöglich etwas über das Befinden von Wilson Moore zu erfahren. Zwar war Jack Bellounds an eben diesem Tag nach Kremmling geritten, aber er war der letzte, den sie um Nachrichten über Wils gebeten hätte.

Sie fragte einen Fuhrmann aus, der Bellounds Vorräte aus Kremmling gebracht hatte, aber die Antwort, die sie erhielt, war seltsam ausweichend. Das ärgerte sie, und sie hatte bald den Verdacht, daß Wilsons Name vor ihr nicht erwähnt werden sollte.

In ihrem Ärger dachte sie zuerst daran, ihrem neuen Freund, dem Jäger Wade, ihre Sorgen anzuvertrauen — nicht nur ihren Kummer über Wils, sondern auch andere Dinge, die sie immer mehr bedrückten. Wie seltsam war es doch, daß Jack für ihr Gefühl irgendwie zwischen sie und den alten Mann, den sie liebte und Vater nannte, getreten war. Sie hatte das allerdings nicht gleich erkannt. Sie merkte es jetzt daran, daß sie den Rancher nicht mehr so selbstverständlich aufsuchte wie früher und daß er sie zu meiden schien. Aber sie mochte sich auch irren, denn wenn sie Bellounds beim Essen sah, war er so liebevoll besorgt wie nur je. Und doch war er nicht derselbe Mann. Eine Kälte, eine schattenhafte Atmosphäre hatte sich auf die einst so gesunde, lebensfreudige Ranch gesenkt. Und da sie noch nicht genügend mit Wade bekannt war, erstickte sie den Impuls und wollte versuchen, auf anderem Wege Informationen zu erhalten.

Wie es der Zufall wollte, traf sie Jack, als sie eben zu Mrs. Andrews aufgebrochen war.

»Wo willst du hin?« fragte er.

»Ich besuche Mrs. Andrews.«

»Nein, das wirst du nicht«, erklärte er schnell.

Columbine spürte eine Erregung, wie sie sie in der letzten Zeit mehrmals bei Worten und Taten Jacks empfunden hatte. Sie konnte die Tatsache nicht verkennen, daß sie sich immer mehr von dem jungen Mann entfernte, den sie heiraten mußte. Die Wochen seit seiner Ankunft waren die sorgenvollsten, an die sie sich erinnern konnte.

»Ich gehe«, sagte sie langsam.

»Nein!« erwiderte er heftig. »Ich will es nicht haben, daß du mit dieser — dieser Andrews klatschst!«

»So, du willst es nicht haben?« fragte sie sehr ruhig. Wie wenig verstand er sie doch!

»Das habe ich gesagt!«

»Du bist noch nicht mein Boß, Mister Jack Bellounds«, fuhr sie auf.

»Ich werde es bald sein. Und was macht eine Woche oder ein Monat schon aus!«

Er war etwas ruhiger geworden.

»Ich habe es versprochen, ja«, sagte sie, und sie fühlte, wie sie erbleichte. »Und ich halte mein Versprechen. Aber ich habe nicht gesagt, wann. Wenn du so redest wie jetzt, können noch viele Wochen oder Monate vergehen, ehe ich den Tag festsetze.«

»Columbine!« rief er in ehrlichem Kummer, als sie sich abwandte. Sie fühlte eine neue Sicherheit, und diesesmal wurde sie nicht weich.

»Ich werde Dad rufen, damit er dich zwingt, daheim zu bleiben«, zischte er.

Columbine drehte sich schnell um.

»Wenn du das tust, hast du weniger Verstand, als ich gedacht habe.«

Die Leidenschaft packte ihn.

»Ich weiß, warum du gehst. Du willst diesen Klumpfuß Moore sehen! Laß dich nicht mit ihm erwischen!«

Columbine drehte ihm den Rücken; ihre Pulse hämmerten und schmerzten. Sie lief eilig den Weg hinab. Sie wollte flüchten — und sie wußte nicht, wovor.

»Es ist nicht nur sein Jähzorn. Er ist gemein — gemein — gemein! Was nützt es mir, das noch länger zu leugnen, nur weil ich Dad liebe? Mein Leben wird zerstört sein — es ist schon zerstört!«

Ihre Empörung und ihr Zorn dauerten aber nicht lange. Sie machte sich Vorwürfe wegen ihrer scharfen Antworten, die Jack gereizt hatten. Nie wieder würde sie sich vergessen.

»Aber er macht mich rasend«, rief sie dann in einem plötzlichen Versuch, sich zu entschuldigen. »Was hat er doch gesagt? ‚Dieser Klumpfuß Wilson!' Das war gemein. Dann hat er also gehört, daß der arme Wils schwer am Fuß verletzt, vielleicht für dauernd verkrüppelt ist! Wenn es wahr ist... Aber warum hat er geschrien, ich ginge, um Wilson zu sehen? Ich will es doch gar nicht — nein! Oh, doch — ich will es wirklich!«

Und jetzt entdeckte sie plötzlich, daß es in ihr eine andere Frau gab, eine leidenschaftliche, eigenwillige Columbine, die sich nicht länger unterdrücken ließ.

Ehe sie sich noch klar war, was sie tat, tauchte schon Andrews Ranch vor ihr auf. Wie schnell sie gelaufen war!

Die Kinder sahen sie gleich und rannten ihr entgegen. Als sie die Hüttentür erreichte, hatte sie ihre Erregung schon wieder bezähmt und konnte bereits wieder lächeln. Mrs. Andrews' Gesicht leuchtete auf, als sie das Mädchen sah.

»Columbine, es tut wirklich gut, dich zu sehen! Du warst lange nicht hier.«

Und dann begannen die beiden Frauen zu plaudern; sie wußten, daß der lange Winter mit all seiner Einsamkeit vor ihnen lag. Schließlich kamen sie zu persönlichen Fragen.

»Columbine, dann ist es also wahr, daß du Jack Bellounds heiraten sollst?«

»Ja«, erwiderte Columbine lächelnd.

»Nun, ich bin ja nicht deine Verwandte und auch keine besonders nahe Freundin, aber ich möchte dir schon sagen —«

»Bitte, tu's nicht!« unterbrach Columbine.

»Gut, Mädchen. Aber es ist ein Kummer — es sei denn, du liebst diesen Buster Jack. Und das hast du früher nicht getan.«

»Nein, ich liebe ihn noch nicht so, wie ich einen Gatten lieben sollte. Aber ich will es versuchen — und — und, selbst wenn es mir nicht gelingt — werde ich doch meine Pflicht tun.«

»Mit diesem Bill Bellounds sollte einmal eine Frau reden«, sagte Mrs. Andrews mit einem Grimm und einer Schärfe, die für den alten Rancher nichts Gutes zu bedeuten hatten.

»Weißt du, daß wir einen neuen Mann auf der Ranch haben?« fragte Columbine ablenkend.

»Du meinst Höllen-Wade?«

»Ja. Aber ich hasse diesen lächerlichen Namen!«

»Es ist seltsam, wie Männer oft ihre Namen bekommen. Wade war zweimal hier, und ich kann dir sagen: trotz des Namens ist er ein prächtiger Kerl. Meine Männer fühlten sich zu ihm hingezogen wie Enten zum Wasser.«

»Das freut mich. Mir hat er auch gleich gefallen. Er hat das traurigste Gesicht, das ich je gesehen habe.«

»Traurig? Ja, ich glaube, er muß wirklich durch eine Hölle gegangen sein. Zuerst hätte ich beinahe über sein Aussehen gelacht, aber das zweite Mal habe ich es schon völlig vergessen.«

»Richtig, man fühlt, daß hinter seiner Miene unendlich viel verborgen liegt.«

»Nun, wir sind Frauen und fühlen so etwas; die Männer dagegen sehen darauf, was Wade alles tun kann. Zum Beispiel hat er Toms Waffen repariert, die seit Jahren unbrauchbar waren. Er hat unsere Uhr wieder zum Gehen gebracht und eine Kuh, die Giftzeug gefressen hatte, gerettet, obwohl Tom sie schon aufgab.«

»Unsere Jungens sagen auch, daß er schon mehrere Rinder gerettet hat. Dad ist einfach begeistert. Ich habe bei meinem letzten Ritt in die Berge so viele tote Stiere gesehen. Es ist ein Jammer, daß Wade nicht schon früher gekommen ist, um auch sie zu retten. Ich fragte ihn, wie er es gemacht hätte, und er hat geantwortet — er wäre ein Doktor!«

»Ja, ein Kuhdoktor! Bei uns war es so: Er sah die Kuh an und sagte, sie hätte ein Unkraut gefressen — ich habe den Namen vergessen. Als sie dann Wasser trank, hat sich in ihrem Magen ein Gas entwickelt. Wade stach einfach mit einem spitzen Messer in den Bauch — das Gas ist entwichen, und in zwei Tagen war die Kuh wieder völlig gesund.«

»Uff! Eine grausame Behandlung! Aber wenn sie das Vieh rettet, ist sie gut!«

»Man wird alle Rinder dadurch retten, wenn man es rechtzeitig macht.«

»Da wir gerade von Ärzten sprechen — weißt du, ob Wilsons Fuß von einem Doktor in Kremmling behandelt worden ist?«

»Nein, in Kremmling war kein Arzt. Er hätte nach Denver geschickt werden müssen, und so lange konnte die Verletzung nicht warten. Mrs. Plummer hat sich den Fuß vorgenommen und keine schlechte Arbeit geleistet.«

»Da bin ich sehr froh und dankbar! Dann ist er also nicht verkrüppelt — oder klumpfüßig?«

»Nein, ich denke nicht. Du kannst es übrigens selbst sehen; Wils ist hier — er wurde vorgestern abend hierher gebracht und wohnt in der anderen Hütte bei meinem Schwager.«

»Hier?« Columbine zuckte zusammen; sie wurde abwechselnd rot und bleich.

»Sicher. Er muß irgendwo hier draußen in der Nähe sein.« Mrs. Andrews schaute zur Tür hinaus. »Er geht mit einer Krücke.«

»Mit einer Krücke?« rief Columbine.

»Ja, er hat sie sich selbst gemacht. Aber er ist nirgends zu sehen.

Vielleicht ist er in die Hütte gegangen, als er dich kommen sah. Denn er ist ziemlich empfindlich wegen dieser Krücke.«

»Dann — dann ist es vielleicht besser, wenn ich gehe«, sagte Columbine verlegen.

Sie rang mit ihrer Verwirrung. Wenn sie ihm nun begegnete? Würde er ahnen, weshalb sie gekommen war? Ihr Herz begann zu hämmern.

»Wie du willst, Kind. Ich weiß, daß du dich mit Wils gezankt hast — er hat es mir gesagt. Schade! Aber wenn du gehen mußt, hoffe ich, daß du nochmals kommst, ehe der Schnee fällt.«

Columbine verabschiedete sich hastig. Als sie noch nicht an der zweiten Hütte vorbei war, sah sie plötzlich Wilson. Er humpelte an einer Krücke einher und hielt den verbundenen Fuß hoch. Er hatte sie gesehen und beeilte sich, um ein Zusammentreffen zu vermeiden.

»Wilson!« rief sie unfreiwillig. Ehe das Wort noch ihre Lippen verlassen hatte, bedauerte sie es schon. Aber es war zu spät — der Cowboy hatte sie gehört. Er drehte sich langsam um und hielt an. Jetzt ging sie schnell auf ihn zu; sie war mit einem Mal so tapfer, wie sie eben noch furchtsam gewesen war.

»Wilson Moore — du wolltest mir ausweichen.«

»Hallo, Collie!« Er beachtete ihre Worte nicht.

»Es hat mir so leid getan, als ich hörte, daß du verletzt bist! Und wie schmal und blaß du bist — du hast sicher große Schmerzen gehabt.«

»Es hat mich ein wenig heruntergebracht.«

Columbine kannte sein Gesicht nicht anders als mit einem gesunden Bronzeton. Jetzt sah er älter aus, und etwas in seinen schönen Haselaugen schmerzte sie tief.

»Du hast mir keine Nachricht geschickt«, fuhr sie vorwurfsvoll fort. »Niemand wollte mir etwas sagen. Die Jungens erklärten, sie wüßten nichts. Dad war zornig, als ich ihn fragte, und der Fuhrmann, der zur Ranch kam, hat mich angelogen. Jack hätte ich natürlich nie gefragt. Ich bin daher heute hierher gekommen, um zu erfahren, wie es dir geht.«

Er warf ihr einen eigenartigen Blick zu.

»Das sieht dir ähnlich, Columbine«, sagte er. »Ich wußte, daß du dir wegen meines Unfalls Kummer machen würdest. Wie hätte ich dich aber benachrichtigen können?«

»Du hast — Pronto gerettet.« Ihre Stimme zitterte. »Ich kann dir nie genug danken.«

»Es war eine komische Sache. Pronto hatte völlig den Kopf verloren. Hoffentlich ist er in Ordnung!«

»Er ist fast wieder gesund. Es dauerte einige Zeit bis wir ihm alle Splitter ausgezogen hatten. Und alles wegen diesem verdammten Trick von Mister Jack Bellounds!«

Sie hatte bitter geschlossen. Wilson sah nachdenklich von ihr weg.

»Geht es dem alten Bill gut?« fragte er.

»Hast du deinen Leuten von deinem Unfall geschrieben?« sagte sie, ohne seine Frage zu beachten.

»Nein.«

»Das hättest du aber tun sollen.«

»Ich? Ich soll heulen, wenn ich im Pech sitze? Nein, so sehe ich die Dinge nicht!«

»Wilson, du wirst bald heim gehen — nach Denver, nicht wahr?« fragte sie.

»Nein«, erwiderte er kurz.

»Aber was willst du denn tun? Du kannst doch nicht so bald wieder arbeiten?«

»Columbine, ich werde nie wieder reiten können — das heißt nie mehr so, wie ich es konnte.«

»Oh!« Ihr Ton und die Sanftheit, mit der sie die Hand an seine Krücke legte, hätte einem scharfsinnigen Auge sofort gesagt, wie es um sie stand.

»Ich kann das einfach nicht glauben. Das wäre unerträglich.«

»Ich fürchte doch, es ist wahr. Der Fuß war ziemlich zerschmettert. Ich habe mit viel Glück vermieden, daß ich einen Klumpfuß bekam!«

»Du müßtest gepflegt werden. Du solltest... Wilson, willst du denn bei Andrews bleiben?«

»Nein, die haben Sorgen genug. Columbine, ich werde auf einer Heimstätte von hundertsechzig Acres siedeln.«

»Siedeln?« rief sie erstaunt. »Wo?«

»Da oben unter dem Old White Slides. Du kennst doch das hübsche kleine Tal unter dem roten Felsen. Du warst mit mir dort an der Quelle und bei der Hütte der Goldsucher.«

»Ja, das Tal ist schön; aber du kannst doch nicht dort leben.«

»Warum nicht?«

»Die Hütte ist doch nur ein kleines Loch — und halb verfallen. Wilson, du willst doch nicht sagen, daß du dort allein leben willst?«

»Was denkst du sonst?« erwiderte er sarkastisch. »Erwartest du, daß ich irgendein Mädchen heirate? Ich würde es nicht tun — selbst wenn eine so einen Krüppel haben wollte!«

»Wer soll für dich sorgen?« Sie errötete heftig.

»Ich selbst. Guter Gott, Columbine, ich bin ja schließlich kein Invalide. Ich habe ein paar gute Freunde, die mir helfen werden, die Hütte zu reparieren. Übrigens, ich habe noch viele Sachen in dem Schlafhaus der Ranch. Ich werde bald hinfahren und sie holen.«

»Wilson Moore, meinst du das wirklich ernst? Du willst in der Nähe der Ranch leben, wenn —« Sie konnte nicht weitersprechen. Sie hatte das Vorgefühl eines überwältigenden Unheils.

»Sicher will ich es. Komisch, wie sich die Dinge manchmal entwickeln, nicht wahr?«

»Ja, sehr, sehr komisch!« sagte sie wie betäubt und wandte sich wortlos ab.

Auf dem ganzen Heimweg dachte sie fieberhaft über ihre Lage nach. Als sie die Ranch erreichte, erwartete Jack sie — sein Gesicht war finster wie eine Gewitterwolke.

»Der Alte will dich sprechen!« sagte er in einem Ton, der sie an seine Drohung vor einigen Stunden erinnerte.

»So?« fragte sie hochmütig. »Nach deinem Ton zu schließen, scheint es wichtig zu sein.«

Jack gab keine Antwort; er setzte sich auf die Veranda, und er sah keineswegs glücklich aus.

»Wo ist Dad?« fragte Columbine.

Er wies auf die zweite Tür. Als sie an ihm vorbeiging, faßte er ihren Rock.

»Collie, bist du zornig?« fragte er bittend.

»Ich denke, ja.«

»Dann geh nicht hinein! Er ist auch wütend — und dann wird es nur noch schlimmer werden.«

Aus langer Erfahrung wußte sie, daß Jack etwas Selbstsüchtiges getan hatte und sich jetzt vor den Folgen fürchtete. Sie machte sich frei und klopfte an die Tür.

»Hallo, Dad! Du willst mit mir sprechen?«

Bellounds saß an einem alten Tisch und hatte einen Bleistiftstummel in der Hand. Als er aufsah, zuckte Collie leicht zusammen.

»Wo warst du?« fragte er schroff.

»Ich habe Mrs. Andrews besucht.«

»Bist du hingegangen, um s i e zu sehen?«

»Aber natürlich!«

»Du bist hingegangen, um Wilson Moore zu treffen?«

»Nein.«

»Und du willst behaupten, du hättest nicht gehört, daß er dort ist?«

»Nein!« fuhr sie auf.

»Und du hast ihn nicht gesehen?«

»Doch — aber ganz zufällig.«

»Aha! Columbine, lügst du mich an?«

Das heiße Blut schoß ihr in die Wangen, als ob er sie geschlagen hätte.

»Dad!« rief sie in schmerzlichem Erstaunen.

Bellounds schien irgendwie verändert zu sein; seine offene und freimütige Haltung war verschwunden.

»Nun — lügst du?« wiederholte er. Er schien gegen ihr Entsetzen und ihren Schmerz blind zu sein.

»Ich könnte dich — nicht anlügen«, stammelte sie, »selbst wenn ich wollte.« Er sah sie an, als ob er plötzlich vor einem neuen Problem stünde.

»Aber du hast Moore gesehen?«

»Ja.«

»Und mit ihm gesprochen?«

»Natürlich!«

»Mädchen, das gefällt mir nicht, und ebensowenig gefällt mir die Art, wie du mich ansiehst und sprichst!«

»Das tut mir leid, aber ich kann nicht anders.«

»Was hat dir der Cowboy gesagt?«

»Wir sprachen hauptsächlich über seine Verletzung.«

»Und worüber sonst?« Bellounds' Stimme wurde schärfer.

»Über seine Absichten.«

»Aha! Über die Heimstätte im Sage-Creek-Tal, nicht wahr?«

»Ja.«

»Und du wolltest, daß er dort siedelt?«

»Ich? Wahrhaftig nicht!«

»Columbine, vor nicht allzu langer Zeit hast du mir gesagt, Moore wäre nicht in dich verliebt. Und du willst immer noch behaupten, daß er dich nicht liebt?«

»Er hat es nie gesagt, und ich habe es nie geglaubt. Und jetzt bin ich sicher, daß er es nicht tut.«

»Hm! Nun — am gleichen Tag warst du auch ziemlich sicher, daß dir nichts an ihm liegt. Bist du dir darin immer noch so sicher?«

»Nein!« flüsterte sie sehr leise. Sie zitterte — sie fürchtete sich vor der unbekannten Macht in ihrem Innern. Sie fühlte einen neuen Stolz, der es ihr verbot, diesem Mann, den sie liebte, eine Unwahrheit zu sagen.

Ihre Antwort traf den Rancher tief; er warf den Bleistift mit der Miene eines Mannes weg, der zu einer Entscheidung gekommen ist.

»Du bist mir wie eine Tochter gewesen. Ich habe mein Bestes für dich getan. Und ich habe dich geliebt. Du weißt, was ich für den Jungen — und für dich so erhoffe. Wir brauchen nicht mehr weiter darüber zu reden. Von diesem Augenblick an bist du frei, zu tun, was dir gefällt. Was du auch entscheidest, es ändert nichts an meiner Haltung zu dir. Aber du mußt dich entscheiden. Wirst du Jack heiraten oder nicht?«

»Ich habe es dir versprochen, und ich werde mein Wort halten.«

»Schön. Und wann willst du ihn heiraten?«

Das kleine Zimmer schien sich vor Columbine zu verschleiern; alles drehte sich um sie — sie hatte keinen festen Halt mehr.

»Wann — du willst — und je eher — desto besser«, flüsterte sie.

»Gut Mädchen, ich danke dir. Und ich schwöre dir: Wenn ich nicht überzegt wäre, daß es für Jack und dich so am besten ist, dann würde ich euch nie heiraten lassen. Dann sage ich also am elften Oktober, an dem Tag, an dem man dich vor mehr als siebzehn Jahren zu mir gebracht hat.«

»Am elften Oktober«, flüsterte sie gebrochen und ging hinaus.

Jack stand hastig auf, als er sie sah. Sein bleiches Gesicht war von tiefer Besorgnis verdüstert.

»Columbine!« rief er heiser. »Wie du aussiehst! Was ist geschehen?«

»Jack Bellounds«, sagte sie abwesend, »ich habe versprochen, dich am elften Oktober zu heiraten.«

Er stieß einen Jubelschrei aus und rieß sie in seine Arme.

»Collie, ich bin ganz verrückt auf dich. Es wird immer schlimmer, und als du zu diesem Wilson Moore gingst, wurde ich schrecklich eifersüchtig! Ich habe daran gesehen, wie sehr ich dich liebe!«

Er preßte sie an sich und versuchte sie zu küssen. Sie wehrte sich verzweifelt, und seine Küsse trafen nur ihr Haar.

»Laß mich los!« keuchte sie. »Du hast kein — oh, du hättest warten können!« Sie riß sich los und floh in ihr Zimmer; sie wollte die Tür schließen, aber er stellte den Fuß dazwischen.

Halb lachte er, halb war er wütend über ihre Flucht — und er war ganz außer sich.

»Nein!« erwiderte sie so heftig, daß er zu erwachen schien.

»Oh!« seufzte er. »Schön, ich werde nicht hineinkommen. Aber hör zu: Collie nimm es nicht übel, wenn ich dir auf diese Weise zeigte, wie ich fühle. Ich verspreche dir, daß ich nicht wieder trinken — oder spielen — oder Dad um Geld bitten werde. Mir gefällt die Art nicht, wie er die Ranch leitet, aber ich will da nachgeben, und ich will sogar dulden, daß der klumpfüßige Cowboy direkt unter meiner Nase siedelt. Ich will alles tun — worum du mich bittest!«

»Dann — geh jetzt bitte!« schluchzte sie.

Als er fort war, verriegelte sie die Tür und warf sich auf ihr Bett. Sie weinte wie ein Mädchen, dessen Jugend plötzlich ein Ende gefunden hat. Wieder und wieder sagte sie sich, daß es ihre Pflicht gewesen war, sich dem Wunsch des Ranchers zu fügen — aber jetzt befand sie sich am Rande einer Katastrophe, in der die ganze, volle Wahrheit sich zu enthüllen begann.

»Ich sehe es jetzt: Wenn Wilson etwas an mir gelegen wäre, dann würde auch ich ihn — Und mir liegt wirklich an ihm — ich konnte Dad nicht belügen. Ach, ich kann diese Gefühle nicht verstehen, die mich — erschüttern!«

7

In der grauen Dämmerung erwachte Columbine bei dem Bellen von Coyoten. Sie fürchtete das Tageslicht, das sich ankündigte. Noch nie in ihrem Leben hatte sie den Sonnenaufgang gehaßt. Entschlossen warf sie die Vergangenheit über Bord. Sie war überzeugt, daß sie, nachdem sie ihre Entscheidung getroffen hatte, nur noch der Erfüllung ihrer Pflicht leben durfte.

Beim Frühstück war der Rancher besser gelaunt als seit Wochen. Er sagte ihr, daß Jack früh nach Kremmling geritten wäre, um die nötigen Vorbereitungen für den elften Oktober zu treffen.

»Er ist ganz außer sich. Nun ja, schließlich gibt es das auch nur einmal im Leben. Er will über Kremmling nach Denver fahren. Du mußt wohl auch noch packen! Frauen wollen natürlich auf der Hochzeitsreise hübsch aussehen.«

»Dad, ich denke nicht an Kleider«, sagte sie. »Und ich möchte die White Slides-Ranch nicht verlassen.«

»Aber Mädchen, du heiratest doch!«

»Ist es Jack eingefallen, mich nach Kremmling mitzunehmen?

Ich kann mir ein Hochzeitskleid nicht gut aus alten Kleidern machen.«

»Daran haben wir beide nicht gedacht. Aber du kannst alles in Denver kaufen.«

Columbine resignierte. Was machte es schließlich auch aus? Die unbestimmten, lockenden Träume ihrer Mädchenzeit würden doch nie in Erfüllung gehen. Sie ging zu ihrem Kleiderschrank und begann eine Bestandsaufnahme. Aber sie sah gleich, daß sie nichts Passendes besaß — weder für die Hochzeit noch für die Reise nach Denver. Schließlich machte sie sich daran, so gut es ging, etwas zurechtzuschneidern. Sie nähte den ganzen Tag.

Durch Selbstbeherrschung und Arbeit kam sie zu einer gewissen Ruhe. In ihrer Einfalt hoffte sie sogar, daß treue Pflichterfüllung ihr schließlich ein bescheidenes Glück bescheren würde. Zweifel, die sie immer wieder quälten, vertrieb sie aus ihren Gedanken.

Zu Columbines Überraschung und zum Kummer des Ranchers kam der Bräutigam auch am zweiten Tag nicht aus Kremmling zurück. Am Abend gab es Bellounds widerstrebend auf, nach ihm Ausschau zu halten.

Daß Jack nicht kam war Columbine recht; sie wäre froh gewesen, wenn er bis zum elften Oktober ausgeblieben wäre. Am Nachmittag des dritten Tages ritt Columbine ein wenig aus, um sich Bewegung zu machen. Pronto war nicht greifbar; sie wählte daher ein anderes Pferd. Auf dem Rückweg benützte sie nicht den gewohnten Weg an den Hütten der Cowboys vorbei; sie wollte keinen ihrer Freunde treffen und hatte besonders vor einer Begegnung mit Wade geradezu Angst.

Als sie um das Haus ritt, stieß sie auf Wilson Moore, der in einem leichten Wagen saß. Ihr Mustang scheute und hätte sie beinahe abgeworfen.

»Hallo, Columbine!« sagte Wilson, als sie ihr Pferd bändigte. »Du hast anscheinend rasch gelernt, mit einem Pferd umzugehen — seit ich fort bin. Ich konnte dich nie dazubringen, einen Mustang rauh anzufassen!«

Er sprach diese Worte mit ironischer Bewunderung.

»Ich bin wütend — das ist der Grund«, erklärte sie.

»Worauf bist du wütend?«

Sie antwortete nicht, sondern sah ihn unverwandt an. Er war immer noch bleich, aber sein Aussehen hatte sich gebessert.

»Willst du nicht mehr mit mir sprechen?« fragte er.

»Wie geht es dir, Wils?«

»Für einen klumpfüßigen ehemaligen Cowboy ziemlich gut.«

»Ich wünschte, du würdest solche Worte nicht gebrauchen; du bist kein Klumpfuß. Ich hasse das Wort!«

»Ich auch. Aber Spaß beiseite, es geht mir gut; mein Fuß hat sich gebessert.«

»Aber du mußt vorsichtig sein.«

»Sicher. Aber mir fällt das Faulenzen schwer. Den ganzen Tag herumliegen und nichts tun. Der Schmerz allein wäre nicht so schlimm gewesen. Columbine ich bin eingezogen.«

»Eingezogen?«

»Sicher. In meine Hütte auf dem Hügel. Es ist einfach großartig. Tom Andrews, Bert und euer Jäger Wade haben sie für mich prächtig ausgebessert. Dieser Wade ist wirklich ein prächtiger Kerl. Er hat mich auch irgendwie aufgeheitert.«

»Wils, warst du denn unglücklich?«

»Nun ja — ziemlich. Was erwartest du sonst von einem Cowboy, der verkrüppelt wurde — und ein Mädchen verloren hat?«

Columbine spürte das Brennen des Blutes in ihrem Gesicht. Sie schaute auf Wilsons Wagen, in dem Decken und andere Cowboy-Ausrüstungsstücke lagen.

»Das ist ein doppeltes Mißgeschick — und besonders schlimm, weil beides gleichzeitig kam. Aber mir scheint, wenn ein Cowboy für ein Mädchen etwas empfindet, dann müßte er ihr doch etwas sagen?«

»Das Mädchen, das ich meine, hat es gewußt«, erwiderte er.

»Nein, sie wußte es nicht!« schrie sie.

»Wieso weißt denn du das?« fragte er mit gespielter Überraschung. Er wollte sie quälen.

»Du hast mich gemeint. Ich bin das Mädchen, das du verloren hast.«

»Ja, so wahr mir Gott helfe!«

»Aber, du — du hast es mir nie gesagt!«

»Nie gesagt? Daß du mein Mädchen bist?«

»Nein — nein! Aber daß dir, daß du —«

»Columbine Bellounds, ich habe es dir auf jede Art unter der Sonne gesagt!«

»Was — gesagt?« stammelte sie.

»Daß ich dich liebe!«

»Oh, Wilson!« flüsterte sie wild.

»Ja, daß ich dich liebe! Du kannst doch nicht so unschuldig und blind gewesen sein, das nicht zu erkennen. Das kann ich nicht glauben.«

»Aber ich habe nie im Traum gedacht, daß du...« Sie brach ab. Die Erkenntnis der Wahrheit überwältigte sie.

»Collie! Hätte es denn einen Unterschied bedeutet?«

»Allen Unterschied der Welt«, jammerte sie.

»Was für einen Unterschied?« fragte er leidenschaftlich.

Columbine sah ihn hilflos und mit wildverwirrten Augen an.

Plötzlich wandte sich Wils ab und lauschte. Auf dem Weg erklang schneller Hufschlag.

»Das ist Buster Jack«, sagte er. »Mein Pech! Als ich kam, war niemand hier. Ich schätze, ich hätte wohl nicht so lange bleiben sollen.«

Im nächsten Augenblick jagte Jack Bellounds auf den Hof; er sprang rasch vom Pferd und ließ die Zügel fallen.

»Aha! Darauf hätte ich wetten können!« rief er.

Er starrte Columbine an und sah die klaren Anzeichen ihrer Gemütsbewegung in ihrem Gesicht. Ihr Mut sank.

»Warum hast du geweint?« fragte er barsch.

»Ich habe nicht geweint.«

Langsam glitt der Blick seiner dreisten und glühenden Augen von ihr zu dem Cowboy. Collie erkannte, daß er unter dem Einfluß von Alkohol stand.

»Wo ist Dad?« fragte er.

»Ich weiß nicht. Er ist nicht hier.« Sie stieg ab. Die Situation bedrückte sie tief.

Wilson Moore war um eine Schattierung bleicher geworden. Er nahm die Zügel auf.

»Bellounds, ich habe meine Sachen abgeholt — ich bin Columbine zufällig hier begegnet und habe eine Minute mit ihr geplaudert.«

»Das sagst du! Du hast ihr den Hof gemacht. Ich sehe es an ihrem Gesicht. Du bist ein Lügner!«

»Ich denke, du hast recht«, erwiderte Moore und wurde kreideweiß. »Ich habe Collie etwas gesagt, von dem ich dachte, sie wüßte es schon — und was sie längst hätte wissen sollen!«

»Ich will es nicht hören. Aber ich werde den Wagen durchsuchen.«

»Was?« Der Cowboy ließ die Zügel fallen.

»Ich will nur sehen, was du da drin hast.« Er zog einen Sattel aus dem Wagen.

»Hör mal, was willst du damit sagen? Die Sachen gehören mir — jedes einzelne Stück. Hände weg davon!«

Bellounds lehnte sich an den Wagen und sah unverschämt und bösartig zu Wils auf.

»Moore, ich würde dir nicht trauen. Ich glaube, du würdest alles stehlen, was dir in die Hände gerät.« Columbine stieß einen leidenschaftlichen Protestschrei aus.

»Jack, wie kannst du es wagen!«

»Du halt den Mund! Geh ins Haus!«

»Du beleidigst mich«, erwiderte sie in bitterer Erniedrigung.

»Gehst du jetzt hinein?« schrie er.

»Nein!«

»Nun gut, dann sieh zu. Es ist mir auch recht.« Er wandte sich dem Cowboy zu. »Moore, du zeigst mir die Sachen — wenn du nicht willst, daß ich das ganze Zeug herauswerfe.«

»Bellounds, du weißt, daß ich das nicht tun werde. Und ich gebe dir den guten Tip: laß mich lieber weiterfahren — wenn nicht um ihretwillen — dann um deinetwillen!«

»Du verdammter Klumpfuß! Dein Geschwätz wirkt nicht bei mir!« schrie Jack, während er sich auf die Radnabe schwang. Es war klar, daß sein Verlangen, den Wagen zu durchsuchen, nur ein Vorwand war. Moore hatte das offensichtlich erkannt, denn er sah Columbine an und schüttelte den Kopf, als ob er sagen wollte, daß er nichts ändern konnte.

»Columbine, gib mir bitte die Zügel herauf«, sagte er. »Du weißt, ich bin lahm. Dann fahre ich ab.«

Columbine trat vor, aber Bellounds sprang herab und stieß sie zurück.

»Du hältst dich heraus — oder ich bringe dir bei, wer hier der Boß ist!«

Wilson war inzwischen mühsam aus dem Wagen geklettert und mit der Krücke zu der Stelle gehumpelt, wo seine Zügel lagen. Als er sich bückte, stieß Bellounds Columbine noch weiter zurück und sprang vor Moore.

»Jetzt habe ich dich«, sagte er heiser und leise. Jeden Vorwandes bar, zeigte er jetzt seinen ganzen bösartigen Jähzorn. Sein Gesicht war verzerrt und dunkel vor Wut. Seine ausgestreckte Hand zitterte wie ein Blatt im Wind. »Du glattzüngiger Lügner! Ich habe dein Spiel erkannt! Ich weiß, daß du sie gegen mich aufhetzen willst, ich weiß, daß du sie gewinnen möchtest — kaum eine Woche vor ihrem Hochzeitstag! Aber nicht deswegen werde ich dich höllisch zusammenschlagen, sondern weil ich dich hasse! Mein Vater hat dich immer gegen mich unterstützt. Und deinetwegen hat er mich ins — ins — hat er mich weggeschickt. Deswegen hasse ich dich!«

Alles, was an Jack Bellounds gemein und niedrig war, trat mit einer seltsamen Offenheit zutage. Der Teufel in ihm war losgelassen.

»Bellounds, gegen einen einbeinigen Mann bist du ja mächtig tapfer«, erklärte der Cowboy mit beißendem Spott.

»Wenn du zwei Klumpfüße hättest, wäre es mir noch lieber!« schrie Jack und versetzte Moore einen so heftigen Schlag, daß er beinahe gestürzt wäre. Nur der verletzte Fuß, der hart auf den Boden stieß, rettete ihn vor dem Fall.

Als Columbine sah, wie Wilson vor Schmerz zusammenzuckte und totenblaß wurde, schrie sie leise auf, und sie schien plötzlich an die Stelle gebannt zu sein — in ohnmächtigem Entsetzen vor dem, was jetzt unvermeidlich war.

»Dein Glück, daß ich keinen Revolver trage«, sagte Moore grimmig. »Aber du hast es gewußt, sonst hättest du mich nie geschlagen, du erbärmlicher Feigling!«

»Das werde ich dir in deinen Hals hineintreiben!« schrie Jack und schlug heftig nach Moore.

Der Cowboy riß die schwere Krücke hoch.

»Wenn du mich noch einmal triffst, schlage ich dir dein bißchen Gehirn aus dem Schädel! Gott weiß, es ist wenig genug! Ich werde es dir jetzt ins Gesicht sagen — vor diesem Mädchen, das dein blinder Alter dir geben will. Du bist nicht betrunken — du bist nur ekelhaft und gemein. Du hast eine Chance, mich zu schlagen, weil ich verkrüppelt bin. Und du willst das ausnützen. Nun, du feiger Köter, ich könnte dich auch mit einem Bein fast noch schlagen. Aber rühr mich nicht wieder an! Du bist und bleibst Buster Jack — gemein, niederträchtig, egoistisch und halb vertiert! Und das ist das letzte Wort, das ich je an dich vergeude.«

»Ich bringe dich um!« schrie Jack schwarz vor Wut.

Moore schwang drohend die Krücke, aber da er unsicher auf den Beinen stand, war er schwer im Nachteil, und darauf hatte sein Gegner gerechnet. Bellounds rannte um den Cowboy herum und sprang ihn plötzlich an. Die Krücke sauste herab, aber sie nützte wenig. Jacks wuchtiger Anprall warf Moore um. Ehe er sich aufrichten konnte, schlug Bellounds auf ihn ein.

Columbine sah das alles wie durch einen Schleier. Als Wilson stürzte, schloß sie die Augen und hörte die dumpfen Schläge.

Dann riß sie die Augen wieder auf. Moores Pferd sprang beiseite, die beiden Kämpfer waren beinahe unter seine Hufe gerollt. Der Kampf schien ausgeglichen zu sein. Sie schlugen aufeinander ein — einmal lag der eine oben, dann der andere. Aber Moore wurde rasch schwächer. Bellounds kam nach oben und trat mit aller Kraft nach ihm. Er zielte dabei immer auf den verletzten Fuß des Cowboys — und schließlich gelang ihm ein Treffer. Wilson stieß einen erstickten Schrei aus und kämpfte verzweifelt; aber Bellounds hielt ihn nieder. Er richtete sich jetzt auf und trat absichtlich und in wilder Wut nach dem bandagierten Fuß — einmal — zweimal — immer wieder, bis die Gestalt unter ihm schlaff wurde.

Columbine sah es — starr vor Entsetzen. Sie wollte hinzuspringen, Jack von Wilson wegzerren, ihn töten — aber sie konnte sich nicht rühren, ihre Muskeln waren wie gelähmt.

Bellounds sprang wieder auf und hämmerte mit brutalen Schlägen auf den bewußtlosen Cowboy ein. Sein Gesicht war schrecklich anzusehen — er wollte morden.

Columbine hörte hastige Schritte — und jetzt löste sich ihre Zunge. Sie schrie gellend. Der alte Bill Bellounds kam von der Veranda her angelaufen — und der Jäger Wade rannte den Pfad herunter.

»Dad! Er tötet Wilson!« schrie Columbine.

»Hierher — du Teufel!« brüllte der Rancher.

Jack stand auf. Keuchend mit verzerrtem Gesicht und zerwühltem Haar — bot er selbst seinem Vater ein abstoßendes Bild. Moore lag bewußtlos da, sein verbundener Fuß zeigte große Blutflecken.

»Mein Gott, Sohn!« rief der alte Bill atemlos. »Du hast dir doch nicht den verwundeten Jungen ausgesucht?«

Jack antwortete nicht. Eine bösartige, frohlockende Befriedigung leuchtete in seinem Gesicht.

»Damit — sind wir ausgeglichen — Moore!« sagte er keuchend und ging davon.

Wade kniete bei dem Cowboy. Columbine lief zu ihm und fiel ebenfalls auf die Knie.

»Oh! Es war schrecklich! Er ist so weiß — und das Blut — ooh!«

»Mädchen, das ist nichts für eine Frau!« sagte Wade, und etwas in seinem Ton, in seinem Blick, wirkte besänftigend auf sie.

»Gehen Sie, und holen Sie Wasser und Tücher.«

Columbine ging schwankend auf das Haus zu. Sie sah einen

roten Fleck auf ihrer Hand — sie hatte Moores verletzten Fuß berührt — und in seltsamer Erregung führte sie die rote Stelle an ihre Lippen. Als sie wieder aus dem Haus kam, hörte sie den alten Bill eben sagen: »Scheint schwer verletzt zu sein.«

»Ich meine auch«, erwiderte Wade.

Columbine hielt Moores Kopf auf ihrem Schoß, während der Jäger das zerschlagene, blutige Gesicht badete. Sie starrte auf das Gesicht herab. Als endlich Wilsons Augenlider zuckten und er die Augen aufschlug, spürte sie ein Beben in ihrem ganzen Körper. Er lächelte ihr mühsam zu und sah dann den alten Rancher an.

»Ich glaube, er hat mich besiegt«, sagte er mit schwacher Stimme. »Aber er hat so lange nach meinem kranken Fuß getreten, bis ich — ohnmächtig wurde.«

»Wils, vielleicht hat er dich verprügelt«, erwiderte der Alte gebrochen. »Aber er hat verdammt wenig Grund, darauf stolz zu sein.«

»Boß, er hatte getrunken — und er hatte wahrhaftig Grund, den Kopf zu verlieren. Er hat mich ertappt, als ich Columbine den Hof machte — und dann habe ich ihn mit allen Schimpfworten tracktiert, die mir nur einfielen.«

»Aha!« Der Alte schien keine Worte zu finden; er ließ die Schultern hängen und schlurfte auf das Haus zu.

Columbine und Wade halfen dem Cowboy in den Wagen; er versuchte, sich gerade hinzusetzen, aber es gelang ihm nicht.

»Ich fahre ihn heim und kümmere mich um ihn«, sagte Wade. »Miß Collie, es ist kein Wunder, daß Sie aufgeregt sind. Aber nur Mut — es hätte schlimmer ausgehen können. Gehen Sie in Ihr Zimmer, bis Sie wieder ruhiger sind.«

Moore lächelte traurig.

»Es tut mir leid!«

»Leid — um mich?« fragte sie.

»Ich meine, es tut mir leid, daß ich das höllische Pech hatte, dich zu treffen — und dir all diesen Kummer zu machen. Es war meine Schuld. Ich hätte den Mund halten sollen!«

»Ich brauche dir nicht leid zu tun.« Sie sah ihm fest in die Augen. »Ich bin froh darüber. Aber wenn dein Fuß ernstlich verletzt ist, werde ich nie — werde ich nie —«

»Sag es nicht«, bat Moore sanft.

»Mädchen, Sie wollen etwas tun!« sagte Wade leise.

»Tun?« wiederholte sie. »Ja, ich will sagen, was ich auf dem Herzen habe.«

Sie lief auf das Haus zu und stürmte auf die Veranda. Ihre Augen blitzten. Der Rancher hatte anscheinend eben seinen Sohn ins Gebet genommen. Er zuckte zusammen, und Jack fuhr zurück.

»Jack Bellounds!« schrie Columbine. »Du bist nicht einmal ein halber Mann, du bist ein ganz gemeiner Feigling — und eine brutale Bestie!«

Einen Augenblick stand sie so da, leidenschaftliche Verachtung flammte in ihrem Blick auf — dann lief sie eben so stürmisch wieder hinaus, wie sie gekommen war.

8

An diesem Tag verließ Columbine ihr Zimmer nicht mehr. Niemand sollte wissen, wie sie litt. Sie selbst hatte nur eine schwache Vorstellung davon, was es für sie bedeutete, sich selbst zu überwinden.

Sie fürchtete sich merkwürdigerweise nicht, dem Rancher und seinem Sohn gegenüberzutreten. Anscheinend hatten die Geschehnisse sie nicht nur gewandelt, sondern ihr auch neue Kraft gegeben. Jack fehlte am Frühstückstisch, und der Alte grüßte sie ernster als sonst.

»Jack ist krank«, bemerkte er.

»So?« antwortete sie.

»Ja, er meinte, der Alkohol wäre schuld daran. Er ist das Trinken nicht gewöhnt. Wahrscheinlich ist es so, wie du gesagt hast. Aber ich habe ihm noch viel mehr gesagt, Mädchen. Es ist schlimm, wie sehr Jack in dich verliebt ist.«

»Er hat eine seltsame Art, seine Zuneigung zu zeigen«, bemerkte sie kurz.

»Nur das Trinken ist daran schuld.« Der alte Rancher bemühte sich, den Streit aus der Welt zu schaffen.

»Aber er hat mir versprochen, nie mehr zu trinken.«

Bellounds schüttelte traurig den Kopf.

»Jack wird alles versprechen, wenn er in dieser Stimmung ist. Aber der nächstbeste Fall wirft alles über den Haufen. Diesmal hat er allerdings eine gute Entschuldigung. Die Jungens in der Stadt haben schon angefangen, den elften Oktober zu feiern.«

»Dad, du bist gut wie Gold«, sagte Columbine besänftigend.

»Du wirst also einen alten Mann nicht enttäuschen?«

»Nein.«

»Ich fürchtete, du würdest deine Meinung wegen der Heirat doch ändern.«

»Ich versprach es und stellte keine Bedingungen dabei.«

»Mädchen, ein Versprechen wird manchmal gebrochen.«

»Ich habe das noch nie getan.«

»Nun, ich schon. Nicht oft — aber ich habe es getan. Und das ist durchaus möglich, Mädchen. Manchmal kann ein Mann nicht halten, was er versprochen hat. Und ein Mädchen ändert seine Meinung mitunter über Nacht. Ich würde dir keine Schuld geben, wenn du mir sagst, daß du Jack nicht mehr leiden kannst.«

»Ich bin froh, Dad, wenn ich Jack durch eine Heirat zu einem besseren Mann und einem besseren Sohn machen kann.«

»Mädchen, ich erkenne allmählich, was für ein prächtiger Mensch du bist. Und das macht mir Sorgen. Meine Nachbarn werfen mir in aller Offenheit vor, daß ich nur an meinen Sohn denke, nur an Buster Jack. Es stimmt, ich war seinetwegen blind und taub. Aber ich bin nicht mehr so blind, wie ich dachte. Die Schuppen fallen mir von den Augen. Noch habe ich die Hoffnung, daß die Heirat Jack bessern wird, und darauf baue ich.«

»Ich halte auch daran fest, und der elfte Oktober soll die Wendung bringen.«

Bald danach verließ Columbine den Frühstückstisch. Viel Arbeit wartete auf sie, und sie erledigte auch alles. Nur hin und wieder ließ sie die Hände in den Schoß sinken und blickte zum Fenster hinaus. Als sie später ausreiten wollte, traf sie Lem in der Schmiede.

»Oh, Miß Collie, Sie sind wirklich noch auf der Ranch?« Er lächelte sie an.

»Ich schäme mich fast, meinen alten Freunden ins Gesicht zu schauen, die ich so lange vernachlässigt habe«, antwortete sie.

»Ach, das war nicht so schlimm. Aber Sie sehen blaß aus, wie die Blumen, die man so oft auf den Hügeln sieht.«

»Lem, ich möchte Pronto reiten. Ist er in Ordnung?«

»Bewegung wird ihm gut tun, er frißt sich dumm und fett.«

Sie ging zum Corral, und Lem pfiff das Pferd heran. Der Mustang begrüßte freudig seine Herrin, und es sah so aus, als hätte er keinen dauernden Schaden davongetragen. Als Lem das Tier sattelte, achtete er besonders auf den Gurt.

»Denken Sie daran, daß ich den Sattel nicht sehr fest geschnallt habe.«

»In Ordnung.« Columbine stieg auf. »Wo sind heute die Jungen?«

»Blud und Jim reparieren den Zaun am Bach.«

»Und Bent?«

»Sie meinen Wade? Den habe ich seit gestern nicht gesehen. Oben am Hügel hat er am Morgen einen Puma abgehäutet. Irgendwo in der Nähe muß er sein, denn ich habe einige seiner Hunde gesehen.«

»Lem, haben Sie von der Schlägerei gehört?«

»Nein, ich weiß nichts davon.«

»Ach, es war ein schlimmer Kampf, und Wilson wurde schwer verletzt. Bent Wade hat ihn weggefahren.«

»Wie konnte das passieren? Der Junge ging doch noch an der Krücke. Er konnte gar nicht kämpfen.«

»Das war es ja! Jack hat die Lage bewußt ausgenützt. Wils wollte Streit vermeiden, aber Jack beschuldigte ihn des Diebstahls. Trotzdem hat sich Wils tapfer gehalten, bis ihm Jack gegen den verletzten Fuß trat. Dann war es geschehen.«

Lem senkte den Kopf, um seine Erregung nicht zu verraten.

»Verdammt!« rief er. »Das ist schlimm!«

Columbine verließ den Cowboy und ritt zu Wades Hütte hinauf. Sie fand keine Erklärung dafür, warum sie die Wahrheit über den Kampf am liebsten im ganzen Weidegebiet verkündet hätte. Als erst einmal das Haus hinter ihr lag, fühlte sie sich frei und unbelastet.

Mit lautem Gebell begrüßten sie die Hunde bei der Hütte. Sampson und Jim lagen auf der Veranda, während die anderen abseits angebunden waren. Sampson wedelte mit dem Schweif. Von der Pumajagd war er so müde, daß er sich nicht erheben wollte. Wade war anscheinend nicht daheim, sonst wäre er ihr wohl entgegengetreten. Columbine bemerkte eine frische Pumahaut, die an die Wand genagelt war.

Sie folgte dem Lauf des Baches, der nach dem Regen der Nacht klar und funkelnd dahinplätscherte. Als sie an dem Damm vorüberkam, den ein einzelner Biber gebaut hatte, sah sie frisch gefällte Weiden. Das war ein Beweis dafür, daß sich der Biber schon auf den langen Winter vorbereitete. Wade hatte von seinem Plan gesprochen, einige junge Biber zu fangen und hierher zu bringen, damit der alte Bursche Gesellschaft bekam.

Columbine folgte weiter dem Pfad, der in das Sage-Tal führte. Dort hatte sich Wilson Moore angesiedelt. Frische Hufspuren verrieten ihr, daß kurz zuvor Wade hier vorbeigeritten sein mußte. Pronto scheute, als Sage-Hühner aufschwirrten. Kane hatte sich losgerissen und war ihr gefolgt.

»Kane! Kane! Komm her!« rief sie.

Der Hund näherte sich ihr, blieb aber einige Schritte vor ihr stehen. Erst als sie weiterritt, trottete er wieder hinter ihr her.

Das Sage-Tal war nur eines der vielen Täler, die unterhalb der Old White Slides dahinführten. Es dehnte sich eine halbe Meile breit und wurde von einem hochragenden Gipfel überschattet. Unter einem Espenhain plätscherte der Bach dahin. Rinder und Pferde grasten auf der üppigen Weide. Verwundert fragte sich Columbine, wem die vielen Rinder gehören mochten. Bellounds' Vieh war schon abgetrieben worden. Dann erkannte sie den weißen Mustang, den der alte Rancher Wilson geschenkt hatte, und der Gedanke, daß sein Besitzer ihn vielleicht nie mehr würde reiten können, schmerzte sie.

Die Hütte erhob sich auf einer hohen Terrasse vor einer Gruppe von Espen. Für sein Siedlerabenteuer hätte sich Wilson kein schöneres, abgeschlosseneres Tal wünschen können. Rauch kräuselte sich aus dem Steinkamin der kleinen, grauen Hütte. Als Columbine den steilen Weg hinaufgeritten war, stieg sie mit klopfendem Herzen aus dem Sattel.

Die Hüttentür stand offen.

»Du Hundesohn!« hörte sie Wades wohlbekannte Stimme. »Eigentlich sollte ich dich verprügeln.«

»Ich höre Huftritte«, sagte eine leisere Stimme. Es war Wilson.

»Verdammt, ich werde anscheinend jeden Tag tauber.«

Wade erschien im Türrahmen.

»Ah, es ist Miß Collie«, erklärte er und gab den Eingang frei.

»Guten Morgen«, rief Columbine heiter.

»Collie! Du willst mich besuchen?«

Noch ehe sie Wilson auf dem Bett am Fenster liegen sah, hörte sie den Ruf.

»Sicherlich will ich das.« Sie trat näher. »Wie geht es dir?«

»Ganz gut. Nur mein zerschlagenes Gesicht solltest du besser nicht anschauen.«

»Was macht denn das«, murmelte sie unsicher. Ein flirrender Nebel verschleierte ihren Blick, und ihre Kehle war wie zugeschnürt. Erst als sie sich einigermaßen gefaßt hatte, hielt sie in der Hütte Umschau.

»Das ist ja prächtig, Wilson Moore!« rief sie erstaunt und begeistert. Wie von Zauberhand schien die alte Goldgräberhütte verwandelt worden zu sein. Ein Maurer, ein Zimmermann und ein Innenarchitekt waren zu gleicher Zeit am Werk gewesen. Von der mit Decken belegten Couch, von Wilsons Lagerstatt, glitt Columbines Blick zu dem großen Kamin hin, an dem Wade lächelnd lehnte. Die Decke der Hütte bestand aus sauber geschälten Espenstämmen, und der Boden war mit weißen Elchfellen ausgelegt. Sorgfältig hatte man alle Ritzen in den Wänden mit Lehm ausgefüllt. Es roch nach Sage, Holzrauch und frischem Fleisch. An den Wänden waren Geweihe befestigt, von denen die Ausrüstungsgegenstände des Cowboys herabhingen: Sporen, Lassos, Gürtel, Halstücher und Waffen. In einer Ecke stand eine Art Buffet und daneben ein neuer Tisch. An der leeren Wand waren Pflocke für Sättel, Kleider, Zaumzeug und andere Dinge eingeschlagen.

»Alles hat er allein gemacht — und blitzschnell«, erklärte Moore. »Ist das nicht großartig? Und sie nennen ihn ›Höllen-Wade‹. Ich nenne ihn ›Himmels-Wade‹!«

Als sich Columbine dem Alten zuwandte, sah sie, daß er den Gabelstock fallen ließ. Seine Hand zitterte, als er sich danach bückte. Wie seltsam berührte sie das!

»Bent, ich glaube wirklich, Sie sind vom Himmel gesandt«, sagte sie.

»Ich? Ein guter Engel? Das würde ein ganz neuer Posten für Bent Wade sein«, antwortete er mit einem merkwürdigen Lachen. »Aber ich könnte es ja mal versuchen.«

Über Wilsons Bett hingen Zweige mit farbigem Herbstlaub, und auf dem Fenstersims stand ein Glas mit frischen Columbinen. Sie bewegten sich sanft in dem Wind, der zum offenen Fenster hereinwehte.

Moore lachte trotzig.

»Wade wollte sie unbedingt holen. Sie sind seine Lieblingsblumen — und meine auch. Im Frost werden sie bald verwelken, und ich möchte mich an ihnen freuen, solange es geht.«

Wieder spürte sie dieses seltsame, heiße Aufwallen eines Gefühls, das sie nicht beherrschen konnte. Sie sah Wilsons verbundene Hand und berührte sie vorsichtig.

»Warum ist deine Hand so verbunden?«

Er lachte grimmig.

»Hast du Jack heute morgen gesehen?«

»Nein«, erwiderte sie kurz.

»Wenn du ihn gesehen hättest, wüßtest du, was meiner Faust fehlt.«

»Ist die Verletzung schlimm?« Columbine erschauerte, aber es war eigentlich kein unangenehmes Gefühl.

»Ich habe die Faust verletzt, Collie, als ich sie ihm in sein hübsches Gesicht pflanzte.«

»Oh, Wilson, es ist schrecklich! Er wollte dich töten.«

»Das stimmt. Und auch ich hätte ihn mit dem größten Vergnügen umgebracht.«

»Ihr dürft einander nie wieder begegnen.«

»Der Himmel möge es so fügen«, sagte Wilson mit einem düsteren Ernst, der bedeutungsvoller wirkte als seine Worte.

»Wilson, wirst du ihm um meinetwillen ausweichen?« Unwillkürlich umklammerte sie seine verbundene Hand.

»Sicherlich, ich werde auf Nebenpfaden schleichen — wie ein Coyote. Aber, Columbine Bellounds, wenn er mich je wieder stellt...«

»Überlaß ihn nur Höllen-Wade«, unterbrach ihn der Jäger und blickte ihn mit seinen großen, unergründlichen Augen an. »Und jetzt, Miß Collie, wollen Sie sicherlich unseren Invaliden pflegen. Er muß gefüttert werden.«

»Ja, Bent, bringen Sie die Kiste und stellen Sie das Essen darauf.«

Als sich Columbine auf den Bettrand setzte, wurde sie sich der Nähe des Cowboys beunruhigend bewußt, und sie versuchte das Gespräch in Gang zu halten.

»Könntest du dir nicht mit der linken Hand helfen?«

»Die ist schlimmer dran«, sagte er und zog sie unter der Decke hervor.«

»Oh!« rief sie erschrocken.

»Ich habe mir da einen Knochen gebrochen«, erklärte Wilson. »Stell dir vor, Collie, unser Freund Wade ist auch Arzt. Ich habe einen Mann wie ihn noch nie gesehen.«

»Und ein Koch außerdem, denn hier ist schon dein Dinner. Du mußt dich aufsetzen«, befahl sie.

»Hilf mir«, bat er.

Wie seltsam und beunruhigend war es für Columbine, sich über ihn zu beugen und die Arme um ihn zu legen. Sie errötete.

»Kannst du dich nicht bewegen?« fragte sie, als sie die tote Last seines Körpers fühlte.

»Nicht gut.« Schweißtropfen bildeten sich auf seiner Stirn. Seine Verletzungen schienen schwerer zu sein, als sie geglaubt hatte.

»Du hast gesagt, dein Fuß ist in Ordnung.«

»Ist er auch. Er hängt noch an meinem Bein — das fühle ich verdammt genau.«

»Oh«, murmelte Columbine zweifelnd und begann ihn wortlos zu füttern.

»Diese Behandlung jetzt ist eine Tracht Prügel schon wert«, sagte er.

»Unsinn!« gab sie zurück.

»Ich würde es noch einmal ertragen, wenn du mich dann füttern kommst. Allerdings nicht von ihm. Collie, du bist so verändert. Du, bist jetzt eine Frau — und eine sehr hübsche außerdem.«

»Wirst du jetzt essen?«

»Huh! Essen? Natürlich, ich bin schrecklich hungrig.«

Aber es war für Columbine eine mühevolle Arbeit, ihn zu füttern. Dauernd schaute er auf ihr Gesicht und nicht auf die Hände, und damit erschwerte er ihre Pflegerinnenbemühungen. Die ganze Zeit über war sie sich der Anwesenheit des alten Wade bewußt. Sie meinte, er könnte ihre Gedanken lesen und wüßte besser über sie Bescheid als sie selbst.

»Ich kann nicht mehr«, sagte Moore schließlich.

»Für einen Kranken hattest du ganz guten Appetit. Willst du den Winter über hier bleiben? Dad sprach davon.«

»Ja.«

»Gehören dir die Rinder im Tal?«

»Sicher. Ich habe Geld gespart und mir Tiere gekauft. Jetzt sind es beinahe hundert.

»Das ist ein guter Anfang. Aber wer wird für die Rinder sorgen, bis du selbst wieder arbeiten kannst?«

»Mein Freund hier: Himmels-Wade.«

»Kann ich dir etwas zu essen und zu lesen bringen?«

»Wenn du nur selbst kommst«, antwortete er sanft.

»Wenn ich dir etwas bringe, muß ich doch selbst kommen, Junge.«

»Stimmt. Dann bring mir morgen etwas Marmelade und ein Buch. Geht das?«

»Natürlich.«

»Das ist ein Versprechen, und ich weiß, du wirst es halten.«

»Also, auf Wiedersehen — bis morgen. Ich hoffe, es geht dir dann besser.«

»Ich werde so lange krank bleiben, bis du mich nicht mehr besuchst.«

Ziemlich hastig verließ Columbine die Hütte. Als sie Pronto losband, trat der Jäger mit Kane zu ihr.

»Wenn Sie ein wenig warten, Miß Collie, hole ich mein Pferd und begleite sie.«

Sie ritt langsam den Hang hinab, und als sie unten ankam, war Wade schon an ihrer Seite.

»Sagen Sie bitte Bellounds nicht, daß ich für Wils sorge«, bat er in seiner freundlichen, überredenden Art.

»Ich werde es nicht tun. Aber warum nicht? Dad hätte Verständnis dafür und täte so etwas selbst.«

»Sicherlich. Aber das hier ist ein besonderer Fall, und Wils ist nicht so gut dran, wie er glauben möchte. Ich will nichts riskieren. Meine Stellung möchte ich behalten, aber ich möchte auch nicht daran gehindert werden, dem Jungen zu helfen.«

Sie hatten den Espenhain erreicht, und Columbine hielt das Pferd an. Sie blickte Wade aufmerksam ins Gesicht.

»Was ist mit ihm, Bent, sagen Sie es mir.«

»Ich bin selbst ein wenig Arzt, Miß Collie. Ich habe etwas Medizin und Chirurgie studiert. Ich würde Ihnen nichts erzählen, aber ich bin auf Ihre Hilfe angewiesen.«

»Ich will helfen, aber sprechen Sie.«

»Wils Fuß ist übel zugerichtet. Buster Jack hat ihn vollkommen verstümmelt – es ist viel schlimmer als zuvor. Ich fürchte eine Blutvergiftung und einen Wundbrand. Das habe ich ihm gesagt und ihm geraten, lieber das Bein abnehmen zu lassen. Aber er flucht und schwört, daß er lieber sterben möchte. Wenn es so wird, wie ich fürchte, werden wir weder sein Bein noch sein Leben retten können.«

»Ist es so schlimm?« rief Columbine. »Ich ahnte es! Ich wußte, daß etwas Schreckliches geschieht. Wird er je wieder ...«

»Auf keinen Fall wird er je wieder reiten können wie ein Cowboy, Miß Collie.«

Damit schien für Columbine die letzte Hoffnung entglitten zu sein. Heiße Tränen blendeten sie, und das Blut stieg in ihr Gesicht.

»Armer Junge«, schluchzte sie. »Das wird ihn zugrunde richten. Er hat die Pferde und das Reiten so geliebt und war der beste Reiter von allen. Jetzt ist er lahm und verkrüppelt – ein Klumpfuß.

Und alles wegen Jack Bellounds. Oh, wie ich diesen Feigling hasse! Am elften Oktober muß ich ihn heiraten! Oh, du mein Gott!«

Blindlings ließ sie sich aus dem Sattel gleiten. Sie warf sich ins Gras, und heftiges Schluchzen schüttelte ihren Körper.

Wade war abgestiegen, kniete neben ihr nieder und legte wortlos die Hand auf ihre Schultern. Als die Erschütterung schwächer wurde, hob er ihren Kopf empor.

»Mädchen, nichts ist so schlimm, wie es zuerst aussieht. Setzen Sie sich hin und lassen Sie mich reden.«

»Oh, Bent, etwas Schreckliches ist geschehen — in mir selbst. Ich weiß nicht, was es ist, aber es wird mich umbringen.«

»Ich weiß, Miß Collie«, sagte er, als ihr Kopf an seine Schulter sank. »Ich bin ein alter Mann und versuche, den Menschen zu helfen, denen ich begegne. Sie sind ein schönes, starkes Mädchen — wie geschaffen für das Erdenglück. Jetzt hören Sie zu . . .«

»Ach, Bent, Sie wissen es ja nicht! Ich habe Ihnen gesagt, daß ich Jack hasse. Aber ich muß ihn heiraten. Sein Vater hat für mich gesorgt, seit ich ein kleines Kind war. Ich schulde ihm — mein Leben. Ich habe keine Verwandten, keine Mutter, keinen Vater. Niemand liebt mich —«

»Niemand liebt Sie?« wiederholte Wade mit sanftem Tadel. »Merkwürdig, wie sich die Menschen selbst zum Narren halten. Sie irren sich, Mädchen: alle lieben Sie! Lem und Jim verehren Sie, und sogar der hitzköpfige Jack liebt Sie so gut, wie er das überhaupt vermag. Ebenso der alte Rancher — Sie sind für ihn wie eine wirkliche Tochter. Auch ich liebe Sie, als wären Sie mein eigenes Mädchen. Ich werde der Freund und Bruder sein, den Sie brauchen — und vielleicht kann ich Ihnen auch eine Mutter ersetzen.«

Ein Zauber schien sich auf Columbine zu senken. Eine unwirkliche Zartheit strahlte von diesem Mann aus.

»Du liebst mich, Bent Wade — liebst mich wirklich?« fragte sie. Sie fühlte sich wunderbar getröstet, sie fühlte etwas, was ihr seit den Kindertagen gefehlt hatte.

»Ja, Mädchen, du kannst mich ruhig erproben.«

»Oh, wie gut, ich wollte schon längst zu — dir kommen. Dad ist ganz in seinen Sohn vernarrt; ich hatte ja niemand, mit dem ich sprechen konnte.«

»Du hast jetzt jemand. Und weil ich so viel mitgemacht habe, kann ich dir sagen, was dir helfen wird. Mädchen, wie kann ein Mann tapfer sein, wenn eine Frau es nicht ist? Das Leben hat dir einen harten Schlag versetzt — du hast keine wirklichen Eltern und lebst bei einem Pflegevater, der ganz in seinen Sohn vernarrt ist. Mut! Du mußt der Sache ins Auge sehen! Angenommen, du hassest diesen Buster Jack — angenommen, du liebst diesen armen verkrüppelten Wilson Moore! Schau doch nicht so, leugne nicht — du liebst diesen Jungen! Ja, es ist höllisch, aber man kann nie sagen, was geschieht, wenn man ehrlich und offen ist. Das Glück kommt oft auf eine Art, wie man es sich nicht träumen lassen würde. Du hast dich nicht selbst in diese üble Lage gebracht. Sei nur dir selbst treu, und es wird nicht so schlimm werden, wie du fürchtest. Eines Tages, wenn du glaubst, dein Herz müßte brechen, werde ich dir eine Geschichte erzählen. Denn ich habe ein gebrochenes Herz und ein zerstörtes Leben. Aber ich habe weiter gelebt und in der Arbeit und im Kämpfen ein Glück gefunden, das ich nie erträumt hätte. Ich weiß, wie schön die Welt sein kann. Ich liebe die Berge, die Hügel, die Blumen und selbst die wilden Tiere. Und es gibt nichts auf der Welt, was ich für dich nicht tun würde — was mir zu viel wäre.«

Columbine hob das tränennasse Gesicht zu ihm auf. Das Licht einer Erkenntnis leuchtete aus ihren Zügen.

»Wilson hat recht gehabt«, murmelte sie. »Du bist wirklich vom Himmel gesandt — und ich werde dich lieben.«

9

Ein neuer Geist — eine Befreiung ihrer innersten Kräfte — hatte Columbine verändert. Sie fühlte, daß etwas Unbekanntes aus der Tiefe ihrer Seele ans Licht stieg.

»Aber Bent!« rief sie. »Wie kann ich dieses Gefühl festhalten?« Sie breitete die Arme aus, als wollte sie die ganze Welt umarmen.

»Was für ein Gefühl, Mädchen?«

»Ach, dieses — dieses Gefühl, eine Frau zu sein.«

»Keine Frau wird je wieder ein Mädchen«, sagte er traurig.

»Erst wollte ich sterben, und nun möchte ich leben — kämpfen. Du hast wie ein richtiger Vater zu mir gesprochen, du hast mich aufgerichtet und gestützt.«

»Ich möchte auch ein Vater für dich sein«, erwiderte er leise. »Ich habe selbst so viel Schlimmes im Leben durchgemacht, daß ich deine Kämpfe und Nöte verstehe. Glaube mir, Collie, selbst wenn du meinst, es ist einmal unerträglich: du wirst die Kraft finden, dich durchzukämpfen.«

Sie lauschte verwirrt und erregt zugleich.

»Du bist noch jung, Collie«, fuhr der Jäger fort. »Du verstehst noch nicht, was am Leben seltsam, schrecklich und vielleicht auch schön ist. Vielleicht habe ich in einem früheren Leben einmal etwas für dich bedeutet? Ich glaube daran. Vielleicht waren wir einmal Blumen oder Vögel. Ich habe eine Schwäche für diese Ideen.«

»Mir gefällt der Gedanke auch«, warf das Mädchen ein. »Aber es gibt auch Habichte, Krähen und Bussarde.«

»Es wird wohl gut sein, Mädchen, daß es einen Ausgleich in der Natur gibt. Wenn wir das Böse und Schlechte nicht kennen würden, könnten wir das Gute und Schöne nicht lieben. Aber wir müssen jetzt heim, es wird spät.«

»Sollte ich nicht gleich zu Wilson zurückgehen?«

»Weshalb?«

»Um ihm zu sagen, warum ich morgen — oder überhaupt nicht mehr zu ihm kommen kann.«

Wade überlegte und beobachtete sie dabei mit einer merkwürdigen Strenge.

»Morgen wäre es besser«, sagte er. »Für einen Tag waren es bereits zu viel Aufregungen für Wilson.«

»Dann komme ich morgen.«

Im matten, kalten Zwielicht ritten sie den Weg schweigend dahin.

»Gute Nacht, Mädchen«, sagte Wade, als sie seine Hütte erreicht hatten. »Und vergiß nicht: du bist nicht mehr allein.«

»Gute Nacht — mein Freund«, antwortete sie und ritt weiter.

Am Corral traf das Mädchen mit Jim Montana zusammen. Sein Gesicht sah fast mürrisch aus, und sein Pferd hatte Schaum vor dem Maul. Wahrscheinlich war der Cowboy in einem Tag nach Kremmling und zurück in Jacks Auftrag geritten.

»Ich kümmere mich um Pronto«, sagte er. »Das Essen wartet.«

Im Kamin brannte ein helles Feuer, und der Rancher las bei seinem Lichtschein.

»Hallo, Rosenwange!« begrüßte er sie mit ungewöhnlicher Liebenswürdigkeit. »Schön gegen den Wind geritten, wie?«

»Es ist kalt, Dad«, antwortete sie. »Ich war nicht weit. Ich habe Wilson Moore besucht.«

»Hm! Wie geht es dem Jungen?« fragte der Rancher mürrisch.

»Er meint, es ginge ihm gut, aber ich fürchte, es ist nicht so.«

»Hat er Freunde, die für ihn sorgen?«

»Oh ja, die Andrews — und andere. Seine Hütte ist hübsch eingerichtet.«

»Das freut mich. Ich werde Lem oder Wade zu ihm hinaufschicken.«

»Das sieht dir ähnlich, Dad.« Sie legte ihre Hand auf seine breite Schulter.

»Schau, Collie, hier sind viele Briefe aus Kremmling. Alle wollen am elften Oktober eingeladen werden. Sollen wir das tun?«

»Natürlich! Je mehr — um so lustiger«, antwortete sie.

»Ich möchte es lieber nicht tun.«

»Warum nicht, Dad?«

»Man kann sich auf meinen Sohn nicht verlassen, nicht einmal an seinem Hochzeitstag.«

»Dad, was hat Jack heute tagsüber getan?«

»Gar nichts.«

»Du kannst dich auf mich verlassen, Dad.«

»Ich wollte, du wärst Jack, und er wäre wie du«, sagte der alte Rancher und legte seine Hand auf ihren Arm.

In diesem Augenblick betrat der junge Bellounds mit verbundenem Kopf das Zimmer und setzte sich an den Tisch.

»Ich bin hungrig wie ein Bär«, sagte sie, als sie sich Jack gegenübersetzte.

»Wo warst du?« fragte er neugierig.

»Ah, guten Abend, Jack! Nimmst du endlich Notiz von mir? Ich bin zum ersten Male wieder mit Pronto ausgeritten — in das Sage-Tal.«

Jack starrte sie aus dem unverbundenen Auge an, brummte etwas und stocherte mit der Gabel wütend auf seinem Teller herum.

»Was ist mit dir? Bist du nicht wohlauf, Jack?« erkundigte sie sich mit schmeichlerischer Freundlichkeit, die etwas zu sanft wirkte, um echt zu sein.

»Doch, ich bin wohlauf.«

»Aber du siehst übel aus. Das jedenfalls, was ich von deinem Gesicht sehen kann. Ach, und das eine Auge: da liegt der ganze Jammer der Welt drin.«

Dieser Wandel im Benehmen des zurückhaltenden und sanften Mädchens verblüffte Jack und erregte die Heiterkeit des Alten.

»Willst du dir einen Spaß machen?« fragte Jack.

»Wie könnte ich das bei dir? Ich möchte nur feststellen, wie merkwürdig du aussiehst. Möchtest du mit einem Auge heiraten?«

Jack sank in sich zusammen; der Alte starrte ihn mit offenem Mund an und brach dann in Gelächter aus.

»Zum Kuckuck! Mädchen, ich habe nie gewußt, was in dir steckt! Sei kein Spielverderber, Jack, und schluck deine Medizin. Und ihr beide: vergebt einander und vergeßt alles.«

Als Columbine später allein war, wurde sie schnell ernst. Sie dachte daran, wie überraschend Bent Wade zu einer bedeutenden Persönlichkeit in ihrem Leben geworden war. Jetzt galt es, sich die Lebenserkenntnisse des alten Jägers anzueignen und den Mut zu erhalten, den er ihr eingeflößt hatte. Dabei war sie sich der Pflicht gegenüber dem alten Rancher bewußt, und sie wollte auch tun, was er von ihr verlangte. Sie wollte versuchen, seinem Sohn ein Leben lang eine gute Frau zu sein und seine Fehler zu ertragen. Sie durfte nicht hassen, dieses Gefühl mußte sie aus ihrem Leben verbannen. Die Aufgabe war hart und würde von Jahr zu Jahr schwieriger werden, aber sie war entschlossen, das hinzunehmen. Die Träume vom Glück mußten verbannt werden. Aber sie wußte, wie gefährlich schön dieses neue Gefühl in ihrer Seele war, und sie ahnte, daß es sich unlösbar mit ihrem neuen Sein verbunden hatte.

»Ich muß es ihm sagen«, sagte sie leise. »Er soll es wissen, bevor ich ihm für immer Lebewohl zurufe.«

Dieses Geheimnis ihrer Liebe Wilson zu offenbaren würde ein unsagbar schönes Erlebnis sein, aber ihn dann zu verlassen: das bedeutete unendliche Bitternis. Was mochte geschehen, wenn sie ihm alles gestand?

Endlos dehnten sich die Nachtstunden, und an Schlaf war nicht zu denken. Die Stille im Haus war quälend für das Mädchen. Das melancholische Heulen der Coyoten erinnerte sie an die Mädchenzeit, die nie wiederkehren würde.

Am nächsten Tag ließ sich Columbine ein Pferd satteln, das sie nicht schonen mußte wie Pronto, und jagte schnell das Tal hinauf. Sie sah Wades Pferd bei der Hütte stehen und spürte Erleichterung. Doch ihre Schritte wurden schleppend, als sie sich dem Holzhaus näherte. Noch vor der Tür rief sie: »Wo ist Bent?«

»Er war hier und hat Essen gekocht, aber ich brachte nichts herunter, weil ich auf dich wartete. Jetzt ist alles gut. Bent ist mit den Hunden fortgegangen.«

Columbine trat an sein Bett und blickte auf ihn hinab. Er sah besser aus. Seine Augen waren nicht mehr so umschattet. Wenn sie nicht mit dem festen Entschluß hergekommen wäre, sich die Last vom Herzen zu reden, dann würde sie diesen Schimmer in seinem Blick unwiderstehlich gefunden haben. War sie denn zuvor die ganze Zeit über blind gewesen?

»Es geht dir besser«, sagte sie froh.

»Aber ich hatte eine schlimme Nacht«, murmelte er. »Oh, Collie, wie dein Gesicht glüht — und deine Augen!«

»Du findest mich also hübsch«, murmelte sie träumerisch.

Er lachte verächtlich.

»Hübsch? Das ist kein Wort dafür. Du bist hinreißend!« Er streckte die verbundene Hand nach ihr aus und flüsterte dabei: »Komm näher.«

Sie fiel auf die Knie und bedeckte das Gesicht mit den Händen.

»Was ist, Collie«, rief er bestürzt. »Ich wollte doch — wollte nur deine Hand berühren.«

»Hier!«

Sie tastete blind nach seiner Hand, bis sie die Finger spürte und drückte. Noch einen Augenblick verweilte Columbine in diesem Gefühl von Freude und tiefer Traurigkeit, und sie bewahrte für kurze Zeit ihr Geheimnis.

»Was ist geschehen?« fragte der Cowboy bestürzt. »Du weinst! Was ist, Liebste? Schau mich an!«

Columbine nahm die Hand von den Augen.

»Wils, ich schäme mich so und bin doch so sehr glücklich.«

»Ich verstehe nicht!«

»Ich — ich muß dir etwas sagen.«

»Und das ist?«

Sie neigte sich über ihn.

»Kannst du es nicht erraten?«

Er erbleichte, aber in seinen Augen glimmte ein seltsames Leuchten.

»Ich — ich wage es nicht zu denken.«

»Schon seit Jahren, seit immer — hat das Gefühl bestanden.«

»Collie!« rief er. »Quäle mich nicht!«

»Erinnerst du dich noch, wie wir vor langer Zeit stritten, weil du mich küßtest?«

»Glaubst du, ich könnte so etwas tun —. und es dann vergessen?«

»Ich liebe dich«, flüsterte sie scheu und fühlte wie das Blut heiß in ihre Wangen stieg.

Er schien wie verwandelt. Schon hatte er den verletzten Arm

um ihren Nacken geschlungen, und er küßte ihre Augen, Wangen und Lippen.

»Mein Gott, ich kann es nicht glauben. Sage es noch einmal!« rief er leidenschaftlich.

Columbine verbarg ihr rot überhauchtes Gesicht in den Kissen. Und sie flüsterte von neuem:

»Ja, ich liebe dich — ich liebe dich!«

»Liebste, schau mich an. Ich weiß nun, daß es so ist. Laß dich jetzt anschauen.«

Columbine richtete sich auf, und nun erkannte sie die wahre, die volle Bedeutung ihrer Liebe.

»Küß mich!« forderte er.

Wieder beugte sie sich zu ihm hin.

»Noch einmal, Collie«, bat er.

»Nein — nicht mehr«, flüsterte sie sehr leise und verbarg das Gesicht. Ein Schluchzen erschütterte ihren Körper.

Moore schwieg und hielt sie mit seiner freien Hand. Er wartete, und dieses Warten wurde für sie unerträglich. Dennoch wagte sie es nicht, ihn noch einmal zu küssen. Sie wußte, daß sie sonst ihre Pflicht gegen Bellounds vergessen würde. Entschlossen setzte sie sich auf und wischte die Tränen aus den Augen.

Eine laute Stimme erklang von draußen. Es war Wade, der die Hunde rief. Die Tatsache, daß er so plötzlich zurückkehrte, verwirrte sie.

»Ich muß Jack Bellounds am elften Oktober heiraten«, stieß sie hervor.

Der Cowboy richtete sich auf, soweit es ihm möglich war. Collie betrachtete voller Qual, wie er kreidebleich wurde.

»Nein, nein«, stöhnte er.

»Ja, es ist wahr.« Ihre Stimme klang hoffnungslos.

»Nein!« rief er heiser.

»Doch, Wilson, es ist so. Ich mußte es dir sagen. Oh, es ist wahr — es ist wahr!«

»Aber du sagtest doch, daß du mich liebst«, erklärte er und hielt sie mit seinem dunklen, anklagenden Blick fest.

»Das ist ebenso schrecklich wahr wie das andere.«

Er beruhigte sich ein wenig, und der Kummer wich dem Entsetzen und der Furcht.

Wade trat in diesem Augenblick in die Hütte. Er zögerte und ging dann auf Columbine zu. Sie blickte ihn nicht an, aber sie streckte eine zitternde Hand nach ihm aus.

Vergeblich kämpfte Wilson um seine Fassung.

»Wenn du mich liebst, Collie, wie kannst du dann Jack Bellounds heiraten?«

»Ich muß.«

»Warum?«

»Mein Leben und alles, was ich geworden bin, verdanke ich seinem Vater. Er glaubt, ich könnte Jack helfen, ein Mann zu werden. Dad liebt mich, und ich liebe ihn auch. Ich muß zu ihm stehen – die Pflicht verlangt es.«

»Du hast aber auch eine Pflicht gegen dich selbst – eine Pflicht als Frau. Bellounds ist in seinen Sohn vernarrt. Er ist blind gegen die Schande einer solchen Heirat. Doch du bist es nicht.«

»Schande?« stammelte sie.

»Ja. Die Schande, einen Mann zu heiraten, wenn du einen anderen liebst. Du kannst nicht zwei Männer lieben. Du wirst seine Frau sein – weißt du, was das bedeutet?«

»Ich – ich glaube, ich weiß es«, antwortete sie mit schwacher Stimme. Wo war alle ihre wunderbare Kraft geblieben? Dieser Junge mit den feurigen Augen zerbrach ihr das Herz mit seinen Vorwürfen.

»Aber du wirst seine Kinder gebären – ihnen eine Mutter sein, während du mich liebst! Hast du je daran gedacht?«

»O nein! Nie!« wehklagte sie.

»Dann denke daran, ehe es zu spät ist«, flehte er sie leidenschaftlich an. »Oder willst du dich selbst vernichten? Sag doch...«

»Was soll ich noch sagen, Wilson? Ich muß ihn heiraten!«

»Collie, ich töte ihn, ehe er dich bekommen wird.«

»Du darfst nicht so reden. Wenn ihr wieder kämpfen würdet, wenn etwas Schreckliches geschähe: das würde mich umbringen.«

»Es wäre das beste für dich«, stieß er, wachsbleich im Gesicht, hervor.

Columbine stützte sich gegen Wade. Ihr Körper wurde schwach, aber sie wußte, daß sie das Unvermeidliche nicht verhindern konnte.

»Höre doch«, bat der Cowboy wieder. »Es geht um dein Glück, dein Leben! Der alte Bellounds ist vernarrt in diesen verdorbenen Jungen. Aber Jack Bellounds taugt nichts. Collie, liebste Collie, glaube nicht, daß jetzt die Eifersucht aus mir spricht. Aber ich kenne ihn: er ist deiner nicht wert. Kein Mann ist das – doch er am allerwenigsten. Er wird dich zu sich herunterziehen, dein Herz brechen und dich vernichten. Das ist so sicher, wie du dort stehst.

Ich könnte dir beweisen, was mit ihm los ist. Zwinge mich nicht dazu. Vertraue mir, Collie.«

»Wilson, ich glaube dir. Aber das macht meine Pflicht nur schwerer.«

»Er wird dich behandeln, wie er einen Hund oder ein Pferd behandelt. Er wird dich schlagen.«

»Das wird er nie tun. Wenn er je Hand an mich legt ...«

»Wenn er das nicht tut, wird er deiner bald überdrüssig werden. Noch nie hat er Ausdauer oder Treue gezeigt. Ich kenne ihn schon von Kindheit an. Dein Pflichtgefühl ist auf dem falschen Wege. Kein Mädchen braucht sich aufzuopfern, weil ein Mann sie als kleines Kind gefunden und ihr ein Heim gegeben hat. Eine Frau schuldet sich selbst mehr als jedem anderen.«

»Das ist alles wahr. Ich habe selbst so gedacht. Doch du bist so hart — so ungerecht. Du willst die Möglichkeit nicht sehen, daß man Jack bessern könnte. Dad schwört darauf, mir würde es gelingen. Vielleicht habe ich die Kraft — ich will darum beten.«

»Jack Bellounds ändern? Kannst du ein faules Ei frisch machen? Hat der verdammte Feigling nicht seinen Charakter gezeigt, als er meinen kranken Fuß absichtlich zerbrechen wollte, solange darauf herumtrat, bis ich ohnmächtig wurde?«

»Bitte, sprich nicht mehr davon«, sagte Columbine. »Es ist so furchtbar. Ich hätte nicht kommen dürfen! Bent, bring mich heim.«

»Aber Collie, ich liebe dich«, erklärte Wils leidenschaftlich. »Und er — er mag dich lieben — aber er — er war ...«

Wilson schien sich auf die Zunge zu beißen, um die Worte zurückzuhalten — um etwas Verzweifeltes, Schreckliches und Feiges in sich selbst zu bekämpfen.

Nur sein leidenschaftliches Liebesbekenntnis vernahm Columbine, und sie erbebte dabei.

»Du sprichst, als käme das Gefühl nur von dir«, brach es aus ihr hervor. »Ich liebe dich ebenso sehr — noch mehr, denn ich liebe dich von ganzem Herzen und aus ganzer Seele.«

Moore sank erschöpft zurück.

»Wade, mein Freund, um Gottes willen — tue doch etwas«, flüsterte er. Es schien so, als wäre der Jäger seine letzte Hoffnung. »Erkläre Collie, was es für sie und für mich bedeutet, wenn sie Bellounds heiratet. Wenn sie mir nicht gesagt hätte, daß sie mich liebt, wäre alles leichter für mich zu ertragen gewesen. Jetzt kann ich es nicht. Er wird mich umbringen.«

»Junge, jetzt sprichst du wieder Unsinn«, sagte Wade. »Und

nun hört beide zu. Er hat recht und du auch, Collie. Beide seid ihr in einer verfahrenen Lage, und ich fühle mit euch.«

Er hielt inne und befestigte die locker gewordenen Verbände des Kranken. Dann setzte er sich auf den Bettrand und fuhr mit den Händen durch sein an den Schläfen bereits silbrig schimmerndes Haar. Sein Gesicht war tief durchfurcht, aber ein Licht der Hoffnung schimmerte darin.

»Wade, um Gottes willen, rette Columbine!« flehte Wilson.

»Wenn du das könntest«, rief Columbine, die von Wilsons Bitte so bewegt wurde, daß sie nicht widerstehen konnte.

»Mädchen, bleib du bei deiner Überzeugung«, erklärte Wade eindrucksvoll. »Und du, Wils, sei ein Mann und mach' es ihr nicht so schwer. Keiner von euch kann jetzt etwas tun. Da ist der alte Bellounds: er wird sich nicht ändern. Er wird die Hoffnung auf seinen Sohn nicht aufgeben. Aber Jack könnte sich ändern. Wenn ich zurückschaue, erinnere ich mich an viele solche Jungens wie Buster Jack, und ich erinnere mich daran, wie sie ein Opfer ihrer eigenen Veranlagung wurden. Ich habe seltsame Vorahnungen bei Menschen, mit deren Unglück ich mich beschäftige. Das täuscht mich nie. Wenn das Unheil zur Katastrophe wird, fühle ich dann immer das Bedürfnis, die Geschichte von ›Höllen-Wade‹ zu erzählen. Bei euch ist das nicht so. Und deshalb könnt ihr mir glauben, daß irgend etwas geschehen wird. Was den elften Oktober oder einen anderen nahen Termin betrifft: Collie wird Jack Bellounds nicht heiraten.«

10

Eines Tages sagte Wade zu Bellounds:

»Man kann bei einem Hund nie sagen, was er taugt, bevor man ihn nicht gründlich kennt. Hunde sind wie Menschen: einige sehen gut aus und arbeiten schlecht — oder auch umgekehrt. Einem Hund ist es gleichgültig, ob sein Herr ein Taugenichts ist. Hunde können viel stärker lieben als Menschen lieben.«

»Nach der Art, wie sie sich benehmen, kommen die meisten von mir gekauften Hunde von keinem guten Herrn«, antwortete der Rancher.

»Ich erziehe ein erstklassiges Rudel«, sagte Wade. »Jim hat nur den Fehler, daß er nicht genug bellt. Sampson hat keine so gute

Nase, aber er folgt Jim und sein Bellen ist meilenweit zu hören. Die beiden hängen aneinander, und man kann ein Rudel um sie heranzüchten. Die jungen Hunde entwickeln sich auch gut — bis auf zwei.«

»Welche?«

»Einmal der Bluthund Kane — ein eigenartiges Tier. Ich kann sein Vertrauen nicht gewinnen. Er gehorcht, weil ich ihm einmal eins übergezogen habe, aber er kümmert sich nicht um mich. An Miß Collie hängt er sehr. Sicherlich wäre er ein guter Wachhund für sie. Wo kommt er eigentlich her, Bellounds?«

»Ich weiß es nicht genau. Er soll auf einem Prärieschoner geboren sein. Seine Mutter war eine rassereine Bluthündin aus Louisiana«.

»Aha — daher sein Instinkt, Menschen zu verfolgen. Gehe ich mit der Meute auf Puma- oder Bärenjagd, dann tut er nur widerwillig mit. Er will nur Menschen folgen. Ich hielt ihn für einen Schaftöter, aber das stimmt nicht. Wahrscheinlich war seine Mutter Sklavenjägerin in Louisiana — daher sein Instinkt für menschliche Fährten.«

»Also gut, richten Sie ihn auf Menschenfährten ab — wer weiß, wozu das gut ist. Wenn er an Collie hängt, soll sie ihn haben. Sie bettelt schon so lange um einen eigenen Hund.«

»Kein schlechter Einfall. Sie reitet viel allein und trägt nie eine Waffe.«

»Eine komische Sache: sie versteht sich auf die Jagd und hat noch nie ein Wild geschossen. Sollte sie nicht besser diese einsamen Ritte aufgeben?«

»Warum? Wenn sie nicht zu weit reitet. Ich habe sie gewarnt, nicht bis in die Gegend von Buffalo Park zu reiten. Unterwegs habe ich einige verdächtig aussehende Männer getroffen, die nicht wie Jäger, Goldgräber, Rinderleute oder Reisende wirkten.«

»Bringen Sie die Fremden mit dem Viehdiebstahl beim letzten Round-up in Verbindung?«

»Das kann ich nicht behaupten, aber ihr Aussehen gefällt mir nicht.«

»Ein Wort aus Ihrem Mund ist wie ein Urteilsspruch. Man kann sich darauf verlassen. Es geht auf den Oktober zu. Meinen Sie, daß die Fremden hier überwintern wollen?«

»Ich glaube es nicht und Lewis auch nicht. Sie erinnern sich an ihn?«

»Der Goldsucher? Ein guter Kerl — aber verrückt nach Gold.«

»Ich treffe ihn öfter. Er beobachtet die Männer im Buffalo Park, weil sie ihm auch nicht gefallen. Im Wald hat jemand auf ihn geschossen. Er weiß nicht, ob es einer der Männer war — ihn hat es jedenfalls beinahe das Leben gekostet. Lewis meint, die Männer stehen mit Elgeria in Verbindung und stecken mit Smith, dem Hotelleiter, unter einer Decke. Sie kennen Smith?«

»Nein. Ich will auch nichts mit ihm zu tun haben. Ein finsterer Bursche! Meine Freunde in Elgeria hat er auch nicht ehrlich behandelt. Aber man konnte ihm nichts nachweisen. Ich irre mich nicht oft: Männer seiner Art haben nicht umsonst solche Narben.«

»Ich will Ihnen etwas anvertrauen, Boß: Smith ist ein Schurke erster Ordnung. Die Narbe stammt von mir, und wenn er mich sieht, wird er sofort zum Revolver greifen.«

»Das überrascht mich nicht. Die Welt ist klein. Aber was haben Sie vor?«

»Lewis und ich wollen feststellen, ob Smith und die Fremden mit dem Viehraub in Verbindung stehen.«

»Wade, Sie haben mein volles Einverständnis. Die Viehdiebstähle sind nicht so umfangreich, daß man großes Hallo darum machen müßte, aber wenn wir die Kerle stellen können...«

»Boß, ich sage Ihnen...«

»Trotzdem, Wade, auf White Slides sollen Sie nicht zum Höllen-Wade werden.«

»Das wollte ich nicht sagen. Aber wenn Smith hinter den Diebstählen steckt und man erwischt ihn, dann wird er schießen. Es wird allerdings schwer sein, ihn zu stellen, weil er nur kleinere Mengen Vieh stiehlt oder gestohlene Rinder kauft.«

»Männer wie er sind verschlagen, aber sie nehmen doch ein schlechtes Ende. Man muß nur der Natur ihren Lauf lassen. Was haben Sie für einen Groll gegen Smith?«

»Ich habe wegen eines anderen mit ihm abgerechnet. Er wird also einen Groll gegen mich haben.«

»Suchen Sie keinen Streit, Wade, aber seien Sie trotzdem wachsam bei allen Dingen, die verdächtig sind.«

Der Alte schlurfte nachdenklich davon, und auch der Jäger stand gedankenversunken da.

11

Der elfte Oktober war ein Feiertag auf der White Slides-Ranch. Als Wade von Moores Hütte herabstieg, klangen ihm noch die

Klagen des verkrüppelten Jungen in den Ohren. Fox trottete neben ihm her und blickte ab und zu mit wissenden Augen zu seinem Herrn auf.

Gegen Mittag fuhr ein Wagen auf dem Ranchhof ein, und er brachte außer dem Kutscher zwei Frauen aus Bellounds' Verwandtschaft und einen bleichen Mann in der dunklen Tracht des Pfarrers.

»Herein, Leute«, rief Bellounds mit innerer Erregung.

Wade zeigte dem Kutscher, wo er die Pferde abstellen konnte, denn keiner der Cowboys ließ sich blicken.

Durch die offene Wohnzimmertür drang Gelächter und der Klang froher Stimmen ins Freie. Wade war nicht zu seinem Stuhl auf der Veranda zurückgekehrt, sondern sein Blick haftete starr auf der Gasse zwischen den Hütten. Er hörte nicht einmal die leichten Schritte hinter seinem Rücken.

»Guten Morgen«, sagte Columbine.

Wade wandte sich hastig um.

»Guten Morgen, Mädchen. Du siehst wunderbar aus an diesem elften Oktober — wie eine der Blumen, von denen du deinen Namen hast.«

»Mein Freund, es ist der elfte Oktober — mein Hochzeitstag«, murmelte sie.

Wade spürte ihre Spannung. Sie glaubte an ihn und hoffte, und doch machte sie sich auf das Schlimmste gefaßt.

»Ich hätte schon mit dir gesprochen«, sagte Wade langsam. »Aber ich mußte Wils davon zurückhalten, dir zu gratulieren.«

»Oh!« hauchte Columbine, und eine Woge des Errötens flutete über ihr Gesicht. »Du machst mich verrückt«, flüsterte sie erregt.

Plötzlich ertönten die schweren Schritte des Ranchers auf der Veranda.

»Da bist du ja, Mädchen!« rief er. »Wo ist der Junge?«

»Seit dem Frühstück habe ich ihn nicht gesehen, Dad.«

»Er ist sogar an seinem Hochzeitstag ein Faulpelz.« Die Freude des Alten war so groß wie seine Gutmütigkeit. »Haben Sie Jack gesehen, Wade?«

»Nein, das habe ich nicht«, sagte der Jäger gedehnt. »Aber jetzt sehe ich ihn.« Er wies dorthin, wo Jack Bellounds zwischen den Hütten auftauchte. Er ging nicht gerade, und der alte Rancher streckte den Kopf wie ein zustoßender Adler vor.

»Zum Teufel! Was ist mit ihm los, Wade?«

Wade gab keine Antwort, aber er spürte Columbines zitternde Hand zwischen seinen Fingern.

»So wahr mir Gott helfe — er ist betrunken!« stieß der Rancher in völliger Verzweiflung hervor.

Der Pfarrer und die geladenen Gäste betraten gerade mit frohem Lachen die Veranda. Doch die freudige Stimmung verflog sofort, als der Rancher schrie:

»Mädchen! Geh' ins Haus!«

Doch Columbine rührte sich nicht.

Der Bräutigam erschien. Er war nicht angeheitert wie ein Mann, der ein glückliches Ereignis im voraus gefeiert hat, sondern er war in einer düsteren, tragischen, häßlichen Weise betrunken.

Der alte Bellounds sprang von der Veranda herab, und seine grauen Haare flatterten wie eine Löwenmähne. Mit riesigen Schritten eilte er auf seinen Sohn zu. Seine mächtige Faust sauste durch die Luft und klatschte mitten in das aufgedunsene Gesicht des Jungen. Schlaff fiel Jack Bellounds zu Boden.

»Bleib' liegen, du verdammter Schuft!« brüllte der Alte. »Du hast mich entehrt und ebenso das Mädchen, das mir eine Tochter war und immer noch ist. Wenn du je noch einen Hochzeitstag erleben solltest, dann werde ich ihn nicht festsetzen!«

12

Erst als der November weit vorgerückt war, gab es die ersten Anzeichen für den kommenden Winter.

Als Wade eines Morgens zu Moores Hütte ritt, war die Welt in einen undurchsichtigen grauen Nebel gehüllt. Später zerriß der Nebelvorhang, und der blaue Himmel zeigte sich. Aber an einem anderen Morgen war der Nebel noch dicker und zerteilte sich nicht mehr. Selbst der Weg unter den Füßen des Reiters blieb unsichtbar.

Einen Tag später trieben schwere, graue Wolken am Himmel dahin, und es wurde kälter. Der Regen ging in Graupeln über und wurde zu Schnee. Über Nacht kam der Winter.

Am nächsten Morgen mußte Wade durch zwei Fuß tiefen Schnee zu Moores Hütte reiten. Ein weißer, schimmernder Mantel bedeckte den Berghang, und die ganze Welt war so strahlend verwandelt, daß Wade von dem Glanz geblendet wurde.

Als er die Hüttentür aufstieß, wurde der Cowboy wach.

»Morgen, Wils! Der Sommer ist dahin — der Winter ist da und hat die Blumen begraben. Wie geht's, mein Junge?«

In der langen Zeit der Krankheit war Moore schmaler und blasser geworden. Ein müder Schatten lag auf seinem Gesicht, und in den Augen glimmte Trauer und Schmerz. Doch er lächelte wie immer.

»Hallo, Bent, alter Freund, ich fühle mich großartig. Nur wäre ich über Nacht beinahe erfroren.«

»Das müssen wir anders einrichten.«

»Ich hörte, daß es schneite. Wie der Wind heulte! Bin ich eingeschneit?«

»Zwei Fuß tief. Ich habe schon viel Brennholz geschlagen. Jetzt stapele ich es um die Hütte und bleibe dann über Nacht hier.«

»Wird da der alte Bill nicht toben?«

»Soll er doch! Er braucht es übrigens nicht zu wissen. Gleich mache ich Feuer. Lem hat einige Briefe aus Kremmling mitgebracht.«

Moore las die Absender und seufzte.

»Von daheim — und ich lese das ungern.«

»Warum?«

»Weil ich ihnen nichts von meiner Verletzung schrieb. Ich komme mir jetzt wie ein Lügner vor.«

»Es ist doch gleich, wenn du sowieso nicht heim willst.«

»Ich? Ausgeschlossen! Bent, ich hoffte, Collie würde meinen Brief beantworten.«

»Laß dem Mädchen Zeit.«

»Zeit! Es ist doch schon länger als drei Wochen her.«

»Lies jetzt die Briefe, oder ich muß dir ein Holzscheit an den Kopf werfen«, befahl Wade mit sanfter Strenge.

Als Wade Feuer gemacht hatte und mit dem Essen zum Bett trat, bemerkte er, daß Wils über einem Brief weinte.

»Was ist denn los, Wils?« fragte er bestürzt.

»Oh — nichts. Ich fühle mich nur nicht wohl.«

»Das merke ich. Erzähle also.«

»Bent, mein Vater hat mir verziehen!«

»Verziehen? Du alter Hundesohn! Weshalb hast du mir nie verraten, daß du etwas ausgefressen hast?«

»Wir hatten Streit, als ich sechzehn war, und dann lief ich davon, um Cowboy zu werden. Später schrieb ich dann an meine Mutter und meine Schwester, und sie versuchten immer, mich zurückzuholen. Jetzt schreibt endlich mein Vater. Aber ich muß heimkommen und die Leitung der Ranch übernehmen. Ist das nicht großartig? Aber ich kann doch nicht gehen — ich kann ja auch nie wieder ein Pferd reiten.«

»Was bedeutet das schon! Außerdem wirst du ein wenig reiten können, wenn ich dein Bein gesund bekomme. Nur zureiten kannst du natürlich kein Pferd mehr. Der Brief ist eine gute Nachricht — Collie wird glücklich darüber sein.«

An diesem Morgen hatte der Junge besseren Appetit. Wade fühlte sich etwas erleichtert, denn er hatte heute den entscheidenden chirurgischen Eingriff vor.

»Wils, ich werde mir jetzt den Fuß ansehen«, meinte er.

»Nur immer zu. Wenn du meinst, daß der Fuß weg muß — dann gib mir nur gleich meinen Colt.«

Die Stimme des Cowboys klang fröhlich, aber in seinen Augen glimmte ein erschreckendes Feuer.

»Ich verstehe deine Gefühle, aber trotzdem hätte ich lieber nur ein Bein und würde von Collie Bellounds geliebt, als daß ich neun Beine für alle Mädchen der Welt hätte.«

Wade zögerte bei seiner Arbeit, als fürchtete er sich vor der Entscheidung. Dann aber wurden seine Bewegungen beim Lösen des Verbandes schneller, und endlich schrie er vor vor Freude auf.

»Junge, es ist besser geworden! Wir retten dein Bein!«

»Das ist nicht so wichtig! Ich fürchte mich nur vor dem Klumpfuß. Laß mich sehen.« Er richtete sich mit Wades Hilfe auf den Ellbogen auf. »Mein Gott, der Fuß ist krumm!« rief er verzweifelt. »Er ist geheilt, Wade, und wird immer so bleiben, Verdammter Buster Jack!«

Der Jäger bettete ihn sanft zurück.

»Es hätte schlimmer werden können, Wils.«

»Aber ich hoffte immer, ganz gesund zu werden. Wie kannst du nur den Klumpfuß sehen, ohne zu fluchen?«

»Fluchen hilft da nichts. Lege dich ruhig hin. Ich muß arbeiten. Und nach dieser guten Nachricht kannst du wohl eine schlechtere vertragen.«

»Eine schlechtere?« Wils fuhr auf.

»Collie hat dir nicht geschrieben, weil sie seit drei Wochen krank ist.«

»Nein!« rief der Cowboy verstört.

»Doch, und ich bin ihr Doktor. Zuerst hat Mrs. Andrews sie behandelt, aber seit ich den Fall übernahm, hat sich ihr Zustand gebessert.«

»Collie ist krank! Und du hast mir nichts gesagt! Was fehlt ihr?«

»Mrs. Andrews hält es für einen Nervenzusammenbruch; der alte Bill befürchtet Schwindsucht — und Jack behauptet natürlich, es sei nur vorgetäuscht.«

Der Cowboy fluchte heftig.

»Wenn du so weiterfluchst, rede ich nicht mehr.«

»Gut, Wade, ich bin schon still«, sagte Moore.

»Jack ist noch schlimmer, als du ihn genannt hast. Aber um zur Sache zu kommen: niemand weiß eigentlich, was Collie fehlt. Sie stand vor dem elften Oktober unter einer furchtbaren Spannung, und die Ereignisse an ihrem sogenannten Hochzeitstag haben ihr den Rest gegeben. Seither hat sie fast nichts mehr gegessen. Jack hat den Schlag von seinem Vater schnell verwunden, und er stellte Collie noch mehr nach als zuvor. Er tat jetzt mit einem Male so, als wollte er die Betrunkenheit wiedergutmachen. Jedenfalls hat er sich so anständig betragen, daß der alte Bill bereit war, einen neuen Hochzeitstag festzusetzen. In diesem Augenblick fiel Collie um. Als ich kam, sah ich sofort, was ihr fehlte: die Liebe.«

»Liebe«, murmelte Wils tonlos.

»Natürlich! Nur die Liebe zu einem verrückten Cowboy namens Wilson Moore. Sage ja nicht, Menschen könnten nicht an gebrochenem Herzen sterben. Das gibt es. Aber Collie ist schon wieder auf dem Wege der Besserung.«

»Wie hast du das nur gemacht?«

»Meine erste Medizin war, daß ich ihr jeden Tag ins Ohr flüsterte, sie brauchte Jack Bellounds nicht zu heiraten. Und dann erhielt sie eine tägliche Dosis von Nachrichten über dich.«

»Bent! Sie — sie liebt mich also noch?«

»Das ist eine Liebe, die mit der Zeit immer stärker wird.«

Moores Gestalt straffte sich.

»Oh Gott, wie ist das schwer, als hilfloser Krüppel hier zu liegen! Aber wie konntest du ihr sagen, daß sie Jack nicht heiraten muß?«

»Weil ich es weiß«, antwortete Wade mit einem sanften Lächeln.

»Du weißt es?«

»Sicher.«

»Wie willst du das verhindern? Bellounds wird den Gedanken nie aufgeben. Er wird ihren Willen zermürben. Was kannst du dagegen tun, mein Freund?«

»Ich habe noch keinen festen Plan, Wils, aber du kannst dich auf mich verlassen. Wir dürfen nicht vergessen, daß die Gefahr für dich größer ist als für sie.«

»Ich vertraue dir, Bent. Ich werde auch darüber hinwegkommen, daß ich ein Krüppel bin.«

»Wirst du auch den Haß überwinden, Wils?«

»Haß? Gegen wen?«

»Haß gegen Jack Bellounds.«

Der Cowboy starrte ihn an, und sein bleiches, schmales Gesicht spannte sich.

»Du kannst nicht erwarten, Bent, daß ich ihm verzeihe.«

»Das nicht. Aber du mußt ihn nicht hassen. Ich tue es auch nicht. Er verdient Mitleid. Er war schon verdorben, noch ehe er geboren wurde. Das mußt du begreifen und den Haß gegen ihn aufgeben.«

»Hast du Angst, Bent, daß ich ihn töten könnte?«

»Ja. Und ich denke daran, wie schlimm das für Collie sein würde. Die beiden wurden als Geschwister groß, und das Mädchen fühlt sich dem alten Bellounds gegenüber verpflichtet. Wenn du Jack töten würdest, könnte das auch für den alten Rancher den Tod bedeuten. Darüber käme Collie nie hinweg, und auch du könntest sie nicht heilen. Aber du willst doch, daß sie glücklich wird?«

»Natürlich! Und ich schwöre dir, daß ich Buster Jack nie töten werde. Ich will sogar versuchen, ihn nicht zu hassen.«

»Gut, ich freue mich über das Versprechen. Aber jetzt werde ich etwas Holz hacken, wir dürfen das Feuer nicht mehr ausgehen lassen.«

Nach zwei Stunden schrieb Wils eifrig, als der Jäger eintrat.

»Nanu, Wils?« fragte Bent erstaunt. »Schreibst du ein Buch?«

»Ja, und ich bin fast fertig. Wenn Collie den nicht beantwortet...«

»Hm, ich muß ihr jetzt zwei Briefe aushändigen, weil ich den ersten zurückgehalten habe.«

»Du Hundesohn!«

»Keine Aufregung. Ich werde dir selbst die Antwort bringen.«

Als Wade durch den tiefen Schnee wieder talwärts stapfte, glitten tröstliche Gedanken durch seinen Sinn. Er überlegte sich, daß er, wenn er sein Leben noch einmal beginnen würde, es sofort dazu benutzen würde, andere glücklich zu machen.

Bei seiner Hütte schaufelte er zuerst einen Pfad frei. Die Hunde begrüßten ihn mit fröhlichem Gebell. Nur Kane war nicht mehr bei der Meute. Er war Collies ständiger Begleiter geworden.

Am frühen Nachmittag ging Wade zur Ranch hinunter und klopfte an Columbines Tür. Er fand sie allein. Auf Kissen gestützt, saß sie in ihrem Bett, und die tiefen Schatten unter ihren Augen betonten noch die Blässe der Haut.

»Bent Wade, du kümmerst dich nicht mehr um mich«, warf sie ihm vor.

»Wie kommst du darauf, Mädchen?«

»Du bist so lange nicht gekommen. Ich glaube, ich mag dich jetzt nicht mehr.«

»So ist das! Das ist der Dank an die Leute, die für andere arbeiten. Dann kehre ich also um und gebe dir nicht, was ich mitgebracht habe.«

Er wandte sich zur Tür und fühlte mit der Hand in die Tasche, als müßte er sich des Inhalts vergewissern.

Columbine errötete und wurde sofort reumütig.

»Ich habe wirklich die Minuten gezählt, bis du kamst. Was hast du mir gebracht?«

»Zuerst muß ich nach dem Feuer sehen – das ist ja armselig. Wer war denn hier?«

»Mrs. Andrews. Es ist nett von ihr, daß sie sogar im Winter kommt. Ich fühle mich heute wohler. Jack war noch nicht da.«

Wade lachte, und das Mädchen stimmte ein.

»Also, ich habe eine Nachricht, die dich beinahe gesund machen könnte.«

»Dann sprich doch!«

»Wils wird sein Bein nicht verlieren. Es sieht bedeutend besser aus. Außerdem hat sein Vater geschrieben. Er verzeiht ihm irgendeine Geschichte, von der mir Wils noch nichts erzählt hat.«

»Oh, meine Gebete sind erhört worden.« Collie schloß die Augen.

»Sein Vater will, daß er heimkommt und die Leitung der Ranch übernimmt.«

»Oh!« Ihre Augen wurden groß. »Aber das kann er doch nicht!«

»Er würde nicht gehen, selbst wenn er es könnte. Doch ich schätze, daß er eines Tages doch geht und dich mitnimmt.«

Sie bedeckte das Gesicht mit den Händen.

»Diese schönen Prophezeihungen! Aber sie werden sich nicht erfüllen.«

»Merkwürdig genug, daß sie alle in Erfüllung gehen — die schönen und die düsteren. Also, Mädchen, dir geht es besser?«
»Ja — ja, Bent. Was hast du für mich?«
»Mein Gott, wie eilig du es hast! Jack war heute nicht hier, nein?«
»Gott sei Dank nicht!«
»Und der alte Bill?«
»Bent, niemals nennst du ihn meinen Vater. Das erinnert mich immer daran, daß er es wirklich nicht ist.«
»Schon recht — schon recht«, murmelte Wade mit gesenktem Kopf. »Ich denke immer nicht daran. Aber wie fühlte er sich heute?«
»Über mich hat er nicht gesprochen — nur von Kremmling. Er will Jack mitnehmen. Mich kann er nicht täuschen. Er fürchtet sich, Jack allein bei mir zu lassen. Aber er spricht davon, daß er Jack beim Einkauf von Vorräten und beim Verkauf von Rindern braucht. Ich bin froh darüber, aber Jack wird verrückt werden. Und jetzt, lieber Bent: was hast du mir mitgebracht? Ist es von Wilson?«
»Was bekomme ich für einen kurzen Brief von Wils?«
»Oh, wie habe ich darauf gehofft und gewartet! Dafür würde ich dich küssen, Bent.«
»Wirklich?«
»Aber sicher! Komm her!«
Wade scherzte und war doch tief bewegt. Sein Blick war verschleiert, als sie ihn liebevoll küßte, und seine Stimme klang heiser, während er sich auf den Stuhl zurücksetzte.
»Du hast also wirklich den alten, häßlichen Bent Wade geküßt?«
»Ja, und ich hätte es schon längst tun sollen.«
»Mädchen, nun lies deine Briefe und beantworte sie. Falls jemand plötzlich kommen sollte, sitze ich hier und lese dir aus einem Buch vor.«
»Du denkst auch an alles.«
Der Jäger setzte sich hin und schlug ein Buch auf. Insgeheim beobachtete er das Mädchen. Beim Lesen errötete sie öfter, und Wade empfand ein flüchtiges Gefühl von Eifersucht.
Lange Zeit brauchte Columbine, um die Seiten durchzulesen. Es waren auch ihre ersten Liebesbriefe. Nie fand Wade bessere Gelegenheit, die Unschuld ihres Herzens zu erkennen, als in diesen Minuten. Jetzt lernte er viel vom Geheimnis und Wesen eines Frauenherzens kennen.

13

Lieber Wilson,

Dein Brief hat mir den Atem geraubt. Ich wage nicht dir zu schreiben, wie ich mich fühle.

Die guten Nachrichten bereiteten mir große Freude, und als Wade von der Heilung deines Beines berichtete, wußte ich, daß meine Gebete erhört worden sind. Sei geduldig und gehorche Bent. Bald wirst du gesund sein, und vielleicht heilt dein Fuß besser, als du glaubst. Du wirst vielleicht auch reiten können — wenn auch nicht so wunderbar wie früher, so doch gut genug, um auf der Ranch deines Vaters nach dem Rechten zu sehen.

Auf alle Fälle mußt du heimgehen, Wilson — das ist deine Pflicht den Eltern gegenüber. Dein alter Vater hat dir verziehen, du böser Junge, und du bist also glücklich. Der Gedanke, daß du White Slides verläßt, tötet mich beinahe. Doch ich darf nicht egoistisch denken, und ich will versuchen, wie Bent Wade zu werden, der nie an sich denkt.

Denke immer daran, daß ich Jack Bellounds nie heiraten werde. Der schreckliche Hochzeitstag scheint Jahre zurückzuliegen. Damals hätte ich mein Wort gehalten, aber seither habe ich mich sehr gewandelt. Immer noch liebe ich Dad, und Jack tut mir leid. Doch ich kann nicht seine Frau werden, weil es eine Sünde wäre, einen ungeliebten Mann zu heiraten. Die Liebe hat mir die Augen geöffnet. Ich hätte mich früher aus Liebe zu Dad opfern können — doch das wäre falsch gewesen. Seitdem du mich geküßt hast, erfüllt mich der Gedanke einer Berührung von Jack mit Ekel und Abscheu.

Ich fühle mich also nicht mehr mit Jack Bellounds verlobt, und ich weiß, daß es Zank und Kummer geben wird. Dad drängt mich dauernd; je älter er wird, um so mehr ist er auf diese Heirat versessen. Je mehr er erkennt, wie schlecht Jack ist, um so größer wird seine Liebe für den Jungen. Beide werden sie mich überreden wollen. Vielleicht versuchen sie es sogar mit Zwang — doch ich werde hart und kalt bleiben wie der Old White Slides. Nein! Niemals!

Meine Pflicht Dad gegenüber werde ich weiter erfüllen, und aus diesem Grund kann ich mich nicht mit dir verloben. Sprich also bitte nicht mehr davon, wie schön es wäre, wenn ich deine Frau sein könnte. Es sei denn, Dad schickt mich fort. Und du weißt ja, daß ich eine Waise bin. Doch das wird er wahrscheinlich nicht tun, *obwohl seine Liebe zu Jack grenzenlos ist. Oh, meine Lage ist schrecklich! Aber davon will ich nicht mehr sprechen.*

Ich glaube, Bent Wade hat mich bewahrt vor diesem elften Oktober; er hatte etwas damit zu tun, daß Jack betrunken war. Vielleicht hat er listig irgendwie die Möglichkeit geschaffen, denn er weiß, daß das Trinken und Spielen Jacks Schwächen sind. Jack weicht ihm jetzt aus. Er ist eifersüchtig, daß Bent so oft bei mir ist, aber Dad hört nicht auf seine wütenden Sticheleien — dazu ist er zu gerecht.

Wils, ich weiß nicht, wie es ist, wenn man eine Mutter hat, aber ich fühle mich seltsam glücklich und geborgen, seit ich Bent alle meine Sorgen anvertrauen kann. Er ist immer verständnisvoll und zart wie eine Frau.

Vergiß nie: Wade ist unser Freund, und du mußt auf seinen Rat hören. Glaube mir, ich brauche ihn als Freund, denn ich bin so schwach und feige — nur eine Frau. Trotzdem werde ich kämpfen, und ich habe das Gefühl, daß Wade mehr weiß, als er mir sagen will. Er gibt mir die Kraft, nach meinen Überzeugungen zu leben und mir selbst und dir treu zu bleiben.

*In Liebe,
Columbine.*

10. Januar

Lieber Wilson,

in jedem Brief berichte ich dir, daß es mir besser geht, und bald werde ich von meiner Krankheit nichts mehr zu schreiben haben. Seit Jack fort ist, esse ich gut und werde dick dabei. Ich soll dir schreiben, was ich alles tue? Ich helfe Dad bei der Buchführung, weil Jack sie hoffnungslos in Unordnung gebracht hat. Dann schaue ich mir immer wieder deine Briefe an. Sie sind schon völlig verlesen. Ich schaue dem Fallen der Schneeflocken zu, aber die Schneelandschaft gefällt mir nicht. Lieber sitze ich dicht beim Feuer wie eine alte Indianerin.

Jack ist vor Neujahr fortgegangen. Er sagte, er ginge nach Kremmling, aber er ist wohl nach Elgeria geritten. Es hat einen Zank wegen dem Geld gegeben, aber Jack benahm sich ganz gut. Auch mir gegenüber hielt er sich einigermaßen zurück. Aber als er verlangte, daß ich ihn lieben sollte, redete ich mir alles von der Seele. Da verwandelte er sich wieder in den alten Buster Jack. »Geh zum Teufel!« schrie er mich an. Dann lief er zu Dad und forderte Geld. Ich weiß nicht, ob er welches bekommen hat. Bald darauf ist er verschwunden.

Dad schien in den nächsten Tagen heiterer und freundlicher zu werden, doch mit einem Male schlug seine Stimmung um. Ich konnte ihn nicht mehr aufheitern, und zu allem Überfluß hat Bent beim Essen immer so schreckliche Geschichten erzählt. Dad sitzt immer beim Feuer und grübelt und brütet. Er weiß, daß sein Sohn jede geregelte Arbeit haßt, und als Spieler ist er nicht gut genug, um davon leben zu können. Sind das nicht auch Bent Wades Worte?

Ich muß daran denken, daß Bent gesagt hat: »Warte und vertraue, es wird alles gut werden. Liebe vermag vieles zu retten.« Es ist wohl viel Wahres an diesen Worten.

Wilson Moore, für heute ist das mehr als genug. Du ahnst nicht, wie sehr ich verliebt bin.

*Immer
Deine Columbine.*

19. März

Liebster Wilson,
Deine Briefe liegen unter meinem Kissen, und ich habe sie in allen den schweren Tagen seit Jacks Rückkehr immer wieder gelesen. Ich hatte keine Angst, dir zu schreiben, obwohl es schlimm wäre, wenn die Briefe Dad oder Jack in die Hände fielen. Aber ich hatte einfach nicht den Mut dazu. Du könntest das falsch verstehen, aber du mußt begreifen, was in mir vorgeht. Bitte lies meinen Brief auch Bent vor.

Am Abend des 2. März kam Jack heim. Es war ein trüber Tag, und der Sturm heulte so laut, daß wir Jacks Schritte auf der Veranda kaum hörten. Doch Dad erkannte voller Freude den Schritt seines Sohnes, und ich mußte an die Heimkehr des Verlorenen Sohnes denken.

Das Licht fiel auf Jack, als er eintrat. Er war sehr verändert und sah zum ersten Male wenigstens wie ein Mann aus. Er war bleich und hager, er wirkte viel älter und war mürrisch und dreist zugleich. Er sagte »Hallo, Leute«, warf den nassen Hut auf den Boden und trat zum Feuer. Seine Kleider begannen zu dampfen.

Ich war überrascht, Dad kühl und selbstbeherrscht zu sehen.

»Du bist also zurückgekehrt, Jack«, sagte er.

»Ja, ich bin daheim.«

»Du hast ziemlich lange gebraucht.«

»Willst du, daß ich bleibe?«

Diese Frage schien Dad zu verwirren, und er starrte Jack an. Die Heimkehr kam so plötzlich, und er war es nicht gewöhnt, daß sein Sohn sich ihm so offen stellte. Jack hatte, wie die Cowboys sagen, »etwas im Ärmel stecken« und erschien trotzig und gleichgültig.

»Ich will schon, daß du bleibst«, meinte Dad. »Was willst du damit sagen?«

»Ich bin längst volljährig. Du kannst mich nicht zum Bleiben zwingen. Ich kann tun, was ich will.«

»Aber nicht hier auf der White Slides Ranch. Wenn du je die Ranch bekommen willst, kannst du nicht tun, was du willst.«

»Zum Teufel, ich kümmere mich nicht darum, ob ich sie bekomme.«

Dad wurde blaß und sagte, ich sollte lieber auf mein Zimmer gehen. Doch Jack antwortete sofort:

»Nein, laß sie lieber hier bleiben. Sie soll alles hören, denn es betrifft sie.«

»Du hast also viel zu sagen. Dann sprich.«

Mit eintöniger, fester Stimme begann dann Jack zu sprechen. Er sagte, daß er vor dem Verlassen der Ranch seine ehrliche Liebe zu mir erkannt hätte und ebenso, daß er nichts taugte. Er wollte sich damals ändern und hätte auch Erfolg gehabt. Sechs Wochen lang hätte er alles das getan, was man von einem anständigen jungen Mann verlangte. So lange hätte er mit sich gekämpft, bis er sich vollkommen in der Hand hatte. Die Kraft dazu hätte er aus seiner Liebe zu mir geschöpft. Er hätte alles das für mich getan. Erstaunlicherweise fühlte ich, daß er die Wahrheit sprach. Dann hätte er mit mir gesprochen und mich gezwungen, die Wahrheit zu gestehen. Ich hätte ihm erklärt, ihn nie lieben zu können, und ich hätte nicht an die Möglichkeit seiner Verwandlung geglaubt. Er hatte dann gesagt, ich sollte mich zum Teufel scheren und hätte das Geld gestohlen, das ihm Dad nicht freiwillig geben wollte. Damit wäre er nach Kremmling und später nach Elgeria gegangen.

»Ich ließ mich gehen«, gestand er ohne Scham. »Ich trank und spielte und vergaß Collie dabei. Aber wenn ich nüchtern war, mußte ich an sie denken. Das Geld hielt lange vor, weil ich bis zuletzt mehr gewann als verlor. Dann borgte ich von den Männern, mit denen ich spielte, meist von Ranchers, die Dad kennen. In Smith's Hotel hatte ich eine Schießerei mit einem gewissen Elbert, der beim Kartenspiel betrog. Ich schlug ihn — er schoß und fehlte mich, und ich schoß ihn dann nieder. Nach drei Tagen ist er gestorben, und das hat mich ernüchtert. Ich ging nach Kremmling zu Judson, dem Rancher, dem ich am meisten schuldete. Ich arbeitete für ihn, und nachts ging ich in die Spielhöhlen. Aber ich widerstand der Versuchung. Sobald ich meiner wieder sicher war, ritt ich heim — und hier bin ich.«

Die lange Rede hatte eine schlimme Wirkung auf mich, und auch Dad schien vollkommen erschüttert zu sein.

»Aha«, stöhnte er. »Du bist also hier — und was bedeutet das?«

»Es bedeutet, daß es noch nicht zu spät ist. Verstehe mich nicht falsch. Ich bereue nichts, aber ich bin nüchtern geworden. Ich habe einen Schock erlebt und meinen Untergang vor Augen gesehen. Ich liebe dich noch, Dad, obwohl du grausam zu mir warst. Ich bin dein Sohn und will alles gutmachen, wenn mich Collie heiratet. Nicht nur das: sie muß mich auch lieben. Ich verzehre mich nach ihrer Liebe — es ist schrecklich.«

»Du verdorbener Schwächling!« brüllte Dad. »Wie kann ich das glauben?«

»Es ist die Wahrheit.« Er blickte Dad unerschütterlich in die Augen.

Dad war ganz außer sich. Seine Haare sträubten sich, er rollte wild mit den Augen und verfluchte Jack in schrecklicher Weise.

»Du hast recht!« schrie Jack zurück. »Doch habe ich allein die Schuld? Habe ich mich selbst in die Welt gesetzt? Etwas in mir ist schlecht — aber ist das meine Schuld? Du kannst mich nicht mehr beschämen, einschüchtern oder verletzen. Es ist sinnlos, daß du mich anbrüllst oder daß ich dir Vorwürfe mache. Ich bin ruiniert, wenn Collie mich nicht liebt. Ich tauge nichts — ich bin nicht wert, sie zu berühren — aber ich empfinde für sie, wie du für meine Mutter. Kannst du das nicht begreifen? Ich bin dein Sohn — etwas von dir ist auch in mir. Wollt ihr mich beide beim Wort nehmen?«

Dad überlegte lange, aber er schien überzeugt davon zu sein, daß Jack tatsächlich gerettet werden könnte, wenn ich ihn lieben würde. Dieser Erkenntnis konnte auch ich mich nicht verschließen.

Dad gewann diese Überzeugung, und ich erkannte, was es für ihn bedeutete. Alle seine früheren Hoffnungen sollten sich doch noch erfüllen — die Schande sollte vergessen sein, und seine Liebe ihren Lohn empfangen. Doch das schien er alles in der Art zu sehen, wie ein Mann, der mit einem Fuß über einem bodenlosen Abgrund schwebt. Er sah verklärt aus und zugleich wie vom Bewußtsein einer furchtbaren Gefahr durchdrungen. Noch einmal *war sein großes Herz bereit, zu verzeihen und Gnade zu üben. Doch zugleich hatte sein starker Wille einen letzten, unabänderlichen Entschluß gefaßt.*

Er hob seine gewaltigen Fäuste höher und höher, sein Körper straffte sich und bebte und sein Gesicht war wie das Antlitz eines gerechten und zürnenden Gottes.

»Mein Sohn, ich nehme dein Wort an!« Seine mächtige Stimme dröhnte durch das Haus. »Ich gebe dir Collie! Sie soll dein sein! Doch bei meiner Liebe zu deiner Mutter schwöre ich dir: wenn du je wieder stiehlst, töte ich dich!«

Ich kann nichts mehr sagen —

Columbine.

14

Bent Wade verbarg sich hinter den Weiden an einem der Bäche. Schon seit einigen Tagen benahm er sich wie ein Indianer, der einen Feind belauert. Als dann an diesem Morgen Columbine angeritten kam, trat er ihr in den Weg.

»Bent, du hast mich erschreckt!« rief sie.

»Guten Morgen, Collie. Das tut mir leid. Aber ich mußte dich sehen. Da du mir in letzter Zeit ausgewichen bist, mußte ich dich eben überfallen wie ein Straßenräuber.«

Er blickte sie forschend an und dachte daran, wie sehr er sie vermißt hatte. Ein einziger Blick bestätigte zudem seine Befürchtungen.

»Nun hast du mich also überfallen. Was willst du?«

»Ich werde dich zu Wilson Moore bringen.« Er sah sie fest an.

»Nein!« rief sie, und die Röte brannte auf ihren Wangen.

»Habe ich mich je widersetzt, wenn du etwas wolltest, Collie?«

»Noch nicht.«

»Du erwartest es also jetzt?«

Ohne zu antworten, spielte sie mit gesenktem Kopf nervös mit den Zügeln.

»Zweifelst du an meinen guten Absichten — an meiner Liebe zu dir?« fragte er heiser.

»Oh nein — nein! Aber ich kann das nicht ertragen.«

»Du bist also schwach geworden? Ein Mädchen wie du wird feige?«

»Es ist nicht wahr, Bent Wade. Das ist nicht Schwäche, sondern Kraft.«

»Aha! Ich verstehe: Wils hat mich deinen letzten Brief lesen lassen.«

»Ich wollte es so —«

»Ein tapferer, schöner Brief war das. Doch du hast wohl nicht die Wirkung bedacht, die er auf Wilson haben könnte?«

»Bent — oh, ich bin — bin nächtelang wach geblieben. Hat es ihn so verletzt?«

»Verletzt! Wenn du nicht mit ihm sprichst, wird er entweder Buster Jack oder sich selbst töten.«

»Ich will ihn sehen. Du glaubst doch nicht, daß er so feig — so gemein sein könnte?«

»Du bist ein Kind, Collie, und du weißt nicht, durch welche Tiefen ein Mann gehen kann. Meine Pflege und deine Briefe haben Wils das Leben erhalten. Aber die lange, düstere Zeit ist nicht spurlos an ihm vorübergegangen.«

»Weshalb will er mich sehen?« Tränen verschleierten ihren Blick. »Das wird alles nur schlimmer machen.«

»Das glaube ich nicht. Er will und muß dich sehen. Deine Lage versteht er zu würdigen — er weint wie eine Frau über unsere Hilflosigkeit. Den größten Schmerz bereitet ihm, daß er deine Liebe verloren hat.«

»Armer Junge. Er glaubt, ich liebe ihn nicht mehr? Wie einfältig Männer sein können! Bring mich also zu ihm, Bent. Ich will mit ihm sprechen.«

Wade führte das Pferd am Zügel und sagte:

»Es ist nicht der erste Morgen, an dem ich auf dich warte. Jedesmal war es furchtbar, wenn ich ohne dich zu Wils zurückkehrte.«

»So dringend möchte er mich sehen?«

»Wahrscheinlich hast du in letzter Zeit nicht viel an uns beide gedacht?«

»Nein, ich habe versucht, euch zu vergessen.«

»Willst du dich mir wie früher anvertrauen?«

»Es gibt nichts, was ich dir sagen könnte, Bent. Ich stehe genau dort, wo ich den Brief an Wilson beendet habe. Je mehr ich nachdenke, um so verwirrter werde ich.«

Wade schwieg lange. Sein Gesicht sah gealtert aus. Während sie dem Pfad folgten, ragte vor ihnen düster und drohend Old White Slides in den Himmel hinein.

»Wils wartet dort unten«, sagte Wade schließlich und wies auf einen Espenhain. »Er kann noch nicht so gut reiten.«

»Ich werde Dad und Jack sagen, daß ich ihn getroffen habe.«

»Das würde ich nicht tun«, wandte Wade ein.

Sie ritten den Hang hinunter, und der Jäger ließ Collie allein in das Espengehölz reiten. Wilson saß zu Pferde, weil er sich gewünscht hatte, Collie nach so langer Zeit im Sattel zu begrüßen. Der leise Freudenruf des Mädchens drang zu Bent hin. Jetzt konnte er nicht mehr widerstehen und schaute hin.

Als Frau gelang es Columbine besser, ihre Erregung zu beherrschen, doch der lange, forschende Blick des Cowboys machte sie unruhig.

»Wilson, wie glücklich ich bin, dich wieder im Sattel zu sehen. Meine Gebete sind erhört worden — es ist zu schön! Kommst du leicht in den Sattel? Laß deinen Fuß sehen.«

Moore streckte den plumpen Fuß hin, der in einem aufgeschlitzten Schuh steckte.

»Ich kann keinen Stiefel tragen.«

»Ich sehe.« Das frohe Lächeln verschwand vor ihren Zügen. »Du kannst den Fuß nicht in den Steigbügel stellen?«

»Nein.«

»Aber du wirst bald wieder Stiefel tragen können?« fragte sie unsicher.

»Nie wieder, Collie«, murmelte er traurig.

Dann sah Wade, daß etwas von der alten Kraft in Columbine erwachte. Mehr wollte er nicht sehen.

»Also Leute«, meinte er. »Ich glaube, einer ist hier überflüssig. Ich werde ein bißchen zur Seite gehen und aufpassen.«

»Bent, bitte bleib!« sagte Columbine hastig.

»Warum? Schämst du dich, mit mir allein zu sein — oder hast du Angst?« fragte Wils bitter.

In ihren Augen flammte das Feuer der Empörung auf.

»Ich fürchte und schäme mich nicht, und ich kann in Bents Gegenwart ebenso frei sprechen, wie wenn ich mit dir allein wäre. Warum kannst du das nicht auch? Wenn Jack und Dad von unserem Beisammensein hören sollten, wäre es gut, wenn sie auch von Bents Anwesenheit wüßten. Ist es nötig, daß ich mich selbst mit Kummer überhäufe?«

»Verzeih, Collie«, lenkte der Cowboy sofort ein.

Sie stiegen ab. Wade beobachtete das Mädchen und sah, welche Wirkung die Nähe des Geliebten auf sie ausübte. Die beiden Liebenden hatten keine Ahnung, welche Folterqualen sie sich gegenseitig bereiteten. Aber Wade erkannte es und litt mit ihnen.

»Erzähle — alles«, bat Columbine.

Moore setzte sich bei einem Espenstumpf auf den Boden, und Columbine legte ihre Handschuhe auf den Stamm.

»Alles Wichtige habe ich dir geschrieben — außer, daß die drei letzten Wochen für mich eine Hölle waren.«

»Für mich waren sie auch nicht gerade der Himmel.«

Jetzt sprachen die beiden über die Weide, die Pferde, den Frühling — über alles mögliche — nur um ihre wahren Gefühle zu verbergen.

»Ihr beide vergeudet nur eure Zeit«, mahnte Wade schließlich. »Ich gehe jetzt, damit ihr allein seid.«

»Du bleibst hier«, befahl Moore.

»Dann bleibe ich also«, antwortete Bent. »Collie, erzähle von Bill und Jack.«

»Dad hat neuen Lebensmut gewonnen«, begann das Mädchen stockend zu berichten. Manchmal wirkt er wie ein Junge. Und Jack hat sich so verändert, daß ich es kaum glauben kann. Er läßt mich in Frieden, behandelt mich ehrerbietig und ohne Vertraulichkeit. Er führt die Bücher und arbeitet in den Werkstätten und auf der Weide. Sein Trotz und seine Zügellosigkeit sind verschwunden. Körperlich leidet er, weil er harte Arbeit nicht gewöhnt ist und ihm der Alkohol fehlt. Er hat mit Dad einmal offen darüber gesprochen und gefragt, ob er nicht gelegentlich ein Glas trinken dürfte. Dad hat das abgelehnt. Wegen Dad bin ich froh über die Verwandlung, und ich glaube, Jack hat wirklich gelernt —«

Moore hatte eifrig zugehört und dabei ein Holzstück ergriffen, um mit dem Messer daran herumzuschnitzeln.

»Ich habe schon davon gehört, und ich freue mich um euretwillen. Doch die Bekehrung ist nicht so ungewöhnlich. Für dich könnte ich auch dasselbe tun, wenn ich ein Taugenichts wäre.«

Sie wandte schnell das Gesicht ab, und Wade sah, daß ihre Lippen bebten.

»Also du glaubst, daß — daß Jack so bleibt?« fragte sie hastig. Er nickte. »Ja, das glaube ich.«

»Wie anständig du bist! Du hättest alles Recht, an ihm zu zweifeln — ihn zu verachten —«

»Collie, ich bin ehrlich. Aber glaubst du wirklich, daß Jack nie mehr trinken, nie mehr spielen, nie mehr —«

»Das glaube ich«, fiel sie ihm ins Wort. »Vorausgesetzt, daß ich —«

Moore stellte die gleiche Frage an den Jäger.

»Nein«, antwortete Wade sanft.

Columbine stieß einen leisen Schrei aus.

»Warum nicht«? fragte Moore.

»Es gibt Gründe, von denen ihr jungen Leute nichts versteht.«

»Es sieht dir nicht ähnlich, daß du die Hoffnung auf einen Mann aufgibst«, gab Wils zu bedenken.

»Manchmal doch. Alles, was ihr von Jacks Bekehrung erzählt habt, stimmt. Nur ist das nicht von Dauer. Sicherlich meint er es ehrlich und spielt kein Theater. Er hat fast Unmögliches getan.«

»Warum soll es also nicht von Dauer sein?« fragte Moore heftig.

»Weil es keine moralische Wandlung ist, sondern eine, die von der Leidenschaft bestimmt ist.«

Der Cowboy erbleichte, und Columbine blickte Wade starr an. Keiner von beiden schien ihn zu begreifen.

»Bei einem Mann kann die Liebe Wunder wirken«, fuhr der Jäger fort. »Aber sie kann auf die Dauer nicht sein Herz ändern. So wie er geboren und veranlagt ist, so haßt und liebt jeder Mann nach seiner Art. Wenn Jacks Liebe zu Collie beständig wäre, würde auch sein übriger Wandel von Dauer sein. Aber das ist nicht der Fall.«

»Warum nicht?«

»Weil seine Liebe nie so erwidert werden wird, wie er es sich vorstellt. Um eine Frau zu lieben, die nicht wiederliebt, ist ein ganz anderer Mann erforderlich.«

Columbine streckte bittend die Hand aus.

»Ich könnte mir einbilden, ihn zu lieben, Bent, und mich selbst überwinden, wenn ihm das Kraft und Stetigkeit geben würde.«

»Du täuschst dich über dich selbst, Mädchen.«

»Woher weißt du das?«

»Weil ich dich besser kenne, als du dich selbst.«

»Wilson, er hat recht — nur zu recht«, meinte Columbine niedergeschlagen. »Er kennt mein Herz — und das ist so schrecklich. Nie werde ich Jack Bellounds lieben können.«

»Dann solltest du wie früher auf Bent hören«, sagte Wils.

»Hört zu«, mischte sich Wade ein. »Alles ist schlimm genug. Verschließt eure Augen nicht. Wenn man leidet, sieht man nicht klar. Aber ich sehe alles deutlich. Mit einem Wort könnte ich Jack Bellounds in Buster Jack zurückverwandeln.«

»Bent, nein! Nein!« rief Columbine verzweifelt.

Moore erbleichte, und der Jäger ahnte, daß auch der Cowboy das von Jack wußte, was ihm selbst bekannt war. Seine Liebe für den

Jungen wurde von einem neuen Gefühl der Hochachtung für dessen Charakterstärke ergänzt.

»Ich werde es nicht tun, wenn mich Collie nicht dazu zwingt.«

Der kritische Augenblick war da, und plötzlich ließ Wade alle Zurückhaltung fallen. Er sprang auf und rief:

»Wils, du nennst mich Kamerad, und du kennst mich. Das Spiel ist fast zu Ende, aber ich habe meine Karten noch nicht aufgedeckt. Eher würde ich Jack in die Hölle schicken, als ihn Collie heiraten lassen. Und wenn sie ihn aus Pflichtgefühl heute nachmittag heiraten würde, wären sie schon am Abend wieder getrennt!«

Diesen Ton hatten die beiden noch nie bei ihm gehört. Erregt und mit gesenktem Haupt schritt Wade auf und ab. Wilson ergriff den Arm des Mädchens.

»Collie, du — du hast noch nicht wieder versprochen, ihn zu heiraten!«

»Nein! Ich versuchte nur, mich zu entscheiden. Wilson, schau mich nicht so schrecklich an!«

»Du wirst nicht wieder zustimmen? Keinen neuen Heiratstermin festsetzen?« fragte Moore leidenschaftlich und zog sie näher zu sich heran, um ihr Gesicht deutlich vor sich zu sehen. »Du wirst ihn nicht heiraten? Du wirst keinem plötzlichen Stimmungswandel nachgeben? Versprich das! Schwöre es mir!«

»Wilson — ich verspreche es! Ich schwöre es! Ich wußte nicht, was für eine Sünde es ist. Ich habe mich nur selbst getäuscht.«

»Du liebst mich! Du liebst mich!«

»Ja, ich liebe dich ganz unaussprechlich stark. So sehr, daß mein Herz krank ist. Nie will ich ohne dich leben.«

»Du Engel!« flüsterte er. »Ich müßte sterben, wenn ich dich verlieren würde.«

Wade war außer Hörweite gegangen, und als er zurückkehrte, saßen die Liebenden am Boden und sprachen ernst miteinander. Mit zärtlichem Vorwurf blickte Columbine zu dem Jäger auf.

»Bent, schau, was du getan hast.«

»Ich bin nur ein Werkzeug, Mädchen, aber Gott hat mich wohl richtig geleitet«, gab er zurück.

»Ich muß dich lieben, obwohl du mir soviel Unruhe bringst«, sagte sie und stand auf. Sie küßte ihn zart auf die Wange. »Ich bin nur ein Blatt im Sturm. Aber mag kommen, was wolle ... Bring mich jetzt heim, Bent.«

Sie verabschiedeten sich von Wilson, und die Stimme des Cowboys bebte bei der Antwort. Als Wade die Pferde holte, sah er eine huschende Gestalt unter den Bäumen. Er erkannte einen Mann, der ein Gewehr trug, und die Beobachtung beunruhigte ihn.

»Collie, reite schnell heim«, sagte er scharf.

»Warum?« fragte sie. »Du hast dich beklagt, daß du mich so selten siehst und — was ist, Bent?« Sie erkannte die Veränderung in ihm und sah dann auch, was daran schuld war. »Da ist ein Mann! Bent — es ist Jack!« rief sie erregt.

»Buster Jack«, murmelte Bent mit einem traurigen Lächeln. »Reite rasch davon, Collie, und überlaß ihn mir.«

»Du meinst, er hat uns beobachtet?«

»Sicher! Er hat alles gesehen. Adieu, alter Jack Bellounds! Buster Jack ist wieder da.«

»Warum sollen wir ihn dir überlassen?« fragte sie.

»Buster Jack ist auf dem Kriegspfad. Er wird dich beleidigen, er —«

»Ich gehe nicht!« Columbine hielt ihr Pferd an.

Mit langen Schritten eilte Bellounds herbei. Er trug sein Gewehr schußbereit, und sein Gesicht war dunkel wie eine Gewitterwolke. Schaum stand vor seinem Mund. Er spannte den Hahn und richtete den Lauf auf Wade.

»Du heimtückische Schlange! Wenn du dein Maul aufmachst, schieße ich dich nieder!« schrie er.

Wade spürte immer, wenn ihm unmittelbare Lebensgefahr drohte. Er blickte Bellounds fest an.

»Da ich unbewaffnet bin, würde es Ihnen ähnlich sehen, wenn Sie mich niederschießen würden.« Seine ruhige Stimme und seine Selbstsicherheit bändigten Jack und hielten ihn von der Untat zurück.

Er stellte den Gewehrkolben zu Boden und kämpfte um Beherrschung.

»Ich rechne mit dir ab«, rief er heiser. »Aber wenn du dich jetzt einmischt, erledige ich dich sofort.« Mit verzerrtem Gesicht deutete er auf Collie.

»Dich habe ich da oben gesehen. Ich habe dich genau beobachtet.« Bleich und stumm blickte ihm Collie in die Augen.

»Du warst es, nicht wahr?« schrie er.

»Ja, natürlich.«

Es war, als hätte er einen Schlag von ihrer Hand empfangen. Er zuckte zusammen.

»Was war das?« fragte er scharf. »Ein Streich — ein Spiel? Alles für mich arrangiert?«

»Ich verstehe dich nicht.«

»Du Katze, du heimtückische! Ich habe gesehen, wie du ihn umarmt und geküßt hast.«

»Da du es sagst, mußt du es wohl gesehen haben«, antwortete sie ruhig.

»Also hast du es getan?« Er schrie fast, und die Adern traten an seiner Stirn hervor.

»Ja, ich tat es.« Von ihr strahlte jetzt eine ursprüngliche weibliche Überlegenheit aus, der kein Mann etwas entgegensetzen konnte.

»Du liebst ihn?« Er fragte leise und ungläubig, mit einem verrückten Eifer, ihr Leugnen zu hören.

Im nächsten Augenblick wurde Wade an die Mutter des Mädchens erinnert, als sie stolz den Kopf hob. Er sah Haß, Leidenschaft und Liebe in all ihrer weiblichen Ursprünglichkeit.

»Wilson Moore? Ob ich ihn liebe?« fragte sie mit klingender Stimme. »Ja, du Narr! Ja – ja – ja!!«

Bellounds stieß einen heiseren Schrei aus. Er schwankte hin und her, und Wade ahnte die Tragödie, die sich in seinem Innern abspielte. Wie schlecht auch Jack Bellounds sein mochte – von seinem Vater hatte er die Fähigkeit zu lieben geerbt – und er war ein Mensch. Wade fühlte, wie das Gute in Jack Bellounds Seele jetzt starb, und zum ersten Male empfand er Mitleid mit ihm.

»Du – du!« Jack konnte nicht mehr sprechen, aber seine Hand hob sich zum Schlag. »Du!« Unartikulierte Laute kamen aus seinem Munde. Die Macht des Bösen gewann Gewalt über ihn, und seine Muskeln vermochten nicht zu widerstehen.

Er schlug das Mädchen auf den Mund. Es war ein furchtbarer Schlag, der sie umgeworfen hätte, wenn Wade nicht gewesen wäre. Dann lief Bellounds davon – gebückt und in wilder Hast, als zwänge ihn die Wut zu der rasenden Bewegung.

15

Wade stellte fest, daß Columbine nach diesem Erlebnis nicht mehr oft ausritt. Er konnte es einrichten, ihr einige Worte zuzuflüstern, so oft er ins Ranch-Haus kam, aber er erkannte, daß ihr Mut gebrochen war. Sie hatte gesagt: »Komme, was da wolle!« – und sie wartete.

Wade jagte nicht nur Wölfe und Pumas in diesen Tagen. Wie ein Indianerscout, der Gefahr gewittert hat, suchte er die Hänge mit scharfen Augen ab und beobachtete stundenlang die Landschaft aus einem Versteck heraus. Er bewachte Bill Bellounds' Sohn, der auf den Wegen umherschlich, auf denen Columbine mit Moore zusammengetroffen war. Jack prüfte die Pferdespuren und verglich sie mit Maßen, die er in der Tasche bei sich trug. Das machte Wade unruhig. Immer öfter blieb der Jäger in der Nähe des Ranch-Hauses, um bei drohender Gefahr zur Stelle zu sein.

In Buster Jack war der alte, unmäßige Jähzorn wieder aufgelebt, und düstere Tage kamen für die White Slides Ranch. Das Gesicht des alten Ranchers war von Kummer umwölkt.

Mit dem Mai kam der Frühlings-Round-up. Auch Wade wurde dazu bestimmt, unter Jack als Vormann das Lasso zu schwingen. Der Round-up zeigte, daß im Winter hundert Rinder verloren gegangen waren, und diese Nachricht brachte Bellounds in starke Erregung. Aber er hätte auch jeden anderen Grund zum Toben benützt. Die Cowboys hielten den Wintertod und die Berglöwen für die Ursachen der Verluste und meinten, daß nur wenige Rinder gestohlen worden wären. Dem widersprach Wade; er glaubte, daß nur wenige Tiere den Raubkatzen zum Opfer gefallen waren. Soweit er gesehen hatte, war nur ein Rind in einer Schneewehe erfroren.

»Gestohlen!« sagte der junge Vormann düster. »Zu viele Siedler und Taugenichtse in den Hügeln.« Mit finsterer Miene ging er davon.

Er trank, aber niemand sah ihn betrunken oder erfuhr, woher der Alkohol kam. Er ritt hart und trieb die Cowboys an. Sein Benehmen war unduldsamer denn je. Mitunter ritt er nach Kremmling, und dann hatten am nächsten Morgen die Cowboys ein völlig erschöpftes Pferd zu versorgen. An anderen Abenden verleitete Bellounds die Cowboys zum Spiel, und sie gewannen ihm so viel Geld ab, daß sie es gar nicht mehr zählten.

Columbine vertraute Wade flüsternd an, daß Jack sie überhaupt nicht beachtete und daß der alte Rancher ihr die Schuld an dem Wandel des Jungen gab, weil sie sich weigerte, einen neuen Hochzeitstag zu bestimmen.

Wade flüsterte ihr zu:

»Vergiß nie, was ich zu dir und Wils gesagt habe.«

So hielt Wade das Mädchen aus der Ferne aufrecht und behütete sie, so gut er es vermochte. Er war nicht mehr ein gern gesehener

Gast in dem Wohnzimmer des Ranch-Hauses. Der alte Bellounds war wieder dem Einfluß seines Sohnes erlegen.

Zweimal überraschte Wade den Ranchersohn in der Schmiede, ohne daß dieser einen Grund hatte, hier zu arbeiten. Wenn er einmal eine Fährte aufgenommen hatte, arbeitete Wade unbeirrbar wie sein Hund Fox, und nichts konnte ihn davon abbringen.

Zufällig entdeckte er im Staub am Boden kleine Kreise mit einem Punkt in der Mitte. Sie fielen ihm nicht auf, bis er sich mit Schrecken an die genau gleichen Spuren in Moores Hütte erinnerte. Das waren dieselben Spuren, die auch Wilsons Krücke machte. Mit einem fast wölfischen Grinsen fletschte Wade die Zähne. Die Wolke, die er schon lange am Horizont gesehen hatte, nahm plötzlich Gestalt an. Es war die Wolke, die immer auftauchte, wohin er auch wanderte.

Bellounds warb in diesen Tagen neue Männer an. Bludsoe war fortgegangen. Jim Montana war mürrisch geworden und ging nie ohne Revolver, und Lem hatte gedroht, ebenfalls die Ranch zu verlassen.

Jedesmal, wenn der alte Rancher Wade sah, schüttelte er nachdenklich den Kopf, wie wenn sein Mißtrauen mit einem vernünftigen Sinn für Gerechtigkeit kämpfte. Wade wußte, was ihn bekümmerte; er erkannte, daß die Giftsaat Wurzeln geschlagen hatte.

Täglich besuchte Wade seinen Freund Moore. Aber bald kam der Tag, an dem Wilson die Veränderung an dem Kameraden auffiel.

»Bent, du bist verändert, du verlierst die Hoffnung und das Vertrauen.«

»Nein, ich habe nur etwas zu bedenken.«

»Was?«

»Ich werde es dir jetzt noch nicht sagen.«

»Zum Teufel!« brauste der Cowboy auf. Aber Wade beachtete ihn nicht.

»Wils, du kaufst jetzt Rinder?«

»Sicher, ich habe das Geld gespart! Was hat es für Sinn, das Geld zu horten? Ich kaufe billig. In fünf Jahren werde ich fünfhundert — vielleicht tausend Stück haben. Wade, mein alter Dad wird sich über meinen Start freuen.«

»Hast du auch ungebranntes Vieh übernommen?«

»Sicher! Hör mal, machst du dir Sorgen über die kleinen Viehdiebstähle?«

»Wils, so klein sind sie nicht mehr.«

»Ich war vorsichtig und habe alle meine Geschäfte schriftlich niedergelegt. Aber ich will das Spiel auf meine Art spielen.«

»Hast du schon verkauft?«

»Noch nicht. Aber Andrews wird einige dreißig für mich nach Kremmling treiben.«

»Schön, ich muß wieder gehen.«

An diesem Abend blieb Wade mit den neuen Cowboys vor dem kleinen Vorratshaus der Ranch. Er wollte Jack Bellounds sehen, und dieses Mal trog ihn seine Ahnung nicht.

Der Junge kam von dem Ranch-Haus herüber, die neuen Cowboys begrüßten ihn unterwürfig und gehorsam, obwohl er früher nur Auflehnung und heimlichem Trotz begegnet war. Wade wartete auf eine Pause in dem Gespräch, das sich wie gewöhnlich um Rinder drehte.

»Hört mal, Jungens. Wilson Moore verkauft jetzt Rinder. Die Brüder Andrews treiben für ihn.«

»Ach, Wils wird also ein richtiger Rancher!« rief Lem. »Das freut mich. Der Junge wird bestimmt reich werden.«

Weiter weckte Wades Bemerkung kein Interesse, aber Wade hätte gern Jack Bellounds Gedanken gelesen. Er sah, wie eine Idee in Jacks Miene aufleuchtete, ein Gedanke, der weder Gleichgültigkeit noch Verachtung enthielt. Dann senkte Jack den Kopf und schlenderte davon. Was Jack auch gedacht hatte — Wade war zu einer augenblicklichen Entscheidung gekommen. Er ging zum Ranch-Haus und klopfte an die Tür. Columbine ließ ihn ein und er warf ihr einen beruhigenden Blick zu.

»Guten Abend, Miß! Ist Dad da?«

»Sicher!«

Der alte Rancher sah von seinem Buch auf.

»Ach, Wade? Was kann ich für Sie tun?«

»Bellounds, ich habe die meisten Raubkatzen und das sonstige Raubzeug erledigt. Meine Arbeit hat mir in letzter Zeit nicht mehr Raum für meine eigenen kleinen Aufgaben gelassen. Ich möchte fort.«

»Wade, Sie hatten einen Zusammenstoß mit Jack!« Der Rancher richtete sich auf.

»Nichts dergleichen. Wir hatten schon lange keinen Wortwechsel mehr. Allerdings könnte das kommen, aber das ist nicht der Grund.«

Bellounds schien erleichtert zu sein.

»Gut, ich werde Sie am Ende des Monats auszahlen. Sie können morgen aufhören!«

Wade bedankte sich und wartete auf eine weitere Bemerkung. Columbine sah ihn groß und fragend an.

»Bent, Sie werden doch White Slides nicht verlassen?«

»Ich werde wohl noch eine Weile bleiben.«

Bellounds schüttelte bedauernd und nachdenklich den Kopf.

»Well, ich erinnere mich noch an die Zeit, wo mich kein Mann verlassen wollte. Nun, die Zeiten ändern sich. Ich werde alt und vielleicht etwas bissig.«

Achselzuckend schüttelte er den pessimistischen Gedanken ab.

»Wade, Sie wollen wieder weiter. Immer unterwegs, was?«

»Nein, ich habe keine Eile.«

»Nun, was haben Sie dann vor, wenn ich fragen darf?«

»Ich denke an ein Rindergeschäft mit Moore. Er ist ein kluger Junge. Ich habe etwas Geld gespart. Moores Vater hat großes Interesse daran, daß Wilson ein Rancher wird. Ich bin auch kein Frühjahrsküken mehr. Wils hat angefangen, Rinder zu kaufen und zu verkaufen, und ich möchte mit ihm zusammenarbeiten.«

»Ahm!« Der Rancher runzelte die Stirn; er schien die Bedeutung dieser Mitteilung zu erkennen.

»Nun, das Land ist frei!« sagte er schließlich. Sein Gerechtigkeitssinn siegte über seine persönlichen Besorgnisse. »Ich würde allerdings bei den besonderen Bedingungen auf meiner Weide vorziehen, wenn Moore anderswo angefangen hätte. Das ist natürlich, aber ich wünsche euch alles Gute!«

»Hoffentlich sind Sie nicht beleidigt, wenn ich gehe. Sehen Sie — bei den ›besonderen Bedingungen‹, wie Sie es nannten, stehe ich auf Moores Seite. Er hat niemand sonst, und ich kann mir denken, daß Sie früher auch manchmal zu einem armen Teufel gehalten haben.«

»Hm, ich kann Ihnen nicht böse sein.«

»Das ist gut. Und nun zu den Hunden. Ich gebe das Rudel zurück, aber ich möchte Fox kaufen.«

»Unsinn, er gehört Ihnen natürlich.«

»Danke. Fox wird mir eine große Hilfe sein. Ich will nämlich die Mannschaft stellen, die die Rinder stiehlt. Sie wird allmählich ziemlich dreist!«

»Wade, Sie wollen das aus eigenem Antrieb tun?« fragte der Rancher überrascht.

»Sicher. Ich jage lieber Menschen als Raubzeug. Und ich bin

persönlich daran interessiert. Der Hinweis Jacks auf die Siedler war ja ziemlich deutlich auf Wils Moore gemünzt.«

»Unsinn! Glauben Sie, irgendein Rancher in den Hügeln würde Wils Moore für einen Viehdieb halten?«

»Man hat das aber geflüstert. Sie wissen: alle Rancher sagen, sie hätten am Anfang ein wenig gestohlen!«

»Ach, das ist etwas anderes — jeder Rancher treibt zu Beginn einige ungebrannte Kälber ein und behält sie. Aber Rinder stehlen! Ich könnte ebensogut meinen eigenen Sohn so verdächtigen wie Wils.«

Der alte Rancher hatte in ehrlicher Überzeugung gesprochen; die Bedeutsamkeit dieses Vergleiches war ihm nicht aufgefallen. Es waren die Worte eines erfolgreichen Ranchers, der stolz von seinem Sohn spricht und einem andern gegenüber gerecht ist.

Wade verbeugte sich und ging zur Tür.

»Sicher. Ich wußte, daß Sie das sagen würden. Gute Nacht.«

Columbine trat mit ihm auf die Veranda hinaus.

»Bent, du hast etwas vor!« flüsterte sie und griff mit zitternden Händen nach ihm.

»Sicher. Aber keine Sorge!« flüsterte er zurück.

»Sagt man, Wilson wäre ein Viehdieb?«

»Jemand hat es angedeutet, Collie!«

»Wie gemein! Wer?« Ihr Gesicht war weiß.

»Still, Mädchen, du zitterst ja!«

»Bent, sie drängen mich so sehr, einen neuen Hochzeitstermin festzusetzen. Dad ist auf mich zornig. Jack wird wieder zudringlich. Oh, wie ich ihn fürchte! Er packt meine Hände wie mit Krallen; ich muß sie gewaltsam losreißen. Freund Bent, was soll ich nur tun?«

»Nicht nachgeben — gegen ihn kämpfen! Sag dem alten Mann, daß du Zeit brauchst. Und wenn Jack wegreitet, kommst du zu mir in den Buffalo Park.«

Wade nahm seine Pferde, seine Ausrüstung und den Hund Fox und zog zu Wilson Moore, der sein Kommen mit Freude begrüßte.

Von diesem Tag an streifte Wade von früh bis spät durch die Hügel oberhalb der Ranch. An einem Junitag, als Jack Bellounds nach Kremmling geritten war, kam Columbine in den Buffalo Park. Sie brauchte Wades Trost. Nur sein Zuspruch hielt sie aufrecht, und so bestürmte sie ihn, sie jeden Tag zu treffen.

In der zweiten Juniwoche suchte Wade den Goldsucher Lewis

auf und erfuhr einiges, was die Angelegenheit der Viehdiebe komplizierte. Lewis war mißtrauisch gewesen und hatte sich selbst auf die Suche gemacht. Nach seinen Feststellungen war in letzter Zeit eine Bande rauher Männer zum Gore Peak gekommen, wo sie angeblich nach Gold suchten. Die Bande bestand aus Männern, die Lewis fremd waren. Sie waren zu seiner Hütte gekommen und hatten von ihm gekauft und geborgt — und in seiner Abwesenheit auch gestohlen. Er glaubte, daß sie sich hier versteckt hielten, da sie in einer anderen Gegend wegen Verbrechen gesucht wurden. Um Kremmling und Elgeria machten sie einen weiten Bogen. Andererseits ritten die Leute von Smith immer wieder durch das Land — wie Rancher, die nach verlorenen Pferden suchten. Einschließlich Smith waren es nur drei. Lewis hatte gesehen, wie diese Männer ungebranntes Vieh getrieben hatten.

Die interessanteste Mitteilung für Wade war, daß Jack Bellounds häufig durch den Wald geritten war. Der Goldsucher brachte allerdings diese Tatsache in keiner Weise mit dem Viehraub in Verbindung.

Wade blieb die Nacht bei Lewis, und am nächsten Morgen ritt er über die Wasserscheide in das Tal, wo er die von Lewis beschriebene Hütte fand. Sie war am Waldrand gut versteckt; eine Quelle entsprang dort in den Felsen.

Mit dem Gewehr in der Hand schlich er sich in den Wald. Bei der Hütte war nichts Verdächtiges zu sehen — kein Rauch kräuselte sich aus dem Kamin, und Wade hörte auch keinerlei Geräusche. Die Hütte war alt, wahrscheinlich hatte sie ein Jäger oder Goldsucher erbaut. Sie hatte einen Erdboden; ein baufälliger Herd und eine Bettstatt aus Zweigen standen darin. Außer der Tür hatte sie zwei kleinere Öffnungen, die als Fenster dienten, sie hätten aber ebensogut Schießscharten sein können.

Das Innere der Hütte war geräumig und dank der Fenster und der Ritzen zwischen den Balken ungewöhnlich gut beleuchtet. Wade sah ein abgegriffenes Kartenspiel in einer Ecke liegen. Es sah so aus, als ob jemand es heftig an die Wand geworfen hatte. Seltsamerweise tauchte bei diesem Anblick das Bild Jack Bellounds' vor Wade auf. Was ihn weiterhin interessierte, waren lediglich Spuren vor der Hütte, und hier vor allem die Pferdespuren. Er prüfte die deutlichsten Abdrücke sehr genau. Wenn sie nicht von Wilson Moores weißem Mustang Spottie stammten, dann von einem Pferd mit seltsam ähnlichen Hufen und Eisen. Spottie hatte einen leicht deformierten Huf, der einem Dreieck ähnelte. Das Eisen, das auf diesen Huf passen sollte, mußte daher immer gebogen werden, so daß die Biegung schärfer war und die Enden näher zusammenkamen.

Wade ritt zum Old White Slides und fragte Wils beim Abendessen, ob er in letzter Zeit Spottie geritten hätte.

»Aber sicher, welches Pferd sollte ich sonst reiten? Glaubst du, ich versuche mich mit dem Zureiten von Pferden?«

»Aber im Buffalo Park hast du keine Spuren hinterlassen.«

Der Cowboy warf das Messer weg.

»Hör mal, Wade, schnappst du etwa über? Wenn ich so weit reiten könnte — mein Gott, dann hättest du mich schreien hören!«

»Hm. Aber ich habe eine Spur genau wie die von Spottie gesehen — und sie ist nicht älter als zwei Tage!«

»Nun, da kannst du wetten, daß sie nicht von Spottie waren!« erwiderte der Cowboy.

Wade lauerte vier Tage in den Espen an einem der höchsten Vorberge über der White Slides Ranch. Schweigend und düster wie ein Indianer lag er dort und beobachtete die Wege; er wartet auf das, was kommen mußte.

Am fünften Morgen war er schon bei Sonnenaufgang auf seinem Posten. Eine zufällige Bemerkung, die einer der neuen Cowboys am Abend zuvor machte, hatte ihn dazu veranlaßt.

Die Dämmerung war frisch und kühl, der Sage-Duft lag in der Luft, die Häher schimpften über den Störenfried, der in ihre Einsamkeit eingebrochen war. Wade saß mit dem Rücken an eine Espe gelehnt und schaute auf das Ranch-Haus und die Corrals hinunter. Der rosige Schein im Osten verwandelte sich in lauteres Gold, die Sonne war aufgegangen.

Einer der Hunde bellte laut.

Nach und nach erschienen die Cowboys und ritten paarweise in verschiedenen Richtungen davon. Aber keiner kam auf Wade zu. Die Sonne stieg höher. Bienen summten und Schmetterlinge flatterten über ihm.

Nach einer weiteren Stunde kam Jack Bellounds aus dem Haus, schaute umher und ging dann zu dem Stall, in dem seine eigenen Pferde standen. Schließlich erschien er wieder auf einem Schimmel; er ritt über die Weide zu dem Heufeld und dann an dessen Rand entlang zum Hügelhang. Der kleine Espenhain darüber war nicht allzuweit von Moores Hütte entfernt; er bezeichnete tatsächlich die Grenze zwischen der Ranch und den Acres, die Wilson erworben hatte. Jack verschwand hier aus dem Blickfeld, aber Wade hatte noch gesehen, daß er abgestiegen war.

»Er ist absichtlich auf dem Grasboden geblieben«, murmelte Wade und beobachtete scharf.

Endlich tauchte Jack wieder auf und führte sein Pferd zu dem Pfad, der zu Moores Hütte lief. An diesem Punkt stieg Jack auf und ritt nach Westen. Gegen seine Gewohnheit, denn sonst ritt er immer sehr schnell — trabte er gemächlich, wie etwa ein Cowboy, der zu seiner Tagesarbeit reitet. Wade wechselte seine Position und sah, wie Jack in Richtung auf den Buffalo Park die Höhe hangaufwärts ritt.

Als Jack etwa eine Stunde verschwunden war, stieg Wade auf der anderen Seite des Hügels hinab, holte aus einem Dickicht sein Pferd und ritt zu dem Weg, den Bellounds benützt hatte. Die Pferdespuren im Staub waren frisch und deutlich — und der Abdruck des linken Vorderhufes hatte die Form des unregelmäßigen Dreiecks, das bei der Spur von Wilsons Pferd Spottie so auffällig war.

»Aha!« murmelte Wade. Das hatte er erwartet. »Jetzt ist alles klar! Verdammt sei deine Seele, Buster Jack!«

Er folgte der Spur in den Wald. Plötzlich zögerte er. Männer, die krumme Wege ritten, legten sich häufig in den Hinterhalt — und Bellounds hatte sich gar nicht erst die Mühe gemacht, seine Fährte zu verbergen. Auf dem Hang standen Rinder, wenn auch nicht so viele wie auf der gegenüberliegenden Seite des Tales.

Schließlich entschloß sich Wade, der Fährte frei zu folgen, aber er wollte Augen und Ohren offen halten, während er den seltsamen Handlungen des Vormannes der White Slides Ranch nachspürte. Deshalb stieg er ab und folgte der Fährte zu Fuß. Er brauchte nicht weit zu gehen, um festzustellen, daß Jack Bellounds in den Dickichten nach Rindern suchte, und bald entdeckte er auch, daß Jack Rinder vor sich hertrieb. Jetzt wurde Wade vorsichtiger. Wenn das hohe Gras nicht feucht gewesen wäre, hätte er Mühe gehabt, der Spur zu folgen. Es gab Stellen, wo selbst der scharfäugige Jäger suchen mußte, bis er die Fortsetzung der Fährte fand.

Der Vormittag verstrich, während Wade allmählich bis zum Waldrand emporstieg. In einer Mulde, wo eine Quelle entsprang, sah er dann deutlich die Spuren der Rinder und wieder die des Pferdes mit dem eigenartigen linken Vorderhuf. Der Reiter des Pferdes war abgestiegen. Wade fand auch den Abdruck eines Cowboystiefels — und dicht daneben einen kleinen, scharf eingeschnittenen Kreis mit einem Punkt in der Mitte.

»Verdammt! Das ist wahrhaftig schlau! Hier sind die Beweise klar wie gedruckt, daß Wilson Moore Rinder des alten Bill gestohlen hat. Buster Jack, du bist gar nicht so ein Narr, wie ich dachte! Er hat sich so etwas wie das Ende von Wils Krücke angefertigt. Und dann hat er genau beobachtet, wie Wils die Krücke beim Absteigen gebrauchte und hat die Spur nachgeahmt.«

Wade verließ die Fährte, setzte sich in die Deckung einer Tanne und dachte nach. Hatte es Sinn, Jack weiter zu folgen? Zweifellos trieb er die Rinder durch den offenen Wald und übergab sie irgendwo seinen Komplizen.

»Diesmal hat sich Buster Jack selbst zerbrochen«, sagte Wade zu sich. »Er verrät auch seine Diebesfreunde, während er sich bemüht, Wilson in Verdacht zu bringen. Er will Moore die Diebstähle in die Schuhe schieben und legt zu diesem Zweck eine so deutliche Fährte an, daß sie jeder gute Spurenleser bis zum Ende verfolgen kann. Mir ist es gar nicht wichtig, wer Jacks Partner bei dem Handel sind. Wahrscheinlich Smith und seine Leute!«

Plötzlich fiel Wade ein, daß Jack seinen eigenen Vater bestahl. Er pfiff leise durch die Zähne.

»Verdammt hart für den alten Mann! Wer soll es ihm sagen, wenn alles herauskommt? Ich möchte es nicht! Es gibt Dinge, die selbst ich nicht tun könnte.«

Wade hatte das Gefühl, daß eine kalte Hand nach seinem Herzen griff und ihn in die Schatten führte, in eine düstere Einsamkeit, wo alles kalt und schwarz war — in die Welt der Tragödie.

Er kämpfte gegen die Stimmung an wie gegen das Böse selbst. Er behielt sich in der Gewalt, aber seine Stirn war feucht und sein Herz schwer wie Blei, als er sich endlich von dieser finsteren mystischen Macht, die seinen Willen bezwingen wollte, freigemacht hatte.

»Ich werde morgen nachsehen, wohin die Fährte führt«, sagte er und machte sich düster und mit schweren Gedanken auf den Rückweg. Es war schon dunkel, als er Moores Hütte erreichte.

»Komm Kamerad, zieh die Stiefel aus und wasch dich. Das Essen wartet schon« rief Wils.

»Wils, ich weiß nicht — mir ist, als ob ich schon Jahre hier gelebt hätte.«

»Wade, du siehst in letzter Zeit seltsam aus. Ich habe einmal einen Sterbenden gesehen, und er hatte den gleichen Zug um seinen Mund, und vor allem denselben Blick in den Augen.«

»Vielleicht ist die White Slides Ranch das Ende des langen Weges«, sagte Wade traurig und wie im Traum.

»Wenn Collie das hörte!« rief Wils besorgt.

»Collie und du — ihr werdet mich bald eine Menge sprechen hören. Aber es soll dazu dienen, euch glücklich zu machen. Ich bin müde und hungrig.«

An diesem Abend setzte sich Wade nicht an das Feuer wie sonst; er fürchtete die Fragen des Kameraden, der wirklich besorgt um ihn war.

Am nächsten Morgen fühlte sich Wade ausgeruht. Der Himmel war klar, und die Melodien der Vögel bezauberten sein Ohr. Aber trotzdem blieb das Gefühl — daß die Katastrophe unausweichlich herannahte. Als er daher zur Tür hinausschaute und Collie mit fliegenden Haaren heranreiten sah, rief er nur: »Aha!«

»Was ist los?« fragte Moore, der den Ausruf gehört hatte.

»Schau nur«, erwiderte Wade und stopft sich die Pfeife.

»Himmel, es ist Collie! Schau, wie sie den Hügel heraufgaloppiert!«

Wade folgte ihm ins Freie. Collies Pferd hatte noch nicht gehalten, als sie schon aus dem Sattel sprang. Ihr Gesicht war bleich und ernst; sie war ganz verwandelt — eine andere, seltsame Columbine.

»Ich habe keinen Augenblick geschlafen! Und ich bin gekommen, sobald ich wegkonnte.«

Moore hatte für sie keinen Gruß, kein Wort — ihr Aussehen lähmte ihn. Es konnte nur eine Bedeutung haben.

»Morgen, Mädchen!« sagte Wade. »Komm mit in die Hütte!«

Das Mädchen war offenbar tief erregt, aber sie zitterte nicht und schien auch nicht erschreckt oder bekümmert zu sein.

»Bent! Wilson! Das Schlimmste ist eingetreten!« sagte sie.

Moore konnte nicht sprechen. Wade hielt Collies Hand mit beiden Händen fest.

»Das Schlimmste! Mädchen, das ist ein schreckliches Wort! Ich habe es oft gehört; mein ganzes Leben lang sollte immer das Schlimmste kommen — und kam dann doch nicht. Du bist erst zwanzig und sehr aufgeregt. Sprich von deinem Kummer, und ich werde dir beweisen, daß du unrecht hast!«

»Jack ist — ein Rinderdieb!« sagte Columbine scharf.

»Ahm! Nun — sprich nur weiter.«

»Jack hat von den Viehdieben Geld bekommen — für Rinder, die er Dad gestohlen hat!«

»Ich schätze, das ist mir nicht neu«, sagte Wade.

Jetzt erbebte Columbine, als sie in leidenschaftlicher Erregung das aussprach, was sie so verwandelt hatte:

»*Ich werde Jack Bellounds heiraten!*«

Wilson sprang mit einem Schrei auf; aber Wade hielt ihn zurück.

»Collie, erzähle bitte alles!«

Columbine berichtete, wie sie, in der Hoffnung Wade zu treffen, gestern nachmittag ausgeritten war. Dabei ritt sie sehr langsam und vorsichtig in Richtung des Buffalo Park, erreichte den Wald und war schließlich weiter gekommen, als klug war. Als sie gerade umkehren wollte, hörte sie Hufschlag. Pronto spitzte die Ohren. Sie wollte nicht gesehen werden. Andererseits war es möglich, daß Wade auf diesem Pfad ritt. Glücklicherweise konnte sie sich darauf verlassen, daß Pronto, wenn er in der Deckung stand, nicht wiehern würde. Sie ritt also in ein Tannengestrüpp, und Pronto hielt ruhig.

Schließlich tauchten drei Reiter auf — und einer von ihnen war Jack Bellounds. Sie schienen zu streiten, und wie es der Zufall wollte, hielten sie nicht weit von Collies Versteck an. Die zwei Männer bei Jack sahen rauh aus; das Gesicht des einen war durch eine furchtbare Narbe entstellt.

Sie sprachen natürlich nicht laut, und Columbine mußte angestrengt lauschen, um überhaupt etwas zu verstehen. Aber ein Wort, das sie hie und da aufschnappte, machte ihr die Ursache des Streites klar. Der große Mann wollte nicht weiterreiten, er war offenbar ohne Absicht bis hierher mitgekommen. Er wollte mehr Rinder haben.

»Das armselige Rudel ist das Risiko nicht wert«, hörte Columbine ihn sagen. Er war auf Jack wütend, weil er »eine Spur hinterlassen hatte.« Bellounds antwortete wenig und nur leise. Aber er verlangte Geld. Der Mann mit der Narbe hieß Smith.

Columbine entnahm seinen heftigen Gesten, daß er sich weigerte, mehr zu zahlen, wenn Jack nicht versprach, ein größeres Rudel Vieh zu bringen. Jetzt fluchte Jack und sagte, daß dies unmöglich wäre. Smith wies darauf nach Süden, und Columbine hörte die Worte Gore Peak. Sein Begleiter, ein kleiner Mann, stieg schließlich ab und zeichnete eine rohe Skizze auf den Boden. Bellounds brütete finster. Smith schien ihn darauf offensichtlich schwer zu reizen. Columbine hatte Worte wie ›feige‹ und ›kein Sohn des alten Bill‹ verstanden. Schließlich zog Smith einen Hirschlederbeutel mit Goldstücken hervor; entweder der Hohn oder der Anblick des Goldes stimmte Jack um. Ohne Spur von Scham nahm er den Beutel und ritt davon, indem er heiser rief:

»All right! Seid verdammt!«

Die Rustlers sahen ihm lange nach, und Smith sagte schließlich sehr deutlich: »Ich traue diesem Bellounds nicht!« Sein Begleiter antwortete: »Ach was, Boß, wir stehlen die Rinder ja nicht!« Dann wendeten sie ihre Pferde und ritten zurück.

Columbine blieb lange wie betäubt in ihrem Versteck. Auf dem Heimweg machte sie einen weiten Umweg durch die Hügel und kam erst bei Sonnenuntergang heim. Ihr Dad war wieder in einer seiner düsteren Stimmungen und schien ihre Abwesenheit nicht bemerkt zu haben. Sie lag dann die ganze Nacht wach und hatte gebetet und nachgedacht.

Columbine sah Wade und Moore flehend an.

»Ich mußte euch das schändliche Geheimnis sagen«, begann sie wieder. »Ich bin dazu gezwungen. Wenn ihr mir nicht helft, wenn nichts geschieht – dann gibt es ein schreckliches Ende für uns alle.«

»Wir wollen dir helfen – aber wie?« Moore hob sein bleiches Gesicht.

»Ich weiß es nicht. Aber ich fühle, was geschehen wird, wenn ich es nicht verhindere. Wilson, du mußt nach Hause gehen – wenigstens für eine Weile.«

»Das würde für Wils nicht gut aussehen, wenn er White Slides jetzt verläßt.«

»Aber warum? Oh, ich fürchte –«

»Laß nur, Mädel. Aber du hast recht: wir müssen verhindern, daß – jenes geschieht!«

»Bent, du mußt zu Jack gehen und ihm sagen, daß du alles weißt, du mußt ihn einschüchtern –«

»Das könnte ich schon – aber was würde es nützen?«

»Es wird diesen Wahnsinn verhindern! Dann werde ich ihn heiraten – und dadurch –«

»Glaubst du, du kannst ihn durch eine Heirat am Ausbrechen hindern?«

»Ich weiß es! Er hat das Böse schon einmal besiegt, ich habe es gesehen und gefühlt. Erst als ich ihm sagte, daß mich Wilson liebe, ist er wieder versunken. Aber ich kann ihn ändern.«

Wilson sah sie totenbleich, aber mit flammenden Augen an.

»Collie, warum in aller Welt willst du dich und mich – für diesen Feigling und Dieb ruinieren?«

Columbine lief zu ihm und blieb dicht vor ihm stehen.

»Weil Dad ihn töten wird!« rief sie.

»Mein Gott, was sagst du da? Er würde toben und rasen – aber doch nie seinen Sohn töten.«

»Wils, ich glaube, Collie hat recht. Du hast den alten Bill nicht richtig eingeschätzt. Ich weiß Bescheid!« widersprach Wade.

»Wilson, hör ruhig zu!« flehte Columbine. »Ich hörte Dad schwören, daß er Jack töten würde, wenn er je wieder stiehlt. Und nun, wenn er hört, daß Jack seinen eigenen Vater bestohlen hat – wie ein gemeiner Viehdieb – denke doch, wie schrecklich das wäre!«

Und dann sah Wade, wie sich die beiden an ihn wandten. Er war ihr einziger Trost, ihre einzige Hilfe. Das war sein Lohn.

»Collie, ich lasse dich nicht im Stich«, sagte er sanft. »Wenn Jack auf seinem wahnsinnigen Ritt zur Hölle aufgehalten werden kann – dann will ich es tun. Das kann ich jedoch nicht für ihn versprechen. Aber ich schwöre dir das eine: Bill Bellounds' Hände werden nie mit dem Blut seines Sohnes befleckt werden!«

»Oh Bent!« rief sie in leidenschaftlicher Dankbarkeit. »Wenn – oh, ich werde dich mein ganzes Leben lang lieben und segnen!«

»Still, Mädchen! Ich bin nicht einer, den man segnet. Und jetzt mußt du tun, wie ich sage. Reite heim und verkünde, daß du Jack im August – sagen wir, am dreizehnten August – heiraten wirst.«

»Warum erst so spät?«

»Niemand kann alles wissen. Aber das ist meine Entscheidung.«

»Warum am dreizehnten August?« fragte sie mit seltsamer Neugier. »Ein unglückliches Datum!«

»Ach, es ist mir eben eingefallen – ich habe am dreizehnten August geheiratet – vor einundzwanzig Jahren. Und meine Frau hat dir etwas ähnlich gesehen, Collie. Seltsam, nicht wahr? Die Welt ist doch klein. Und jetzt ist sie seit achtzehn Jahren tot!«

»Bent, ich habe nicht im Traum gedacht, daß du je eine Frau hattest«, sagte Columbine sanft und legte ihm die Hand auf die Schulter. »Du mußt mir das einmal erzählen. Aber – wenn du also Zeit brauchst – ich werde Jack erst am dreizehnten August heiraten!«

»Schön. Ich bin der Ansicht, daß Jack – nennen wir es – umgewandelt sein muß, ehe du ihn heiratest. Vielleicht können wir es; dein Versprechen wird viel helfen. Das wäre also erledigt!«

»Ja, ihr lieben Freunde«, stammelte Collie. Sie war jetzt einem Zusammenbruch nahe.

Wilson schaute zur Tür hinaus in die Ferne.

»Seltsam, wie sich die Dinge wenden. Der dreizehnte August! Ich habe gedacht, zur Columbinen-Zeit —«

Er drehte sich scharf um, und die träumerische Stimmung wich einer wilden Leidenschaft.

»Aber ich denke es immer noch! Ich — ich werde eher sterben, als daß ich die Hoffnung aufgebe!«

16

Während Wade beobachtete, wie Columbine heimwärts ritt, überlegte er so scharf wie nie in seinem Leben. Es war nicht nötig, Wilson mit den tieferen, geheimeren Motiven vertraut zu machen, die ihn bewegten. Columbine war für den Augenblick in Sicherheit. Für Moore jedoch war der kritische Augenblick gekommen. Was sollte er ihm sagen — was sollte er ihm verschweigen?

»Sohn, komm her!« rief er dem Cowboy zu.

»Kamerad, es sieht schlimm aus«, sagte Wilson.

Wade schaute in das traurige Gesicht und fluchte leise.

»Nun, es wird nie so schlimm, wie es aussieht. Jedenfalls wissen wir, was wir zu erwarten haben.«

Moore schüttelte den Kopf.

»Hast du nicht gesehen, wie stählern entschlossen Collie war? Aber ich setze auf dich, Wade. Du hast Zeit gewinnen wollen. Du schwörst darauf, daß Buster Jack sich selbst an den Galgen bringen wird. Du wirst nicht aufgeben!«

»Buster Jack hat den Strick schon über einen Ast geworfen und steckt eben den Kopf in die Schlinge!« erwiderte Wade.

»Du machst mich noch wahnsinnig! Wie kannst du das sagen? Ich weiß, du hast mich gerettet, du hast mir das Bein erhalten, du hast mich gepflegt, aber jetzt sprichst du, als ob du glaubtest, daß sich der verdammte Köter — dieser Liebling eines verrückten alten Mannes, selbst ruinieren würde. Dieses Glück werden wir nicht erleben! Die Lage wird doch mit jedem Tag schlimmer! Aber je übler die Dinge aussehen, desto stärker erscheinst du. Nimm es mir nicht übel, aber manchmal glaube ich fast, du bist nicht ganz bei Verstand.«

»Seltsam«, sagte Wade traurig. »Da stimme ich dir nämlich zu!«
»Verzeih, Kamerad — ich habe den Kopf verloren. Aber mein Herz bricht!«
»Das denkst du nur, aber das Herz eines Mannes kann nicht an einem Tag zerbrechen. Ich weiß es. Und es ist Gottes reine Wahrheit, daß sich Buster Jack selbst aufhängen wird!«
Moore sah Wade durchdringend an.
»Wade, was willst du damit sagen?«
»Collie hat uns doch einige interessante Tatsachen über Jack erzählt, nicht wahr? Aber sie weiß nicht alles, was ich weiß. Jack Bellounds hat einen teuflischen Plan erdacht, um dir die Schuld an den Diebstählen in die Schuhe zu schieben.«
»Absurd!« rief Wilson mit weißen Lippen.
Aber nun berichtete Wade ausführlich.
»Es ist so einfach wie das ABC«, schloß er. »Wenn ich den Trick nicht entdeckt hätte, hätte er dich zum Viehdieb gestempelt.«
»Verdammt!« zischte Wils verwirrt und wütend.
»Das ist genau meine Empfindung.«
»Und ich habe Collie geschworen, ihn nie zu töten.«
»Sicher. Und den Eid mußt du halten, Sohn. Du kannst Collies Vertrauen nicht zerstören. Und du willst doch sein Blut nicht an deinen Händen haben?«
»Nein, natürlich nicht. Wenn ich ihm nur die lügnerische Zunge aus dem Mund reißen könnte —«
»Das kann ich mir denken! Aber sprich nicht darüber. Siehst du jetzt, wie er den Hals selbst in die Schlinge legt?«
»Nein, denn wir können ihn doch nicht verraten!«
»Sohn, du hast noch nicht viel mit Schurken zu tun gehabt. Du verstehst ihre Motive nicht. Buster Jack bestiehlt nicht nur seinen Vater, er stellt dir nicht nur eine gemeine Falle — er betrügt auch die Rinderdiebe, an die er das Vieh verkauft. Er setzt ihren Hals aufs Spiel. Er wird ihre Spuren finden und beweisen, daß du mit ihnen Geschäfte gemacht hast. Sicher, er wird sie nicht direkt verraten, aber er rechnet bestimmt damit, daß es zu einer Schießerei kommt — daß sie gezwungen werden, diese Weide zu verlassen. Sein Plan ist, deine Spur zu finden, um dich bei seinem Vater anzuklagen. Dabei muß er die Spuren zeigen, die wieder auf seine Komplizen hinweisen. Damit gefährdet er die Viehdiebe. Zufällig kenne ich das Narbengesicht — Smith. Aus dem, was Collie gehört hat, wissen wir, daß er Jack nicht traut. Ohne daß Buster Jack es

weiß, werden ihn diese Kräfte, die er nicht kennt und nicht beherrschen kann, vernichten.«

»Ich sehe es. Aber angenommen, es kommt so — was dann? Was wird dann aus Collie?«

»Sohn, so weit habe ich noch nicht gedacht.«

»Aber denk doch, wenn Jack mit seinem Trick durchkommt, wenn er sich nicht verrät — was wird dann aus Collie?«

»Wenn der Tag des Unheils da ist, wird es sich zeigen.«

»Wade, du hast das schon einmal gesagt — aber jetzt brauche ich mehr als einige Trostworte. Collie hat mir erzählt, wie sie gebetet hat, aber was nützen hier alle Gebete. Wir haben es mit einem Mädchen zu tun, das so edel und groß ist, daß es sich selbst opfern würde, um eine Schuld zu bezahlen. Weißt du, daß es sie töten wird, wenn sie Jack heiratet?«

»Sicher. Wenn sie ihn heiratet, wird sie sterben.«

Wilson sprang auf.

»Verdammt, Wade, du bist nicht ehrlich zu mir!«

»Wils, ich habe dir alles gesagt, was ich weiß.«

»Aber könntest du den Gedanken ertragen, daß Collie für diese Bestie stirbt? Nein! Aber, Wade, du bist so sicher — ich vertraue dir — und doch kannst du nicht unfehlbar sein.«

»Ich bin nur ein Mann — und dein Freund, Wils. Ich lebe nach meinen Grundsätzen. Können wir mehr tun?«

Schweigend drückte ihm Moore die Hand. Er versuchte, Wades Gedanken zu lesen — er fühlte sich offenbar wieder durch etwas Unerklärliches gestärkt und getröstet.

In den nächsten Wochen stellte Wade fest, daß Jack Bellounds kein Gras unter seinen Füßen wachsen ließ. Er bemühte sich, sein Abkommen mit Smith zu erfüllen und trieb beim Mondschein ein großes Rudel Rinder weg. Diese Rinder waren ein Teil der Herde, die der alte Rancher in Kremmling verkaufen wollte und zu diesem Zweck schon aufgetrieben hatte; er hielt sie in der eingezäunten Weide nahe bei Andrews Ranch bereit. Der Verlust wurde erst entdeckt, als die Rinder in Kremmling gezählt wurden — und man erklärte ihn dann damit, daß sich die Rinder verlaufen hätten. Wenn man eine beträchtliche Zahl Stiere mit einer nicht ausreichenden Anzahl von Cowboys trieb, waren solche Verluste nicht ungewöhnlich.

Wade wußte die genauen Umstände bereits am nächsten Tag. Er mußte zugestehen, daß Jack Bellounds eine Leistung vollbracht hatte, wie sie auch für den besten Cowboy schwierig gewesen wäre. Aber er hatte es jedenfalls geschafft. Und Wade mußte auch zugeben, daß der Indizienbeweis gegen Wilson Moore schwer und anscheinend unwiderlegbar sein würde.

Wade beobachtete nun das Ranch-Haus genau. Er wollte nicht fehlen, wenn Jack Wilson Moore des Rinderdiebstahls bezichtigte. So war er auch anwesend und plauderte eben mit einigen Cowboys, als Jack, von drei Fremden begleitet, ankam und vor der Veranda der Ranch hielt.

Lem Billings war ungewöhnlich aufgeregt.

»Montana — ist das nicht Sheriff Burley aus Kremmling?«

»Sicher! Was ist da los?«

»Bent, was hältst du davon?« fragte Lem und wies auf das Haus.

Der Rancher war auf der Veranda; er begrüßte die Besucher und ging mit ihnen ins Haus.

»Jungens, darauf habe ich gewartet«, sagte Wade.

»Sicher. Wir haben alle Ideen. Und die meine ist, daß ich ziemlich bald verdammt böse sein werde«, erklärte Lem.

Nach einer kurzen Pause erschien der alte Bill auf der Veranda und schien jemand zu suchen. Dann sah er die kleine Gruppe von Cowboys.

»He!« schrie er. »Einer von euch soll hinaufreiten und Wilson Moore herunterholen!«

»All right, Boß!« rief Lem und stand auf.

Der Rancher ging wie unter einer schweren Last ins Haus zurück.

»Wade, ich denke, du wirst Wils holen wollen.«

»Lieber nicht — wenn es dir gleich ist.«

»Ich kann dich nicht tadeln. Ich schätze, Burley ist hinter Wils her.«

»Wils wird nicht davonlaufen«, sagte Montana. »Ich will sehen, wie er den Leuten entgegentritt. Burley ist ehrlich und kein Narr.«

»Buster Jack will Wils etwas anhängen«, sagte Lem. »Nun, ich werde Wils holen.«

Wade stand auf und ging nachdenklich weg.

»Hör mal! Willst du nicht sehen, was vorgeht, Bent?« fragte Montana überrascht.

»Ich werde zur Stelle sein.«

Wade ging weiter. Er wollte allein sein und über das überraschende Vorgehen Jack Bellounds' nachdenken. Er hatte wohl erwartet, daß Jack seine Anklagen vorbringen und listig vorbereitete Beweise vorlegen würde — aber er hatte nie geglaubt, daß Jack kühn genug sein würde, die Sache so weit vorzutreiben. Sheriff Burley war ein erfahrener Mann — scharfsichtig, listig, nüchtern und klug. Er war ebenfalls einer der Männer, mit denen Wade in der Vergangenheit bereits aneinander geraten war. Wade hatte geglaubt, daß sich Jack damit begnügen würde, Wils bei seinem Vater zu beschuldigen und so seine eigenen Spuren zu verdecken.

Was der alte Bellounds auch über den Verlust einiger Rinder dachte, er hätte einen Cowboy nie verhaften lassen, der sich bei ihm gut gehalten hatte. Burley jedoch war ein gewissenhafter Sheriff, der den Viehräubern energisch den Krieg erklärt hatte. Jetzt wurde die Situation kompliziert. Worauf würde Jack Bellounds bestehen?

Wie würde Columbine diesen Anschlag gegen die Ehre und die Freiheit von Wilson Moore hinnehmen? Wie würde Wils selbst reagieren? Wade gestand, daß er diese Fragen nicht beantworten konnte. Entscheidend war lediglich, welche Haltung er selbst einnehmen sollte.

Er wartete in der Nähe des Weges, um Billings und Moore auf dem Rückweg abzufangen. Als sie kamen, trat er aus seinem Versteck. Sein Äußeres zeigte nichts Ungewöhnliches.

»Wils, ich denke, wir sprechen die Sache am besten erst durch«, sagte er.

»Welche Sache?« fragte der Cowboy scharf.

»Nun — die Tatsache zum Beispiel, daß Sheriff Burley hier ist.«

»Warten wir erst ab, was sie wollen, Kamerad; erinnerst du dich an das Abkommen, das wir vor einiger Zeit geschlossen haben!«

»Sicher, aber ich mache mir Sorgen —«

»Keine Sorge! Aber ich möchte, daß du dort bist, und Lem soll die Jungens holen.«

Wade ging neben Moores Pferd auf das Haus zu. Bellounds erschien an der Tür.

»Hallo, Moore! Steigen Sie ab und kommen Sie herein!« sagte er schroff.

»Bellounds, wenn es Ihnen gleich ist, sprechen wir hier im Freien«, sagte der Cowboy kühl.

Der Rancher sah bekümmert drein; er zeigte nicht seine sonstige Selbstsicherheit.

»Kommt heraus, Männer!« rief er zur Tür hinein.

Sporenklirrend erschienen zuerst die drei Fremden und dann

Jack Bellounds. Der Vorderste war ein großer Mann mit sandfarbenem Haar und einem hängenden Schnurrbart, der seinen strengen Mund nicht verbarg. Er trug einen Silberstern an der Weste und einen Revolver tief an der rechten Hüfte; unter dem linken Arm hielt er ein Paket eingeklemmt.

Wade trat vor. Wie er erwartet hatte, zeigte das Gesicht des Sheriffs Erstaunen und Freude.

»Verdammt!« rief er und sah Wade scharf an.

»Hallo, Jim, wie geht's?« fragte Wade und streckte ihm lächelnd die Hand hin.

»Höllen-Wade, du bist es wirklich! Mein Gott, ich freue mich, dich zu sehen, Oldtimer!«

»Sicher, Jim, ich freue mich auch.«

»Darf ich dir Bridges und Lindsay vorstellen — Rinderleute vom Grand Lake. Jungens, Wade und ich — wir waren zusammen in dem Kampf auf Blairs Ranch am Gunnison. Wade, was machst du hier in der Gegend?«

»Ich bin im vorigen Herbst herübergekommen und habe für Bellounds Raubzeug gejagt. Ich habe die Weide so ziemlich gesäubert. Seit ich Bellounds verlassen habe, habe ich mit meinem Kameraden Moore zusammengearbeitet und habe mir etwas die Rinderspuren der Gegend angesehen.«

Burley hatte Bellounds und seinem Sohn den Rücken zugekehrt. Sie sahen daher das plötzliche Funkeln nicht, das in seinen Augen aufblitzte, als er zuerst Wade und dann Moore ansah.

»Wils Moore, ich erinnere mich an Sie. Wie geht's?«

Der Cowboy erwiderte den Gruß höflich, aber kurz.

Bellounds räusperte sich und trat vor.

»Moore, ich habe Sie in einer sehr ernsten Sache holen lassen.«

»Well, hier bin ich.«

»Jack ist, wie Sie wissen, jetzt Vormann der White Slides Ranch. Er hat eine Anschuldigung gegen Sie vorgebracht!«

»Dann soll er damit herausrücken!« schnappte Moore.

Jack Bellounds hatte die Hände in den Taschen, als er vortrat; sein bleiches Gesicht und seine dreisten Augen verrieten einen Triumph. Wade betrachtete die beiden aufmerksam. Jack sprach nicht sofort. Als er in das entschlossene Gesicht Moores sah, schien er nicht mehr ganz so sicher zu sein, aber er zeigte keinerlei Furcht.

»Also, Buster Jack, wie lautet Ihre Anklage?« fragte Moore ungeduldig. Der alte Schimpfname ließ Jack zusammenzucken, aber er beherrschte sich und er schaute, ob Moore eine Waffe trug. Aber der Cowboy war unbewaffnet.

»Ich beschuldige dich, daß du die Rinder meines Vaters stiehlst!« sagte Jack heiser.

Moore wurde kreideweiß; ein flammender Blitz zuckte in seinen Augen auf — und verschwand sofort wieder.

Die Cowboys waren herangekommen; sie bewegten sich unruhig. Lem Billings senkte den Kopf und murmelte vor sich hin. Montana Jim schien plötzlich zu erstarren.

Moores Augen waren düster und verächtlich, und sein Blick wich nicht von Jacks Gesicht.

»Du nennst mich einen Dieb? Du?« rief er endlich.

»Ja!« rief Bellounds laut.

»Vor diesem Sheriff und deinem Vater?«

»Ja.«

»Und vor dem Mann, der mir das Leben gerettet hat und der mich kennt — vor Höllen-Wade?«

Die Erwähnung des Jägers blieb nicht ohne Wirkung.

»Was zum Teufel schere ich mich um Wade!« brach Jack dann los. »Ja, du bist ein Dieb — ein Viehräuber! Und wer weiß denn, ob dein kostbarer Wade — nicht —«

»Halt, junger Mann!« unterbrach der Sheriff scharf. »Ich verstehe Ihre Gefühle, aber jetzt beißen Sie sich besser auf die Zunge. Ich kenne Wade, wenn ich auch nicht mit Mr. Moore bekannt bin — verstanden? Haben Sie noch etwas zu Moore zu sagen?«

»Ich habe gesprochen«, sagte Jack mürrisch.

»Und worauf stützt sich deine Anklage?« fragte Moore.

»Ich habe deine Spur verfolgt. Ich habe meine Beweise!«

Burley trat von der Veranda auf den Hof; er legte das Paket sorgsam auf den Boden.

»Moore, steigen Sie ab! Ist das Ihr einziges Pferd?«

»Ja.«

Burley setzte sich auf den Rand der Veranda, wickelte das Paket auf und förderte einige Stücke Lehm zutage. Die kleineren Stücke zeigten den Abdruck eines Kreises mit einem Punkt in der Mitte, die größeren eine unvollständige, aber deutlich ausgeprägte Pferdespur. Dann nahm Burley Moores Krücke und verglich sie mit dem Abdruck. Zuletzt legte er das größere Stück mit dem Abdruck des linken Vorderhufs neben Moores Pferd und verglich ihn genau und sorgfältig mit einer der Spuren, die Spottie eben im Erdboden hinterlassen hatte. Langsam richtete er sich dann auf, und die

Cowboys, die sich herangedrängt hatten, blieben schwer atmend stehen.

»Moore, wie sehen für Sie diese Spuren aus?« fragte Burley.

»Wie meine eigenen.«

»Es sind die Ihren.«

»Das leugne ich nicht.«

»Ich habe die Stücke Lehm von dem Wasserloch beim Gore Peak mitgebracht. Wir haben die Rinder verfolgt, die Bellounds verloren hat — bis zu dem Weg, der nach Elgeria führt. Bridges und Lindsay hier haben in letzter Zeit Rinder von fremden Ranchern gekauft, die nichts Genaues über ihre Weide angegeben haben. Ich glaube, die Pferdespuren, die wir beim Gore Peak gefunden haben, beweisen, daß die Rinder dort den Zwischenhändlern übergeben wurden. Haben Sie etwas dazu zu sagen?«

»Nein. Nicht hier!« sagte Moore ruhig.

»Dann muß ich Sie verhaften und mit nach Kremmling nehmen.«

»All right. Ich gehe.«

Der alte Rancher schien einen tiefen Schock erlebt zu haben.

»Wils, Sie haben gemein an mir gehandelt«, sagte er wütend. »Seien Sie ehrlich und gestehen Sie alles — wenn ich Sie anständig behandeln soll. Sie müssen verrückt gewesen sein, mich so zu betrügen! Heraus damit!«

»Ich habe nichts zu sagen«, erwiderte Moore.

»Sie benehmen sich sehr seltsam für einen Cowboy, der früher gekämpft hat, wenn auch nur ein Hut zu Boden gefallen ist. Ich gebe zu, die White Slides Ranch hat Sie schlecht behandelt. Als Junge hatte ich auch heißes Blut.«

Das zornige Pathos des alten Ranchers schien Moores Selbstbeherrschung über Gebühr zu beanspruchen. Der Blick, den er Bellounds zuwarf, war wirklich seltsam. Aber was er auch sagen wollte — er kam nicht dazu, denn plötzlich erschien Columbine auf der Szene.

»Dad, was hat Wilson Moore getan — daß du so mit ihm sprichst?« rief sie mit weit aufgerissenen Augen.

»Collie, geh' ins Haus zurück!«

»Nein, hier stimmt etwas nicht! Oh, Sie sind Sheriff Burley!«

»Ja, Miß, und wenn der junge Moore Ihr Freund ist, tut es mir leid, daß ich gekommen bin.«

Wade beobachtete das Mädchen genau. Ihre Augen sprühten blaues Feuer.

»Mein Freund! Bis vor kurzem war er mir noch mehr! Was hat er getan — warum sind Sie hier?«

»Ich verhafte ihn, weil er die Rinder Ihres Vaters gestohlen hat.«

Einen Augenblick war Collie sprachlos. Dann brach sie los.

»Das ist ein schrecklicher Irrtum!«

»Miß Collie, ich hoffe es. Aber es sieht für den jungen Moore schlimm aus.« Er erklärte ihr hastig die Spuren, die er gefunden hatte.

»Wer hat Sie auf die Spur gebracht?« fragte sie schneidend.

»Jack hier. Er hat sie als erster gefunden und hat mich aus Kremmling geholt.«

»Jack! Jack Bellounds!« schrie sie und sprang wie eine Tigerin auf Jack los. »Du beschuldigst Wils, daß er Dads Rinder gestohlen hätte?«

»Ja. Und ich habe es bewiesen!«

»Du — du hast es bewiesen? Das ist also deine Rache! Aber du hast mit mir zu rechnen, Jack Bellounds! Du Schuft! Du Teufel!« Sie fuhr zurück und wurde gespenstisch bleich. »Mein Gott, wie schrecklich — wie unaussprechlich!« Sie bedeckte das Gesicht mit den Händen. Dann wies sie auf Wilson Moore.

»Wilson Moore, was hast du dem Sheriff — und mir — zu sagen?«

»Collie, sie haben die Beweise. Dein Dad ist gut — er wird es mir nicht schwer machen!«

»Du lügst!« flüsterte sie. »Und ich will dir sagen warum!«

Moore zeigte keine Scham, wie sie bei dem Schuldbekenntnis, das er eben gegeben hatte, natürlich gewesen wäre. Aber er schien von Qualen gefoltert zu sein. Seine Hand suchte Wade.

Diese stumme Bitte war nicht erst nötig, um Wade zu sagen, daß Collie im nächsten Augenblick mit der schrecklichen Wahrheit ans Licht gekommen wäre.

»Collie«, sagte Wade, und seine Stimme schien eine seltsame Macht über sie zu haben. »Das ist eine Männersache! Keine Frau kann sie beurteilen. Wenn Wils eine Schuld hat, nehme ich sie genauso auf meine Schultern.«

Stöhnend taumelte Columbine zurück.

»Ich bin verrückt — oder ich träume! Bent!«

»Sei tapfer, Collie. Es ist bestimmt schwer zu glauben. Aber geh jetzt ins Haus und hör nicht mehr zu!«

Er führte sie zu ihrem Zimmer und flüsterte:

»Ich werde dich retten, Collie – dich, Wils und den alten Mann, den du Dad nennst.«

Dann kehrte er zu der Gruppe zurück und wandte sich an den Sheriff.

»Jim, wenn ich für Wils bürge, willst du ihn dann mir überlassen? Ich bringe ihn nach Kremmling, wann du es bestimmst.«

»Sicher, Wade«, erwiderte Burley herzlich.

»Ich erhebe Einspruch! Er hat gestanden, und er muß ins Gefängnis!« schrie Jack Bellounds.

»Junger Freund – nicht so heißblütig!« erwiderte Burley. »Näher als Denver haben wir kein Gefängnis. Und er ist bei Wade genauso sicher aufgehoben wie bei mir.«

Der Cowboy war bereits wieder aufgesessen, und Wade machte sich neben ihm zu Fuß auf den Heimweg. Sie waren noch nicht weit gekommen, als Wades scharfe Ohren hörten, wie der Sheriff sagte:

»Hören Sie, Bellounds, ich denke mir, daß Sie und Ihr Sohn diesen Wade noch nicht ganz verstehen.«

»Ich schätze, nein!« erwiderte der alte Rancher.

Sein Sohn aber stieß ein bitteres, verächtliches und unbefriedigtes Lachen aus.

17

Der Gore Peak war der höchste Gipfel der schwarzen Bergkette, die sich westlich vom Buffalo Park meilenweit erstreckte. Wenige Wege führten durch dieses Land. Diese gewaltige Gebirgswelt von bewaldeten Felsrücken, Schluchten und Mulden war außerordentlich rauh und wild. Büffel, Elche, Hirsche und Bären suchten hier Zuflucht.

Bent Wade, der jetzt auf größeres Wild Jagd machte, verließ Lewis' Hütte und drang allein durch den dichten Wald. Lewis hatte für ihn als Scout gearbeitet und war mit Nachrichten über die Viehräuber in das Sage-Tal geritten. Wade hatte ihn nachts zum Buffalo Park zurückbegleitet. Dringende Eile war notwendig. Jack war nach Kremmling geritten, und Wade vermutete, daß er nicht auf dem gleichen Wege zurückkehren würde.

Wade hatte Fox bei Lewis zurückgelassen und den Bluthund Kane mitgenommen. Kane hatte sich mit dem Jäger halbwegs versöhnt; wenn er ihm auch die Schläge nie ganz vergeben hatte, so erkannte er ihn doch jetzt als Herrn und Freund an. Wade trug sein Gewehr und einen Hirschlederbeutel mit Fleisch und Brot. Sein Gürtel war mit Munition gespickt. In diesem Gürtel steckten jetzt auch zwei Colts, von denen der rechte besonders tief hing.

Klar und voll drang der Trompetenruf eines Elches zu Jäger und Hund herüber, aber diesmal ließen sich die beiden nicht ablenken. Wade huschte weiter, und er war nicht enttäuscht, als er den Weg nach Elgeria erreichte und im Staub keine Spuren vorfand. Eine halbe Meile weiter jedoch stieß er auf die Spuren von drei Pferden, die früher an diesem Tag entstanden waren; Rinderspuren, die er ebenfalls sah, waren noch älter.

Gegen Mittag erkletterte Wade einen Steilhang und schaute dann in ein schmales grünes Tal hinab.

»Aha!« sagte er. Der Hund schnüffelte und preßte seine Nase in Wades Hand.

Wade bewegte sich wieder vorsichtig durch den Wald. Er hatte eine Stelle im Wald gesehen, wo Rauch aufgestiegen war — das mußten die Viehräuber sein, und wenn er sich nicht täuschte, war Jack Bellounds bei ihnen, um seine Bezahlung zu empfangen. Bald fand er frische Pferdespuren, die am gleichen Morgen entstanden waren — das mußte die Fährte von Jack Bellounds sein.

Wade wurde mit einem Male langsam und äußerst vorsichtig. Er erwartete, daß einer der Viehdiebe in der Nähe der Hütte als Wachposten aufgestellt war. Er blieb also über der Hütte, bis er freies Blickfeld hatte. Zu seiner Erleichterung waren die Pferde nicht abgesattelt. Auch seine Befürchtung, daß ein Hund als Wächter vor der Hütte lauern konnte, war unbegründet; ein Hund hätte ihn sicher schon gewittert und Laut gegeben.

Jetzt hatte Wade seinen Beobachungspunkt erreicht. Durch eine Gasse in den Tannen konnte er auf den freien Raum vor der Hüttentür schauen. Und nun zögerte er nicht länger. Er legte das Gewehr ab und band den Hund an eine Silbertanne. Schließlich sah er kurz nach seinen Revolvern; er tat das mit der Haltung eines Mannes, der sich seiner Sicherheit und Schnelligkeit mit den Colts völlig gewiß ist.

Geschmeidig und lautlos wie ein Indianer schlich er auf die Hütte zu. Er roch eine Mischung aus Holz- und Tabakrauch. Er hörte leise Stimmen und das Klirren von Goldstücken — wahrscheinlich war in der Hütte ein Kartenspiel im Gange. Der Jäger wartete kniend und überlegte. Alles war genauso, wie er es erwartet hatte. Die Tür der Hütte war gleich um die Ecke; er mußte geräuschlos hinschleichen oder sie mit einigen schnellen Sprüngen erreichen. Wie er vorgehen mußte, hing davon ab, wie die Männer in der Hütte postiert waren.

Er erhob sich und spähte durch eine Ritze. Jack Bellounds saß im vollen Licht mit dem Rücken zur Wand am Boden. Das Spielfieber und der Ärger des Verlierers waren seinem bleichen Gesicht deutlich anzusehen. Smith saß ihm gegenüber mit dem Rücken zu Wade. Die zwei anderen Männer vervollständigten das Viereck. Bellounds trug keine Waffe. Der Gürtel von Smith lag am Boden — er konnte seinen Revolver bestimmt nur mit einer heftigen Anstrengung schnell erreichen. Die zwei anderen Viehdiebe waren bewaffnet.

Wade stand auf, nachdem er die zwei Männer ebenfalls genau betrachtet hatte. Zwei geräuschlose Sprünge — dann war er in der Tür.

»Viehdiebe! Bewegt euch nicht!« rief er.

Sein plötzliches Auftauchen lähmte die vier Männer. Bellounds ließ die Karten fallen — sein Unterkiefer klappte herunter. Das waren die einzigen sichtbaren Bewegungen.

»Ich bin gutgelaunt — und je weniger ihr euch rührt, desto länger werdet ihr leben!«

»Wir rühren uns nicht!« brach Smith los. »Wer sind Sie, und was wollen Sie?«

Smith saß völlig steif da — er war offenbar schon früher in ähnlichen Situationen gewesen.

»Wer sind Sie?« rief er heiser.

»Du solltest mich kennen!« Wades Stimme klang sanft, aber eiskalt.

»Diese Stimme habe ich schon gehört —«

»Sicher, die Stimme mußt du erkennen, Cap!«

Der Bandit fuhr heftig zusammen.

»Cap! Wie nennen Sie mich da?«

»Wir sind alte Freunde — Cap Folsom!«

Der Mann atmete schwer, sein Nacken färbte sich rot. Seine zwei Kameraden saßen unbeweglich. Jack Bellounds begann sich ein wenig von seinem Schock zu erholen. Auch ihn hatte die Furcht gepackt, aber nicht Furcht vor persönlicher Gefahr. Zu dieser Erkenntnis war er noch nicht erwacht.

»Aber wer sind Sie?« fragte Folsom heiser.

Wade blieb stumm.

»Wer, zum Teufel, ist der Mann?« Der Bandit schrie die Frage seinen Gefährten zu.

»Er heißt Wade!« rief Bellounds rauh. »Er ist der Jäger, von dem ich euch erzählt habe. Er ist Wilsons Freund —«

»Wade? Was? Wade! Du hast den Namen nie erwähnt! Er ist doch nicht etwa —«

»Doch, Cap! Er ist derselbe Mann, der dir vor langer Zeit die hübsche Visage verdorben hat!«

»Höllen-Wade!« rief Folsom. Er bebte am ganzen Leib. Sein Gesicht war aschfahl geworden. Seine rechte Hand zuckte auf seine Waffe zu und erstarrte mitten in der Bewegung wieder.

»Vorsicht, Cap!« warnte Wade. »Dreh dich um und begrüße den alten Kameraden vom Gunnison.«

Folsom drehte sich starr um, wie von einer unsichtbaren Macht getrieben.

»Oh, Gott — Wade!« stöhnte er. Sein Ton und das Funkeln in seinen Augen ließen erkennen, daß er sich einer schrecklichen Katastrophe, vielleicht der Nähe des Todes, bewußt war. Und doch war er kein Feigling. Seine Wut brach los — aber sie richtete sich nicht gegen Wade, sondern gegen Jack Bellounds.

»Du verzogener Balg eines reichen Ranchers! Warum hast du mir nie gesagt, daß der Jäger Wade ist?«

»Ich habe es gesagt!« schrie Jack; sein Gesicht war feuerrot.

»Du lügst, du hast den Namen nie richtig ausgesprochen. Höllen-Wade — diesen Namen hätte ich nie überhört!«

»Ach, der Name macht mich schon krank«, sagte Jack verächtlich.

»Hohoho! Krank — was! Wenn du wüßtest, wie viele Männer dieser Name schon todkrank gemacht hat, würdest du ihn nicht so spassig finden!«

»Was ist denn los? Der Sheriff Burley versuchte mir auch schon einen Haufen Unsinn über diesen Wade einzureden. Er ist doch nur ein kleiner, krummbeiniger Schnüffler, ein Kuhmelker und weiß Gott, was sonst noch!«

»Da hast du recht, weiß Gott, was sonst — noch! Du wirst es ziemlich bald erleben. He, Wade, bist du alt geworden, daß du diesen grünen Jungen so reden läßt?«

»Ach, Cap, er ist gerade jetzt sehr amüsant, und ihr sollt ihn auch genießen. Ich werde euch nämlich noch einiges über diesen Buster Jack erzählen. Willst du also ruhig zuhören — und gilt das auch für deine Kameraden?«

»Wade, ich spreche für niemand, aber ich glaube nicht, daß sie viel Lärm machen werden.« Folsom wies spöttisch auf seine Gefährten. Die zwei Viehdiebe — ein rotbärtiger Riese mit hagerem Gesicht und ein kleiner, dunkelhäutiger Halbmexikaner — blieben bewegungslos und warteten offensichtlich die weitere Entwicklung ab.

»Buster Jack, deine neuen Kameraden sind gemeine Diebe — und einer ist, wie ich beweisen könnte, etwas noch viel Schlimmeres —, aber mit dir verglichen sind sie alle Gentlemen.«

Bellounds schnitt eine höhnische Grimasse, aber sein Mut begann zu sinken. Etwas begann in seinem dunklen Bewußtsein zu dämmern.

»Was kümmert mich das Geschwätz!« sagte er mürrisch.

»Es wird dich schon kümmern — wenn ich den Leuten sage, wie du sie betrogen hast.«

Bellounds wollte losspringen wie ein Wolf in der Falle, aber der Mann neben ihm versetzte ihm einen Tritt, der ihn wieder zu Boden sandte.

»Buster, schau dir das an!« rief Wade. Sein Revolverlauf schwankte einen Augenblick wie eine Kompaßnadel und spie Feuer und Rauch. Die Kugel schlug klatschend in einen Balken — aber sie hatte Jack Bellounds' Ohrläppchen mitgenommen. Es blutete stark. Jacks Gesicht wurde gespenstisch bleich. In einer einzigen Sekunde hatte ihn das Entsetzen gepackt — die primitive, nackte Todesangst.

Folsom brüllte vor Lachen.

»Buster Jack, bilde dir nur nicht ein, daß Wade auf deinen Kopf gezielt hat!«

Jetzt hatten auch die anderen Viehräuber begriffen, daß ein ganz ungewöhnlicher Mann die Lage beherrschte.

»Cap, weißt du, daß Buster Jack meinen Freund Wilson Moore beschuldigt hat, die Rinder gestohlen zu haben, die ihr verkauft?« sagte Wade.

»Welche Rinder?« fragte Folsom, als ob er nicht richtig gehört hätte.

»Die Rinder, die Buster Jack seinem Vater gestohlen und euch verkauft hat.«

»Ach! Bent Wade ist wieder bei seinen alten Tricks! Nein, ich hatte keine Ahnung.«

»Er hat es aber getan.«

»Und wer ist dieser Wilson Moore?«

»Ein Cowboy — ein prächtiger Junge. Buster Jack haßt ihn, weil er die Liebe des Mädchens errungen hat, das Jack haben will.«

»Wie romantisch! Hör mal, Buster Jack — da bekomme ich aber ein paar verdammt eigenartige Gedanken über dich.«

Bellounds stand mit schweißnassem Gesicht schweratmend an die Wand gelehnt. Seine Unverschämtheit war verschwunden; der Zug um seinen Mund verriet Schwäche. Er starrte Wade wie gebannt an.

»Hört zu — und sitzt ruhig! Buster Jack hat die Rinder seinem Vater gestohlen. Er ist der geborene Dieb, aber er hatte ein zweifaches Motiv. Er hat absichtlich Spuren hinterlassen — gefälschte Spuren, die eindeutig auf Wils Moore hinweisen. Er hat Wilsons Krücke —«

»Bei Gott, ich habe die Ringe gesehen!« rief Folsom. »Ich weiß, daß auch die Pferdespuren von Jack stammen, denn sein Schimmel hat ein krummes Vordereisen.«

»Ja, weil er das reguläre Eisen entfernt hat. Männer — ich bin den Spuren bis zu eurer Hütte gefolgt. Aber Jack hat noch mehr getan. Er ist nach Kremmling geritten und hat den Diebstahl angezeigt. Beschuldigt hat er dabei Wils Moore. Moore wurde von Sheriff Burley verhaftet — die Verhandlung ist nächste Woche in Kremmling.«

»Verdammt, man lernt doch nie aus!« rief Folsom. »Ich habe geglaubt, der Junge sei ein ehrlicher Viehdieb mit einem Hang zu den Drinks und den Karten.«

»Nun, er hat euch betrogen, Cap — und wenn ich euch nicht aufgesucht hätte, stünden die Chancen ziemlich gut, daß ihr baumeln würdet!«

»Aha! Aber ich würde das Baumeln deiner Einmischung vorziehen, Wade. Gib mir einen Revolver!«

»Ich denke, nein, Cap!«

»Gib mir einen Revolver!« brüllte Folsom. »Ich will diesem Belloundsköter die Augen ausschießen! Wade, gib mir einen Revolver — mit nur einer einzigen Patrone! Du kannst dabei stehen und mir deinen Colt an die Schläfe setzen! Laß mich den Skunk niederschießen!«

Bellounds sah deutlich, daß ihm der Tod ganz nahe war. Der Schaum stand ihm auf der herabhängenden Unterlippe.

»Cap, ich traue dir keine Minute«, sagte Wade.

»Dann erschieß du ihn! Schieß ihm in die Glotzaugen! Wir werden kämpfen, aber — bitte — erschieß ihn zuerst!« Er wandte sich an seine Gefährten: »Erschießt ihn!«

Aber Wade beherrschte auch Folsoms Komplizen. Ein mit höchster Spannung geladenes Schweigen trat ein. Die Entscheidung hing in der Schwebe.

»Wade, ich war mein Leben lang ein Spieler«, sagte Folsom schließlich. »Ich mache einen letzten Einsatz!«

»Los, Cap, was willst du setzen?«

»Ich wette alles Gold hier in der Hütte, daß Höllen-Wade keinen Mann in den Rücken schießen würde.«

»Da gewinnst du!«

Der Bandit erhob sich langsam und steif. Als er aufrecht stand, trat er Bellounds mit voller Wucht ins Gesicht. Dann wandte er sich dem Jäger zu.

»Wade, ich habe keine Ahnung, welches Spiel du treibst, aber du bist langsamer, als ich es in der Erinnerung habe. Warum hast du mir gesagt, daß mich der Köter betrogen hat? Warum sollte ich ihn nicht töten?«

»Er sollte erfahren, was wirkliche Männer von ihm denken.«

»Und was jetzt — nachdem ich ihn ›erleuchtet‹ habe?«

»Ihr kommt alle mit nach Kremmling, wo ich euch Sheriff Burley übergeben werde.«

Damit warf Wade den anderen den Handschuh vor die Füße. Folsoms Augen blitzten auf; so schurkisch der Mann war — er war tapfer.

»Kameraden, auf gut Glück!« schrie er — und sprang pantherschnell nach seinem Revolver.

Ein Sekundenbruchteil verging — dann handelten alle vier Männer gleichzeitig. Revolver brüllten auf, rote Blitze zuckten, und beißender Pulverdunst erfüllte die Hütte.

Wade hatte geschossen, als er sprang — dann lag er hinter der Lagerstatt in Deckung. Er hatte richtig gerechnet — sie war ein ausgezeichnetes Bollwerk aus dichten Tannenästen. Wade zog den zweiten Colt und spähte hinter der Deckung hervor.

Der Rauch zog durch die offene Tür hinaus. Bellounds war mit vorquellenden Augen zu Boden gesunken. Der dunkelhäutige kleine Mann wand sich am Boden. Noch einmal zuckte er — und wurde dann schlaff. Folsom war auf den Knien; er schwankte wie ein Betrunkener. Eine Schläfe schien ihm halb weggeschossen zu sein.

»Kameraden, ich habe ihn«, flüsterte er halb erstickt. »Höllen-

Wade, meine Achtung! Ich werde dich wiedersehen — dort drüben!«

Er taumelte, und dabei fiel sein Blick auf Bellounds. Blut tropfte von seiner verwundeten Schläfe.

»Aha — die Karten sind mir günstig! Bellounds — dies für deine lügnerischen Augen!«

Sein Revolver schwankte und bebte und beschrieb einen Kreis. Mit einer schrecklichen Willensanstrengung brachte er ihn hoch. Er schoß — und die Kugel riß Bellounds Haare vom Kopf. Wieder zielte der Bandit — sein Colt zitterte. Dann schlug der Hammer auf eine leere Patrone. Mit einem Wutschrei ließ Folsom den Revolver fallen — er fiel vornüber und streckte sich langsam aus.

Der rotbärtige Viehdieb war hinter den Steinkamin gesprungen, der seinen Körper fast verbarg. Er mußte ihn fest zusammenpressen, um schießen zu können. Während er auf eine Chance wartete, lud er den Revolver fieberhaft mit der linken Hand. Plötzlich zuckte sein Arm vor, und die Kugel zerfetzte die Äste über Wades Kopf. Wades antwortender Schuß kam um einen Sekundenbruchteil zu spät und schlug nur eine Ecke des Kamins weg. Der Bandit stieß einen unartikulierten Schrei aus; er saß in der Falle. Als er sich enger an den Kamin preßte, schob er den linken Ellbogen aus der Deckung — und in diesem Augenblick zerschmetterte ihm Wades nächster Schuß den Arm.

In diesem Kampf erbat und erhielt man keine Gnade. Der Viehdieb verdrehte den Körper, so daß seine rechte Hand über seiner linken Schulter lag. Er stemmte den Revolverlauf in eine Spalte zwischen zwei Steinen; die Spalte erweiterte sich, als der trockene Lehm zerbrach. Über den Revolverlauf hinweg sah er ein Stück von Wades Schulter. Er schoß und traf — Wade zuckte zusammen. In diesem Augenblick machte der Bandit einen unverzeihlichen Fehler, denn jetzt hätte er vorstürmen und Wade töten können. Statt dessen schoß er wieder und wieder auf seinen Gegner. Die Kugeln fuhren gefährlich nahe an Wades Kopf vorbei. Dann aber hatte er die fast hoffnungslose Aufgabe zu erfüllen, seinen Revolver neu zu laden. Der Schweiß trat ihm auf das Gesicht.

Dabei ließ er sein Knie über die Deckung vorragen und Wades Schuß zerschmetterte augenblicklich dieses Knie. Der Bandit sank zusammen und sofort fuhr ihm Wades Blei in die Hüfte. Aber der Mann schrie nicht; mit verzweifeltem Mut sprang er mit vorgehaltenem Revolver aus seinem Versteck. Sein Colt spie Feuer, aber Wade hatte schon geschossen — und der rotbärtige Riese fiel schwer gegen das hölzerne Bettgestell.

Eine lange Minute herrschte völlige Stille. Der Rauch trieb durch Fenster und Türen. Die drei Viehdiebe lagen schlaff am Boden. Wade erhob sich mühsam. Er hatte in jeder Hand einen Revolver. Seine Hände waren blutig — Blut tropfte von seiner linken Schulter und von seinem Gesicht. Bellounds mußte er als die Verkörperung des Todes erscheinen.

»Heraus aus deinem Traumzustand — du Dieb!« schrie Wade.

»Um Gottes willen — töten Sie mich nicht!« flehte Jack Bellounds.

»Warum nicht, Buster Jack? Sieh dich um — diese Männer sind tot, sie waren aber besser als du! Ich werde dich in den Bauch schießen und zusehen, wie du langsam verendest!«

Bellounds fiel auf die Knie und bettelte um sein Leben.

»Was!« schrie der Jäger. »Weißt du nicht, daß ich kam, um dich zu töten?«

»Ja, ja! Ich sehe es jetzt! Es ist schrecklich. Aber lassen Sie mich leben — um Dads willen — um Collies willen!«

»Ich bin Höllen-Wade! Du wolltest nicht auf sie hören, als sie dir sagten, wer ich bin!«

Jack Bellounds schien zusammenzubrechen; verzweifelt rollte er die Augen.

»Schwöre, daß du Collie aufgibst!« forderte Wade.

»Ja — ja! Mein Gott, ich will alles tun!« stöhnte Bellounds.

»Schwöre, daß du deinem Vater sagen wirst, du hättest deinen Willen geändert, du willst Collie aufgeben! Moore soll sie bekommen!«

»Ich schwöre es! Aber wenn Sie Dad sagen, daß ich seine Rinder gestohlen habe —«

»Das werden wir verschweigen. Ich verschone dich, wenn du das Mädchen aufgibst. Buster Jack — versuche mich zu überzeugen, daß du diesen Schwur halten wirst!«

Bellounds hatte die Sprache verloren. Aber seine stummen, bebenden Lippen formten unhörbar das Gelöbnis, das er nicht aussprechen konnte. Er war kein Mann mehr.

»Steh auf und verbinde die Kugellöcher mit meinem Halstuch!« befahl Wade.

Wades Wunden waren nicht gefährlich. Mit Bellounds Hilfe erreichte er die Hütte des Goldsuchers Lewis, wo er wegen seines starken Blutverlustes bleiben mußte. Jack ritt nach Hause.

Am nächsten Tag schickte Wade Lewis mit einem Packpferd zu der Hütte der Viehdiebe. Er sollte die Toten begraben und ihre Habseligkeiten holen. Er kam mit Sheriff Burley und zwei Gehilfen zurück, die selbständig gehandelt hatten. Burley hatte das Gold beschlagnahmt; er sagte, die Rancher, die die Rinder gekauft hatten, könnten das Geld identifizieren.

Als die andern außer Hörweite waren, wandte sich Burley an Wade.

»In der Hütte war noch ein Mann, als gekämpft wurde — und dieser Mann ist mit dir hierhergekommen.«

»Jim, du bist verrückt!«

Der Sheriff lachte; seine Augen hatten einen freundlichen Glanz.

»Du wirst gleich noch sagen, daß du fieberst und nicht klar sprechen kannst. Ich habe die Spuren gesehen. Ich habe schon längst geahnt, daß bei der Sache etwas nicht stimmt!«

»Sicher. Und du kennst mich. Wenn du die Verhandlung für eine Weile absetzen kannst, werde ich nach Kremmling reiten — und vielleicht kann ich dir dann eine Geschichte erzählen.«

Burley warf die Hände hoch.

»Du und mir eine Geschichte erzählen! Wade, es muß ein ziemlich lebhaftes Gefecht gewesen sein — selbst für dich! Ich habe sechsundzwanzig leere Patronen aufgehoben, und der kleine Mexikaner —«

»Du bist neugieriger als je — und du warst schon immer sehr zudringlich«, klagte Wade. »Ich kann mich an nichts erinnern.«

»Well — wie du willst. Ich bleibe über Nacht hier und reite auf dem Weg nach Kremmling morgen bei Bellounds vorbei. Was soll ich ihm sagen?«

Der Jäger überlegte.

»Du kannst ihm sagen, daß die Viehdiebe erledigt sind, und daß er seine Rinder zurückbekommen wird. Sag ihm, die Banditen haben mehr Schuld gehabt als Wils Moore. Aber erzähle nicht mehr — vor allem nicht über den anderen Mann. Den Cowboys kannst du sagen, daß ich in einigen Tagen komme. Und wenn du Miß Collie siehst, dann sag ihr, daß ich nicht ernstlich verwundet bin und daß alles gut werden wird.«

Burley sah den Jäger nachdenklich an; er wußte, daß der seltsame Mann seine Achtung verdiente, aber verstehen konnte er ihn nicht.

Wades Wunden heilten rasch; trotzdem vergingen Tage, bis er den Ritt wagte. Er mußte zur White Slides Ranch zurück und zögerte doch. So sehr er sich auch dagegen wehrte — immer wieder mußte er an Jack Bellounds denken. Das Gefühl wurde wieder zu einer düsteren Ahnung.

Als er schließlich eines Morgens aufbrach, ritt er langsam, rastete häufig und erreichte das Sage-Creek-Tal kurz vor Sonnenuntergang. Moore sah ihn kommen; er schrie vor Freude und Besorgnis auf und hob ihn vom Pferd. Wade war zu müde, um viel zu sprechen; er ließ sich aber dankbar füttern und zu Bett bringen.

»Jetzt sitzt der Stiefel an dem andern Fuß — jetzt bin ich die Krankenschwester«, sagte Wilson.

»Wils, morgen bin ich wieder auf dem Damm. Hast du Nachrichten von der Ranch?«

»Sicher. Lem kommt jeden Abend.«

Dann berichtete er Burleys Version von dem Kampf in der Banditenhütte. Der alte Bellounds hatte den lebhaften Kampfbericht seltsam niedergeschlagen hingenommen; entgegen seiner Gewohnheit lobte er den Sieger nicht. Er schien die ganze Sache zu bedauern. Jack war aus Kremmling zurückgekehrt; was er zu dem Bericht des Sheriffs sagte, wußte man nicht, denn er war am nächsten Tag betrunken und hatte viel Gold an die Cowboys verloren. Nie hatte er so verwegen gespielt; die Cowboys hatten den Eindruck, daß er das Gold haßte und loswerden wollte. Von Columbine hatte man nur wenig gesehen; ihretwegen waren die Cowboys besorgt.

Wade sagte kaum etwas zu diesen Nachrichten; am nächsten Tag erzählte er aber Wilson von dem Kampf und den Versprechungen, die Jack Bellounds gemacht hatte.

»Buster Jack wird seinen Eid nie halten«, rief Moore überzeugt. »Ich kenne ihn; er hat es ernst gemeint — in dem Augenblick, als er geschworen hat. Er würde in solchen Momenten seine eigene Seele verschwören und am nächsten Tag wieder lügen und verraten!«

»Das glaube ich erst, wenn ich es selbst erlebe. Aber ich fürchte — ich habe erlebt, daß sich schlechte Menschen gewandelt haben. In jedem Menschen ist ein Körnchen des Guten, des Göttlichen. Bellounds hat jetzt seine Chance. Vielleicht wird dieser Schock zum

Wendepunkt in seinem Leben. Ich hoffe es, aber ich fürchte auch —«

»Bent, warte es ab. Ich gebe auch nicht gern die Hoffnung auf meine Mitmenschen auf, aber die menschliche Natur ist doch unwandelbar. Buster Jack kann genausowenig auf Collie verzichten, wie ich das kann. Das ist ebensosehr Selbsterhaltungstrieb wie Liebe!«

Es kam der Tag, da Wade zur White Slides Ranch hinabstieg. Ein Fieber schien noch in seinem Blut zu pulsieren. Es war ein Sonntag; die Sonne schien, und weiße Wolken segelten an dem azurblauen Himmel. Der Sage auf den Hügeln schimmerte, die Luft duftete in süßer Frische.

Die Cowboys drängten sich um Wade, aber der alte Rancher, der auf der Veranda gesessen hatte, stand auf, drehte sich scharf um und ging ins Haus. Nur Wade sah diesen Mangel an Höflichkeit. Aber dann kam Columbine herausgelaufen.

»Dad hat dich gesehen. Er sagte, ich sollte kommen und ihn entschuldigen. Bent, ich bin so glücklich! Du siehst gar nicht schlecht aus. Dieser Kampf! Aber lassen wir das. Wie geht es dir — und wie geht es Wils?«

»Collie, ich freue mich wirklich, dich zu sehen. Mir geht es erträglich. Ich war nicht ernstlich verwundet, habe aber viel Blut verloren. Ich glaube nur, ich bin etwas älter geworden als damals, da mir Schußwunden nichts bedeutet hatten. Jedes Jahr zählt. Wie geht es dir, Collie?«

Ihre blauen Augen umwölkten sich, ihre Lippen zitterten.

»Ich bin unglücklich, aber was konnte ich schließlich anderes erwarten? Es hätte schlimmer werden können. Ich bin so dankbar, daß du lebst!«

»Ich habe dir eine Botschaft gebracht, aber ich sollte es eigentlich nicht sagen.«

»Oh bitte«, bat sie sehnsüchtig.

»Nun, Wils hat gesagt, er liebt dich mit jedem Tag mehr — und wenn du Jack je heiraten würdest, könntest du sein Grab unter den Columbinen am Hügel besuchen.«

Seltsam — wie es ihm gefiel, sie so zu quälen.

»Oh, es ist wahr!« flüsterte sie. »Es wird ihn töten — genauso wie mich!«

»Nur Mut! Bis zum dreizehnten August ist es noch lange! Warum ist der alte Bill davongelaufen, als er mich sah?«

»Er erwartete wohl, daß du ihm eine blutige Geschichte erzählen würdest.«

»Hm. Und wie benimmt sich Jack Bellounds?«

Wade fühlte die Bedeutung seiner Frage — aber ihr Gesicht hatte ihm schon genug verraten.

»Mein Freund, ich sage es nicht gern. Du bist immer so hoffnungsvoll, so bereit, das Gute an Stelle des Bösen zu erwarten. Aber Jack war zu mir rauh, fast brutal. Er trinkt jeden Tag. Das zieht Dad immer tiefer hinab. Jack drängt mich, ihn augenblicklich zu heiraten. Er wollte es an dem Tag tun, als er aus Kremmling zurückkam. Er will die White Slides Ranch verlassen. Dad weiß das und macht sich Sorgen. Ich habe mich natürlich geweigert.«

Columbine — der helle, sonnige Tag — das freundliche Bild ringsum — alles schien für Wade mit einem Male verwandelt zu sein. Ein dunkler Schleier legte sich über die Welt. Er hatte das Gefühl, allein in einem düsteren Haus zu stehen und auf die schweren Schritte eines Unheilsboten zu lauschen.

»Buster Jack hat also nicht mit dir gebrochen, Collie?«

»Gebrochen? Nein, wahrhaftig nicht! Weshalb fragst du das?«

»Und er hat sich nicht erboten, dich Moore zu geben?«

»Bent! Bist du wahnsinnig?« rief Collie.

»Collie, hör zu!« Eilig, aber ausführlich erzählte Wade dem Mädchen die Geschichte in der einsamen Banditenhütte. »Er hat geschworen, daß er dich freigeben wird — daß du Wils Moore heiraten kannst«, schloß er.

»Oh, Bent, wie konntest du mir nur eine so schreckliche Geschichte erzählen«, flüsterte Collie schaudernd.

»Du solltest wissen, was Jacks Versprechen bedeuten.«

»Versprechen! Was sind für Jack Bellounds Versprechen und Eide!« rief sie in leidenschaftlicher Verachtung. »Du hast an diesen Lügner und Feigling nur deinen Atem verschwendet!«

»Ja.« Wade zuckte die Achseln — und dann ging er fest und entschlossen zu den Stufen der Veranda.

»Bent, wo willst du hin?« fragte Columbine folgte ihm.

Er antwortete nicht, sondern ging auf die Tür des Wohnzimmers zu.

»Bent!« schrie Columbine erschrocken.

Er hatte für sie keine Antwort — keinen Gedanken.

Bill Bellounds stand mit gekreuzten Armen vor dem großen Steinkamin.

»Wade, was wollen Sie?« Beim ersten Anblick des Jägers hatte er die nahende Katastrophe geahnt.

»Eine höllische Menge! Sorgen Sie dafür, daß wir nicht gestört werden!«

»Verriegeln Sie die Tür!«

Wade gehorchte; dann nahm er den Sombrero ab und wischte sich die feuchte Stirn.

»Halten Sie mich für Ihren Feind?« fragte er neugierig.

»Wenn ich fair sein will — dann sehe ich dafür keinen Grund. Aber ich fühle etwas. Nicht nur, weil ich die Partei meines Sohnes ergreife. Es ist ein seltsames Gefühl! Ich hatte es zum erstenmal, als ich die Geschichte der Gunnison-Fehde hörte.«

»Bellounds, wir können unserem Schicksal nicht entgehen. Ich habe Ihnen eine Geschichte zu erzählen, die noch viel härter ist.«

»Vielleicht höre ich zu — vielleicht auch nicht.«

»Wollen Sie Collie Ihren Sohn Jack heiraten lassen.«

»Sie will es.«

»Sie wissen, daß das nicht wahr ist. Collie will ihre Liebe, ihre Ehre und ihr Leben opfern, um ihre Schuld bei Ihnen zu bezahlen.«

Der alte Rancher wurde dunkelrot im Gesicht; seine Augen blitzten.

»Wade, Sie könnten auch zu weit gehen! Ich weiß ihre Gutherzigkeit zu schätzen. Aber das ist meine Sache, die Sie nichts angeht! Wenn Sie nicht gewesen wären, hätte sie Jack schon geheiratet.«

»Ja — deshalb danke ich auch Gott, daß ich zufällig hierher gekommen bin! Bellounds, Ihr großer Fehler ist die Annahme, daß Ihr Sohn für das Mädchen gut genug ist. Und Sie irren sich, wenn Sie meinen, daß ich kein Recht habe, mich einzumischen! Nehmen Sie mein Wort darauf, daß ich das Recht habe!«

»Das sind seltsame Worte. Aber sprechen Sie weiter.«

»Ich werde meine Worte begründen. Aber zuerst frage ich Sie, und es tut mir leid, wenn diese Worte Sie schmerzen: warum übertragen Sie nicht etwas von Ihrer Liebe für den Taugenichts Buster Jack auf Collie?«

Bellounds ballte die riesigen Fäuste und starrte Wade an. Er erkannte in ihm den erbittertsten Gegner für seine geheimen Hoffnungen.

»Beim Himmel, Wade, ich werde —«

»Bellounds, ich kann Sie zwingen, solche Worte zurückzunehmen! Wir sprechen jetzt von Mann zu Mann, und ich bin Ihnen jederzeit gewachsen. Verstanden? Glauben Sie, ich bin ein so verdammter Narr, Sie hier in Ihrem Haus zu stellen, wenn ich das nicht wüßte? Sprechen Sie zu mir wie über den Sohn eines andern.«

»Das ist unmöglich!«

»Dann hören Sie zu: Ihr Sohn Jack wird Collie ruinieren. Sehen Sie das nicht ein?«

»Mein Gott, ich fürchte es«, stöhnte Bill Bellounds. »Aber es ist meine letzte Karte — und ich werde sie ausspielen.«

»Wissen Sie, daß die Heirat Collie töten wird?«

»Was? Jetzt übertreiben Sie, Wade. Frauen sterben nicht so leicht!«

»Einige doch, und Collie wird sterben, wenn sie Jack je heiratet.«

»Wenn? Sie wird es tun!«

»Nicht einverstanden«, erwiderte Wade kurz.

»Leiten Sie meine Familie?«

»Nein. Aber ich habe in diesem Spiel ein sehr großes ›Wenn‹ zur Verfügung. Das werden Sie gleich zugeben, Sie machen mich nämlich allmählich wild. Sie sind nicht mehr der alte Bill Bellounds. In ganz Colorado sind Sie als der ›Weißeste aller Weißen‹ bekannt. Aber Sie sind durch die Vergötterung Ihres wilden Jungen ganz verblendet. Ich bin für das Mädchen. Sie liebt ihn nicht — sie kann es nicht. Sie wird nur an einem gebrochenen Herzen sterben. Und jetzt bitte ich Sie, ehe es zu spät ist, den Gedanken an diese Heirat aufzugeben.«

»Wade, ich habe Männer für weniger als das, was Sie eben sagten, erschossen.«

»Ja, ich glaube es — aber nicht Männer wie mich. Ich sage Ihnen ins Gesicht, es ist ein wahnsinniger Handel, eine verdammt egoistische und schmutzige Sache, ein unschuldiges, süßes Mädchen für das ganze Leben zu ruinieren — und vier Leben dadurch zu zerstören!«

»Vier?« rief Bellounds.

»Ich hätte drei sagen sollen, denn Jack lasse ich besser aus. Ich habe das Leben von Moore, Collie und Ihr eigenes gemeint.«

»Moore ist schon ruiniert — sagt mir mein Gefühl.«

»Sie werden noch Gefühle erleben — von denen Sie nicht geträumt haben! Ich will Ihnen gleich eins verschaffen. Aber können Sie denn nicht kühl bleiben?«

»Wade, Sie sind verrückt. Und ich habe das Gerede allmählich satt. Wir sind polweit voneinander entfernt. Um uns die guten

Gefühle zu erhalten — die wir für einander hegen — hören wir besser auf.«

»Dann lieben Sie Collie also nicht?«

»Doch. Das ist eben eine Ihrer närrischen Ideen. Sie nehmen mir alle Geduld.«

»Bellounds, Sie sind nicht Ihr wirklicher Vater!«

Der Rancher fuhr zusammen und starrte Wade an.

»Nein, der bin ich nicht!«

»Wenn sie Ihre richtige Tochter wäre, Ihr Fleisch und Blut — und Jack mein Sohn — würden Sie sie dann heiraten lassen!«

»Nein, ich denke, nicht.«

»Wie können Sie dann meine Zustimmung zu Collies Ehe mit Ihrem Sohn erwarten?«

»Was!« Bellounds sprang vor und starrte Wade ins Gesicht.

»Collie ist meine Tochter!«

Bellounds stöhnte auf und spähte mit durchbohrendem Blick in Wades Gesicht, das in diesem Augenblick eine starke Ähnlichkeit mit Collie zeigte.

»So wahr mir Gott helfe! Das ist also das Geheimnis? Und Sie — Höllen-Wade, sind mir auf der Spur gewesen?«

Er taumelte zu dem großen Stuhl und fiel hinein. Er hatte auch nicht den Schatten eines Zweifels.

Wade setzte sich in den Stuhl ihm gegenüber.

»Hören Sie, Bellounds! Seit zwanzig Jahren versuche ich das Unrecht gut zu machen, das ich Collies Mutter zugefügt habe. Ich war ein Schatzsucher nach den Sorgen anderer. Ich habe die Lasten anderer Menschen getragen. Und wenn ich Collies Glück retten kann, wird mir wohl das Glück zuteil werden, ihrer Mutter dort drüben in der andern Welt zu begegnen.

Ich habe Collie auf den ersten Blick erkannt; sie gleicht ihrer Mutter aufs Haar — und ihre Stimme hat denselben süßen Klang. Aber ich hätte Collie auch erkannt, wenn ich blind und taub gewesen wäre.

Es ist achtzehn Jahre her, als das große Leid kam. Ich war damals kein Junge mehr, aber ich war schrecklich in Lucy verliebt. Und sie liebte mich mit einer Leidenschaft, die ich erst viel zu spät erkannte. Wir kamen aus Missiouri nach dem Westen — sie war aus Texas. Ich blieb nicht lange bei einer bestimmten Arbeit, aber ich suchte nach einer Ranch. Meine Frau hatte etwas Geld, und ich hatte hohe Hoffnungen. Eine Weile blieben wir in Dodge, damals wohl dem wildesten Ort auf der Prärie. Der Bruder meiner Frau führte dort einen Saloon. Der Mann hat nichts getaugt. Aber sie hielt ihn für vollkommen. Seltsam, wie Blutsverwandte oft die Wahrheit über ihre Angehörigen nicht erkennen können!

Jedenfalls konnte mich ihr Bruder Spencer nicht leiden, weil ich wußte, wie gewandt er mit den Karten war, und weil ich ihn mit seinen eigenen Waffen schlagen konnte. Spencer hatte einen Partner, einen Cowboy, der aus Texas geflohen war, ein gewissen Cap Fol — ach, der Name ist nicht wichtig!

Eines Tages nahmen sie einen Fremden aus. Ich mischte mich ein und nahm ihnen ihr ganzes Geld ab. Wir gerieten in Streit, es floß auch Blut, aber niemand wurde getötet. Cap und Spencer waren gegen mich, der Fremde war ein Pflanzer aus Louisiana. Er war Offizier in der Rebellenarmee gewesen, und er schenkte meiner Frau viel Beachtung. Sie hatte mir das nicht gesagt, und ich war sehr eifersüchtig.

Mein kleines Mädchen, das Sie Columbine nannten, wurde um diese Zeit geboren. Als ich nach einer langen Abwesenheit zurückkam, waren Lucy und das Baby fort. Spencer, Cap und einige andere bewiesen mir, daß ich nicht der Vater des Kindes sein könnte. Ich brach auf und suchte meine Frau und ihren Verehrer. Ich tötete ihn vor ihren Augen. Aber sie war unschuldig, wie ich später herausbekam. Der Mann war nur ihr Freund gewesen, aber Spencer und seine Freunde hatten mich bei ihr verleumdet.

Ich suchte die Männer, die mich ruiniert hatten, in Dodge und nachher in Colorado. Ein Jahr später fand ich sie alle in einem großen Wagenzug nördlich von Denver. Der Vater und ein anderer Bruder meiner Frau waren zufällig in den Westen gekommen. Wir hatten einen Familienstreit. Meine Frau wollte mir nicht verzeihen, nicht einmal mit mir sprechen, und ihre Familie deckte ihr den Rücken. Ich machte einen großen Fehler, indem ich ihren Vater und ihren anderen Bruder für die gleiche Sorte von Männern hielt wie Spencer. Das war ein Unrecht.

Was ich ihnen antat, ist eine Geschichte, die ich niemals irgendeinem Menschen erzählen würde. Es hat meine Frau verrückt gemacht und mich zum ›Höllen-Wade‹. Sie lief mir davon, und ich folgte ihr durch ganz Colorado. Das Ende der Spur war keine hundert Meilen von der Stelle entfernt, wo wir jetzt stehen. Das letzte, was ich fand, waren die Reste des Wagenzuges, der von Arapahoes vernichtet worden war. Das kleine Mädchen mag aus dem Wagen gefallen sein — vielleicht hat auch ihre Mutter oder sonst jemand, der um sein Leben floh, es dort versteckt, wo Sie es unter den Columbinen gefunden haben.«

Bellounds atmete tief ein.

»Was man nie erwartet, wird oft wahr. Wade, das Mädchen gehört Ihnen, ich kann es fühlen. Aber sie war mir wie ein eigenes Kind. Und ich habe sie geliebt, was immer man sagen mag. Wollen Sie sie mir wegnehmen?«

»Nein. Nie.« Die Antwort klang melancholisch.

»Was? Warum nicht?«

»Weil sie Sie liebt. Ich könnte mich Collie nicht offenbaren. Ich könnte auch nicht mit einer Lüge ihre Liebe gewinnen, und wenn ich ihr sagen würde, was ich ihrer Mutter und ihren Angehörigen angetan habe – sie würde mich fürchten!«

»Und Sie werden sich nie ändern?«

»Nein. Einmal vor achtzehn Jahren, habe ich mich geändert.«

»Sie glauben, daß Collie Sie fürchten würde?«

»Sie würde mich jedenfalls nie so lieben wie Sie – oder auch nur so, wie sie mich jetzt liebt.«

»Sie würde Sie hassen, Wade! Well, das Leben ist schon höllisch. Würden Sie das alles nochmals durchleben wollen?«

»Ich liebe das Leben, und zu seiner Freude gehört wohl auch sein Schmerz, das erkennen nur Männer in unserem Alter.«

»Da stimme ich Ihnen zu. Aber was Sie auch alles gesagt haben, wenn Collie meine Adoptivtochter bleibt – dann heiratet sie Jack! Ich bin eisern entschlossen.«

»Bellounds, möchten Sie sich das nicht einen Tag überlegen?«

»Ja. Aber es wird mich nicht ändern.«

»Wird Sie es nicht ändern, wenn Sie hören, daß Sie, wenn Sie die Heirat erzwingen, alles verlieren werden?«

»Alles! Das sind wieder seltsame Worte!«

»Ich meine – Sie werden alles verlieren: den Sohn, die Adoptivtochter, die Chance, Ihren Sohn zu bessern. Das alles zusammen dürfte doch Ihr ganzer Lebensinhalt sein.«

»Nun, das ist es auch. Aber Sie halten etwas zurück, Wade.«

Der Jäger stand auf, eine schwere Last schien auf seinen Schultern zu liegen.

»Wenn ich dazu gezwungen werde, dann werde ich sprechen. Aber, alter Mann, wählen Sie zwischen Edelmut und Egoismus – zwischen der Bindung durch das Blut und der edlen Treue zu Ihrer guten Tat. Wollen Sie die Hochzeit fallenlassen, damit Collie den Mann bekommt, den sie liebt?«

»Sie meinen Ihren jungen Kameraden, den Viehdieb Wilson Moore?«

»Ja, meinen Freund — und einen Mann, wie es weder Sie noch ich je waren.«

»Nein!« schrie Bellounds mit purpurrotem Gesicht.

Mit gesenktem Kopf und schleppenden Schritten ging Wade aus dem Zimmer.

Langsam wanderte der Jäger zu Wilsons Hütte zurück. Der junge Cowboy sprang auf, als er ihn sah.

»Um Gottes willen! Ist Collie tot?«

»Nein, sie ist wohlauf.«

»Mann, was ist denn geschehen?«

»Noch nichts. Moore, laß mich bitte allein!«

Bei Sonnenuntergang stieg Wade durch den Espenwald auf den Hügel hinauf. Die Dämmerung senkte sich herab; die Sterne erschienen weiß und klar. Der blaue Himmelsdom wurde dunkler. Ein Coyote begann sein Stakkato-Gekläff. Eulen schrien, und dann heulte ein Wolf seine einsame Klage.

Aber all diese Laute betonten nur das Schweigen der Einsamkeit. Wade sah zum Himmel empor, aber die erhabene Schönheit schien ihn zu verhöhnen — er fühlte die ganze Grausamkeit der Schöpfung.

Die Nacht wurde zu der schwersten seines Lebens, denn in ihr erkannte er, daß er seine Ideale nicht verwirklichen konnte. Er konnte Moore nicht beweisen, daß letzten Endes die Hoffnung siegen müßte, er konnte Jack Bellounds nicht in einen besseren Mann verwandeln, und er konnte Collie durch seine Ideale nicht retten.

Die Nacht rückte vor. Auch das Summen der Insekten verklang. In diesen nächtlichen Stunden starb etwas in Wade, aber sein unerschütterlicher, unerklärlicher Idealismus sah seine Rechtfertigung und Erfüllung in einer fernen Zukunft.

Das Grau der Morgendämmerung hüllte die Welt in ein unwirkliches Licht. Wade hatte erkannt, daß sich sein Schicksal erfüllen mußte. Sein eigenes Leben zwang ihn dazu.

Er kauerte sich unter die Espen, er nahm seine Bürde wie eine körperliche Last auf sich, sein Herzschlag hämmerte dumpf in seinen Ohren. Bent Wade — der Wanderer, der auf der Erde keinen Frieden finden konnte! Wohin er auch gezogen war — überall war ihm der Fluch nachgefolgt. Er hatte die Weisheit gepredigt, das Leben geliebt und die Ungerechtigkeit gehaßt, aber immer wieder mußte er zum Träger des Leides für alle die werden, denen er hatte helfen wollen. Die Gesichter der Männer, die er getötet hatte, tauchten in der fahlen Dämmerung vor ihm auf. Alle waren vereint, und sie trieben ihn auf den Weg der Katastrophe.

Im strahlendsten Licht des Sommermorgens ging Wade auf die Ranch zu. Das Pendel hatte ausgeschwungen. Er sah, wie Jack Bellounds, wie es seine Gewohnheit geworden war, in wildem Ritt aus dem Hof galoppierte.

Columbine kam Wade entgegen.

»Mein Freund, ich komme zu dir! Ich kann es nicht mehr ertragen!« Ihr Haar war in Unordnung, ihre Hände trugen blaue Flecken. »Bent, er hat wie ein Tier gegen mich gewütet —«

»Collie, du brauchst mir nichts mehr zu sagen. Geh zu Wils und sag es ihm.«

»Aber ich kann es nicht ertragen! Er kam zu mir, wir rangen, und als Dad es hörte und herbeikam — hat Jack gelogen! Bent, und sein Vater hat ihm geglaubt, daß er mich nur aus meiner Gleichgültigkeit hatte reißen wollen! Aber, mein Gott, Jack wollte —«

»Collie, geh zu Wils hinauf.«

»Ich will, ich muß ihn sehen. Aber dann wird alles nur noch schlimmer werden.«

»Geh!«

Sie gehorchte — wie unter einem Bann.

»Collie!« tönte ihr ein Schrei nach.

Sie wandte sich um, aber Bent Wade war schon verschwunden. Nur die Weidenäste schwankten noch.

Old Bellounds straffte sich in den Schultern; er glich einem Mann, der in die Enge getrieben ist.

»Wieder hier, Höllen-Wade? Sprechen Sie das Schlimmste aus — und machen Sie dann Schluß mit Ihrem Gekrächze!«

Bellounds hatte seinen letzten verzweifelten Mut zusammengerafft.

»Ich sage Ihnen...«, begann der Jäger.

Der Rancher warf die Hände hoch.

»Eben jetzt wollte Buster Jack Collie ein Leid antun«, fuhr Wade fort.

»Nein, er war nur etwas rauh; wollte ihr den Herrn zeigen! Und das Mädchen ist ein wildes Ding — sie muß gezähmt werden!«

Wade streckte die Hand aus.

»Hören Sie, Bellounds: es hat keinen Sinn, ein faules Ei zu schützen. Ihr Sohn taugt nichts. Collie würde sich für ihre vermeintliche Pflicht opfern. Wils Moore hat für Collie seine Ehre geopfert — um zu verhindern, daß Sie die Wahrheit erfahren. Aber mich nennt man Höllen-Wade — ich will Ihnen die Wahrheit sagen!«

Bellounds duckte sich, als ob er zuspringen wollte. Er rollte die Augen und spreizte die riesigen Hände. Unter seiner äußeren Wut lauerte doch schon ein Entsetzen.

»Ich habe Ihren Buster Jack beobachtet«, fuhr die erbarmungslose Stimme fort. »Ich habe ihn spielen und trinken sehen. Ich weiß, wie er die Spuren anfertigte, die Wils Moore in die Falle lockten. Wils Moore weiß alles — er kennt die Wahrheit. Er hat um Collies willen gelogen, er wäre für Sie und Collie ins Gefängnis gegangen!

Bellounds, Ihr Sohn war bei den Viehdieben, als ich sie in der Hütte stellte. Er hat mir auf den Knien geschworen, er würde auf Collie verzichten, wenn ich sein Leben schonte. Und jetzt kommt er zurück und bedrängt sie und will — noch Schlimmeres! Buster Jack, er ist der Dorn in Ihrem Herzen, Bellounds! Er ist der Viehdieb, der Ihre eigenen Rinder gestohlen hat! Ihr Lieblingssohn — ist ein gemeiner, schleichender Dieb!«

19

Jack Bellounds kam den Weg heruntergeritten. Sein Pferd war schaumbedeckt. Jack hatte nie ein Pferd geliebt.

Am Bach, gerade dort, wo der Weg ihn kreuzte, trat ein Mann aus dem Weidendickicht und faßte das Pferd am Zügel. Es war Wade.

Das Pferd scheute, aber der eiserne Griff lockerte sich nicht.

»Steig ab, Buster!«

Bellounds war zusammengezuckt. Sein Gesicht war bleich. Er war in den letzten Monaten härter und gemeiner geworden.

»Wa — as? Lassen Sie den Zügel los!«

Wade hielt das Pferd fest.

»Wir haben etwas zu besprechen«, sagte er.

Bellounds erschauerte bei der leisen, kalten Stimme.

»Nein!« erklärte er. »Wade, Sie haben mich damals gedrängt und die Lage ausgenützt. Ich habe meine Absicht geändert. Und was den Handel mit den Viehdieben betrifft — so habe ich da meine Geschichte. Sie ist so gut wie Ihre eigene. Ich habe erwartet, daß Sie es meinem Vater erzählen. Aber Sie haben einen Grund, es ihm nicht zu sagen — ich nehme an, wegen Collie. Sie können darauf wetten, daß ich —«

Wade unterbrach ihn.

»Willst du absteigen?«

»Nein!«

Blitzschnell griff Wade zu und riß Jack aus dem Sattel, daß er zu Boden stürzte, dann versetzte er ihm einen Tritt.

»Steh auf!« befahl er.

Der Tritt hatte Jack Bellounds Wut entfesselt.

»Sie haben mich getreten?« brüllte er.

»Buster, ich habe dir nur einen Strauß Columbinen überreicht —«

»Ich werde — ich werde . . .«, erwiderte Jack keuchend, und seine Hand griff zum Revolver.

»Los, Buster, zieh nur! Das erspart uns einen Haufen Gerede!«

Jetzt rötete sich Jacks Gesicht; er begann zu begreifen.

»Sie — Sie wollen, daß ich mit Ihnen kämpfe?« fragte er heiser.

»Sicher.«

»Aber — aber — Sie sind verrückt. Ich — gegen einen Revolvermann! Nein, das wäre nicht fair! Ich hätte keine Chance.«

»Ich überlasse dir den ersten Schuß!«

»Sie lügen! Sie wollen nur, daß ich ziehe, um sagen zu können — —«

»Nein. Ich bin ehrlich. Zieh und schieß!«

Buster Jacks Augen weiteten sich; er schluckte krampfhaft. Sein Arm zitterte.

»Keinen Mut, was? Buster Jack, warum beendest du dein Spiel nicht! Versuch doch endlich einmal im letzten Augenblick, deines Vaters würdig zu sein!«

»Ich kann nicht — es ist nicht fair! Ich habe Sie kämpfen sehen —« Er wollte sich abwenden.

»Halt!« Wade sprang auf ihn los. »Wenn du davon läufst, zerschmettere ich dir ein Bein, und dann werde ich dir dein erbärmliches Gehirn aus dem Schädel schlagen! Verstehst du denn nicht, was los ist? Ich werde dich töten, Buster Jack!«

»Mein Gott!« flüsterte Bellounds bleich.

»Hier bekommst du endlich deinen Lohn. Du wirst mir nicht entkommen, außer wenn du über dich selbst hinauswächst.«

»Aber warum? Ich habe Ihnen doch nichts getan!«

»Columbine ist meine Tochter!«

»Aah!« keuchte Bellounds.

»Sie liebt Wils Moore, der so weiß ist, wie du schwarz!«

Eine dunkle Röte kroch über Buster Jacks Gesicht.

»Aha, Buster Jack! Jetzt habe ich dich endlich getroffen!«

»Beim Himmel, Wade, Sie werden mich töten müssen, wenn der Klumpfuß Collie bekommen soll!«

»Er wird sie bekommen!« rief Wade triumphierend. »Ich habe sie eben zu ihm geschickt. Sie soll ihm sagen, wie du versuchst, sie zu zwingen —«

Bellounds begann am ganzen Körper zu zittern.

»Buster, Collie konnte dich nie leiden — aber jetzt haßt sie dich!«

»Sie haben sie dazu getrieben!« brüllte Jack.

»Sicher. Vor einer kurzen Weile hat sie dich einen Hund genannt. Aber sie hat wohl einen anderen Hund gemeint als die Hunde da drüben. Für die wäre das eine Beleidigung!«

Bellounds zischte unartikulierte Schimpfworte.

»Aha, jetzt hast du gezogen! Nun mach doch weiter«, drängte die höhnende Stimme.

»Halten Sie den Mund!« schrie Jack, aber er schien die Waffe nicht heben zu können.

»Dein Vater weiß, daß du ein Dieb bist — ich habe ihm alles gesagt. Buster Jack hat sich endlich selbst zerbrochen, indem er das Vieh seines Vaters stahl. Ich habe schon einige Leute in meinem Leben toben gehört — aber Old Bill hat sie alle übertroffen. Du hast ihn entehrt, ihm das Herz gebrochen! Er würde dir das gleiche antun, was ich jetzt tun werde.«

»Er würde mir nie — ein Leid antun«, stammelte Jack.

»Er würde dich töten, du Köter! Aber ich lasse nicht zu, daß er seine Hände mit deinem Blut besudelt.«

»Ich bringe Sie um!« schrie Bellounds außer sich.

»Damit tust du mir nur einen Gefallen! Soll ich dir erzählen, wie ich einmal einen Mann — einen Unschuldigen — mit den bloßen Händen getötet habe?«

»Nein! Nein! Ich will es nicht hören!«

»Buster, ich habe Collie gesagt, daß du drei Jahre im Gefängnis warst!«

Es war als ob Jack Bellounds von einem tödlichen Schlag getroffen war. Eine Hölle brannte in seinen Augen.

»Ja, ich habe es seit langem gewußt. Buster Jack, du bist der Mann, der meine Geschichte hören muß. Ich will sie dir erzählen —«

Columbine saß in dem Espenwald neben Wilson Moore auf einem Baumstamm. Plötzlich fuhr sie auf.

»Wils, hast du nichts gehört?«

»Nein!« Müde hob er den Kopf.

»Das war ein Schuß —«

Sie hatte kaum geendet, als wieder zwei deutliche Detonationen erklangen. Revolverschüsse!

»Da! Oh, Wils, hast du gehört?«

»Ja — ja! Collie —«

»Wils, eben sah ich Jack den Weg hinunterreiten —«

»Collie — die zwei Schüsse stammen aus Wades Revolver. Ich kenne den Knall. Mein Gott, vielleicht war es das, was Wade meinte! Ich habe ihn nie ganz verstanden.«

»Oh, sprich —«

Aber Moore antwortete nicht. Für einen verkrüppelten Mann kam er erstaunlich schnell in den Sattel.

»Collie, ich reite hinunter. Da ist etwas geschehen. Ich komme dir dann entgegen!«

Schon jagte er davon.

Columbine war zu Fuß gekommen. Mit schleppenden Schritten machte sie sich auf den Rückweg.

Moore kam ihr nicht entgegen. Und dann sah sie seinen Schimmel, der mit anderen Pferden im Tal graste. Jacks Pferd stand dort reiterlos und mit hängenden Zügeln. Lem sah Collie und ging ihr entgegen — aber seine Schritte zögerten. Er sah sie durchdringend an.

»Miß Collie, es hat einen schrecklichen Kampf gegeben.

»Oh, ich weiß! Bent und Jack!«

»Sicher. Und es könnte nicht schlimmer sein!«

»Dann — dann —« Zitternd streckte sie die Hand nach Lem aus.

»Nur mit der Ruhe«, sagte er besorgt. »Lassen Sie sich heimbringen!«

»Sprechen Sie doch!«

»Mein Gott, Miß Collie, wer hätte das gedacht! Aber vielleicht ist es das beste. Sie sind beide tot! Wade starb eben — mit dem Kopf in Wilsons Schoß. Aber Jack hat nicht mehr erfahren, was ihn traf.

Wade hat ihm beide Augen ausgeschossen. Jack hatte zuerst geschossen — aber Wade hat ihn erledigt, nachdem er selbst schon tödlich verwundet war.«

Spät am Nachmittag lag Columbine erschöpft auf ihrem Bett, als an die Tür geklopft wurde.
»Dad!« rief sie und sprang auf.
Bellounds trat ein und ließ die Tür offen stehen.
»Collie, ich sehe, du bist schon wieder tapfer!«
»Oh ja. Dad, ich bin in Ordnung.«
Der alte Rancher schien verwandelt. Aber er war nicht gebrochen; er war wieder zu dem alten, unerschütterlichen Pionier geworden.
»Mädchen, bist du stark genug, um noch einen Schock zu ertragen?« fragte er besorgt.
»Ja, Dad!«
»Well, dann komm mit. Ich will, daß du Wade siehst!«
Columbine hatte diese Prüfung befürchtet — und sich doch irgendwie danach gesehnt. Bellounds führte sie ins Wohnzimmer. Dann zog er die Decke von Wades Gesicht — und Columbine erschauerte bis ins Innerste ihres Herzens. Der Tod war weiß und kalt in diesem Gesicht — aber noch etwas anderes. Ein schöner Glanz leuchtete auf den stillen Zügen; es war nicht Friede, und auch nicht wilder Triumph, es war ein Schimmer der Hoffnung, die Wades letzte Empfindung gewesen war.
»Collie, hör zu«, sagte Old Bill. »Wenn ein Mann tot ist, erscheint er uns mit einer überraschenden Wahrheit. Wade war der anständigste Mann, den ich je gekannt habe. Er hatte geglaubt, die Hölle folge ihm auf allen seinen Wegen, aber er hatte unrecht. Er hat das Leben durchschaut — und er war in seiner Hoffnung auf das Gute so groß, wie er schrecklich sein konnte. Er hat dich geliebt, Collie — mehr, als du je erfahren wirst. Mehr als Jack, Wilson oder ich. Er war unser Freund. Er hat Jack zum Kampf gezwungen und es irgendwie doch erreicht, daß Jack wie ein Mann starb. Er war die Hölle, aber er hat mich selbst vor einer Hölle gerettet — uns alle. Er hatte ein Geheimnis, er hätte es nur zu sagen brauchen — aber er hat gesehen, wie ich dich liebe und hat darauf verzichtet. Aber Collie, Mädel: er war dein Vater!«
Mit überflutendem Herzen fiel Collie neben der stillen Gestalt auf die Knie.
Bellounds verließ leise das Zimmer und zog die Tür zu.

Der Oktober kam in diesem Jahr mit einer verschwenderischen Farbenfülle. Der Frost kam erst spät, so daß sich das Laub nicht allmählich färbte. Aber an einem Tag erstrahlten das Tal und die Hügel in Purpurgold und Gelb. Columbinen blühten auf allen Lichtungen; reglos reckten sie die blau-weißen Blüten in das Licht.

Wades letzte Worte, die er Wils zugeflüstert hatte, waren so ausgelegt worden, daß er unter den Columbinen am Hang über dem Sage-Creek-Tal begraben sein wollte. Man hatte seinen Wunsch erfüllt.

Eines Tages ließ Bellounds Moore durch Columbine auf die Ranch holen. Es war am Nachmittag eines warmen Indianersommertages. Der alte Rancher saß in Hemdsärmeln auf der Veranda. Sein Haar war weiß geworden; sonst war er unverändert.

»Wils, möchtest du deine alte Arbeit als Vormann der White Slides Ranch wieder haben?«

»Ist das eine Aufforderung?« fragte Moore eifrig.

»Sicher.«

»Well, dann komme ich.«

»Was wird dein Dad dazu sagen?«

»Ich weiß es nicht. Er wollte mich besuchen. Kürzlich hörte ich, daß er mit der Post nach Kremmling kommen will.«

»Ich werde mich freuen, ihn zu sehen. Wils, du wirst wohl bald ein großer Rancher werden! Was, Collie?«

»Wenn du das sagst, Dad, dann wird es wohl wahr sein!«

»Wils, du wirst bald die White Slides Ranch leiten — wenn Collie das zuläßt!« Der Rancher lachte.

Collie hatte auf die überraschende Ankündigung nichts zu sagen, und Wilson war vor Verlegenheit sprachlos.

»Well, dann fahrt ihr jungen Leute am besten nach Kremmling und heiratet!«

Der Cowboy stand wie erschlagen. Columbine konnte Bellounds nur stumm ansehen.

»Hoffentlich dränge ich euch nicht meine Wünsche auf — aber ihr sterbt ja vor Liebe zueinander!«

»Dad!« rief Columbine und dann warf sie ihm die Arme um den Hals.

»Well, Wils, das wäre erledigt. Ich bin froh, daß ihr beide glücklich werdet. Die Stürme des Lebens sind wohl nun vorbei. Jetzt wünsche ich mir den Frieden, und ich möchte noch Enkel auf meinen Knien schaukeln. Also beeilt euch mit der Fahrt nach Kremmling!«

Am Abend ihrer Rückkehr aus Kremmling schlich sich Columbine leise von der kleinen Feier weg, die man ihr zu Ehren veranstaltet hatte. Sie kletterte den Espenhang hinauf zu dem Grab ihres Vaters.

Der Nachglanz des Sonnenuntergangs flammte rosig und golden am westlichen Himmel. Das graue Zwielicht stahl sich schon über das Land.

Unter den Espen war es einsam, still und traurig. Die Blätter zitterten, aber kein Rascheln war zu hören. Columbines Herz war so voll, daß sie hier an dem einsamen Grab verweilen mußte. Dem seltsamen Mann, der hier in den Schatten schlief, verdankte sie alles. Wenn sie an ihn dachte, würde sie wohl immer Kummer und Bedauern empfinden – aber sie hatte ihn geliebt. Ganz unbewußt hatte sie ihm gehört. Sein Leben war schrecklich gewesen – aber auch groß. Seine Hand hatte sich gegen das Böse gerichtet und es zerstört, wo er es angetroffen hatte. – Ihr Vater! Wie eng war sie doch an die Vergangenheit gekettet. Wie beschützt war sie selbst in den Stunden tiefster Verzweiflung gewesen! So verstand sie ihn. Die Liebe war die Nahrung des Lebens, die Hoffnung war seine Seele, und die Schönheit war die Belohnung für das sehende Auge. Wade hatte alle die großen Tugenden gelebt – selbst als er sich seinen schrecklichen Namen erworben hatte.

»Ich will diese Tugenden lieben, ich will Liebe, Glaube und Hoffnung bewahren, denn ich bin seine Tochter!«

Eine sanfte kühle Brise rauschte durch die Espen; die zarten Columbinen schimmerten in dem bleichen Dämmerlicht und hoben ihre süßen Gesichter zu den ersten weißen Sternen empor.